全穴拷問【継母と義妹】

麻実 克人

フランス書院文庫X

全穴拷問【継母と義妹】

もくじ

フランス書院文庫X

全穴拷問
【継母と義妹】

プロローグ

屋敷の端に位置する義兄の部屋を、牧原彩奈はノックした。返事はない。大学受験を来年に控えた兄の牧原慎一は、毎晩遅くまで勉強していた。朝は目覚まし時計が役に立たないほど眠りこけていることが多く、義妹はその起床確認が日課になっていた。

「お兄ちゃん。朝ですよ」

彩奈はドアノブをそっと回して中に入る。

（あれ?……）

異変にはすぐに気付いた。兄のベッドはもぬけの殻で、ふとんがきれいに畳んであった。少女は室内を見回した。いつも壁に掛かっている学校の制服がなかった。本棚にもところどころ隙間があった。嫌な予感がした。彩奈は兄の部屋を出た。長い黒髪をひるがえして廊下を駆ける。途中で足をゆるめた。窓の向こう、広い前庭に義兄の姿があった。その前には一台のタクシーが止まっている。

「お、お兄ちゃん……」

タクシーに兄は乗り込もうとしていた。四、五人の女の使用人たちが車の側にたたずみ、為す術もないといった表情で年若い主人を見つめている。大きなボストンバッグを運転手がトランクに積み込んでいた。少女は兄を呼び止めようと窓に手をかけた。

「何をするつもり、彩奈」

突然背後から手が伸び、彩奈は手首を掴まれた。振り返ると母、牧原冴子が立っていた。人目を引く美貌が険しい。

「マ、ママ、あの、お兄ちゃんが……」

「昨晩話し合ってね、慎一さんはこの家を離れることになったのよ。もう十七歳ですもの。独立してもいい時期だわ」

母が彩奈の手を窓からゆっくり引き離す。彩奈は母の腕を振りほどいた。

「お兄ちゃんはまだ高校生だよ。これから大学受験だって控えているのに、どうして家を出ないとならないの。それにこの家はもともとパパとお兄ちゃんの家じゃない。なんでお兄ちゃんが……」

喋っている内に彩奈の声は震え、眦には涙が滲んだ。半年前に義父が病気で亡くなった。その頃から母は兄を嫌う態度を露わにし始めた。事務的な接し方、乏しい会話——、血の繋がっていない兄を、母が内心良く思っていないことに彩奈自身勘づいてはいた。兄が家を出るよう仕向けたのも母の仕業に違いなかった。

「しょうがないでしょ。出て行きたいって慎一さん自身が言うんですもの」

母は眉間を寄せて悲しげな顔を作ると、大げさなため息をついて見せた。

「お兄ちゃんがそんなこと言うわけ……」

「お父さまが亡くなって慎一さんの本当の家族はもうこの家には一人もいなくなったんですもの。一緒に住むには、居心地が悪いんでしょう」

「本当の家族って……今は違うって言うの？　パパがいたときには、わたしたち本物の家族だったじゃない」

少女は母に言い返す。義父と母が再婚したのが五年前だった。義父が亡くなるまでの四年半、父母と兄妹、四人のしあわせだった生活がニセモノであったと思いたくなかった。

「人間の絆なんてはかないものよ。子どものあなたにはよくわからないでしょうけど……。あまり過度の期待はしないことね」

母はゆたかな胸の前で腕を組むと、窓の外へと目線を移した。その眼差しは冷え切っていた。

(以前のママは、もっとやさしい目でお兄ちゃんを見てたのに。お義父さんの会社を継いでから、ママはすっかり変わってしまった……)

義父の経営していた製菓会社を受け継ぎ、三十六歳と若い母が女社長となった。いきなり組織のトップに立つ難しさや苦労は、高校生の彩奈でも想像できる。重役たちは全員が年上であろうし、女だということで軽んじられる場面も多いはずだった。仕事のストレス、プレッシャーが悪い影響を与え、母から心の余裕を奪ったのかも知れない。

(だからってお兄ちゃんを爪弾きにしていい理由にはならない)

「お兄ちゃんは別にママに逆らったりしてないのに、どうして毛嫌いするの?」

「毛嫌いなんて」

母は肩をすくめた。

「この家からいなくなる人間の話をこれ以上続けてもしょうがないわね。さあ、あなたは朝食を食べて学校にお行きなさい。遅刻なんてしたら駄目よ。慎一さんとはいつでも会えるでしょ、同じ高校なんだから」

車のエンジン音が庭の方から聞こえた。彩奈はハッとし、窓にしがみついた。兄を乗せたタクシーが門扉の向こうへ出ていこうとしていた。

「お、お兄ちゃん」

もう呼び止めるには遅いとわかる。彩奈はタクシーが視界から消えるのを眺めながら、無力感を嚙み締めた。

「あなたもあまりわがまま言ってママを困らせないでね」

母はそう言い残すと、さっさとダイニングルームの方へ歩いていった。彩奈は母の後ろ姿を見つめた。

(パパの一周忌も済んでいないのに……)

行き場を失ったように、彩奈はその場で視線を周囲に這わせた。広い屋敷の中は、しんと静かだった。以前は聞こえた明るい話し声や笑い声は、ずいぶん前に途絶えてしまっていた。

(ばらばらになっちゃった……)

少女は長い間窓辺で立ちつくした。

第一章 相姦標的 冷たい継母と可愛い義妹

黒塗りの車は住宅街に入って止まった。

セーラー服姿の彩奈は後席から降りた。強い日射しの下で、白の半袖姿は清楚にかがやきを放つ。地域でも名門とされる私立高校の制服は、可憐な少女の雰囲気によく似合っていた。

「藤木さん、ママには内緒にしてくださいね」

彩奈はドアを押さえている年輩の男性運転手につぶらな瞳を向け、懇願した。

「はい。ですがこのことが奥さまに知られたら……。送り迎えも満足にできないとなると、奥さまはわたしがこの職を続けることを許さないでしょうし」

「藤木さんに迷惑はかけないようにしますから。ごめんなさい」

渋面をつくる藤木という名の運転手に、彩奈は腰を折って深々と頭を下げた。艶やかなストレートの黒髪が、肩からこぼれ落ちる。運転手のため息が漏れ聞こえた。

「お嬢さま、そんな頭を……。それではわたしは塾が終わる時間に合わせてお迎えに上がりますので」

「ありがとう、藤木さん」

彩奈は面を上げ、安堵の笑みを浮かべた。車から離れる。築年数のだいぶ経ってみえる近くのマンションへと彩奈は入った。自然と早足になった。手にした鞄を振り、プリーツスカートの裾を跳ねさせて、すっきりとしなやかに伸びた脚はコンクリートの通路を駆ける。

（いるかなお兄ちゃん）

一人暮らしを始めて一ヶ月になる義兄の部屋を訪れるのが目的だった。同じ私立高校に通ってはいるものの学年が違っていれば、顔を合わせる機会はそう多くはない。これまで兄妹でゆっくり話す時間もなかった。

（できればお家に戻って来て欲しいんだけど……。あ、ここかな）

隣のマンションの影になる一番日当たりの悪そうな一階の端に、牧原の表札が出ていた。隣室との間隔から、ワンルームタイプの間取りとわかる。

ドア前に立った彩奈は、息を整えてからインターホンを押した。暫くして内から鍵を開く音が聞こえた。ドアの隙間から顔をのぞかせた慎一は、来客が妹とわかると途端にやわらかな微笑みを浮かべた。

「どうしたの。この時間は塾じゃなかったっけ彩奈は」

すぐにドアチェーンを外して、彩奈を室内へと招き入れる。

「そうだけどお兄ちゃんが学校休んだの心配で。メールを出しても返事をもらえないし。……具合悪いの？」

靴を脱いで部屋に上がった彩奈は、兄のようすをさりげなく覗う。慎一はよれたシャツに綿のパンツ姿だった。髪も寝癖がついて、以前の身なりに気を使う兄からは想像もつかない格好だった。

今日兄は高校を欠席していた。塾の予定を取りやめて押しかけて来たのは、兄の具合が心配だったことが一番だった。

「携帯？　ああ、充電忘れてたみたいだ。ごめん彩奈」

勉強机の上にあった携帯電話を兄は手に取って確認すると、苦笑を浮かべた。

（こんな狭くて、テレビもないところに住んでいるんだ）

殺風景な室内の模様を眺めて、彩奈は眉間に皺を寄せた。六畳ほどのワンルームはベッドと勉強机が入るとスペースはほとんどなくなる。日射しはほとんど差し込まないようで、昼間だというのに蛍光灯がついていた。

（あっ、手紙）

机の上に書きかけの手紙があった。その横には封筒もあり、義父の姉、伯母が宛名になっている。

（お兄ちゃん、伯母さんのところへ？　それとも連絡をとってるだけかな……）

早くに実母を亡くした慎一は、義父の再婚以前は独身の伯母が母代わりだったらしい。母との不和に悩む兄が、伯母の元に身を寄せることは充分あり得た。彩奈は不安そうな目で兄を見る。

「学校はさ、朝寝坊したら面倒くさくなってさぼっちゃったよ。やさしく起こしてくれる妹がいないと駄目だな。一人だと自儘に暮らせるのはいいんだけど、だらしなくなるね」

慎一が照れ臭そうに喋りながら、ベッドの端に腰掛けた。彩奈もスカートをふわりとさせて、フローリングの床に座り込んだ。

（寝坊なんて嘘ついて。お兄ちゃん、やつれてるよ……）

兄の顔色は、照明の下で見ると青白かった。妹が訪れるまで横になっていたのだろう、慎一は後ろ手でさりげなく乱れた布団や枕の位置を直していた。彩奈は胸が締め付けられる思いがし、唇を噛んだ。慣れない生活に苦労しているに違いない。元々細身の兄だが、以前より痩せて見えた。

「ねえ、こんな部屋に住まなくても、家に戻ればかわいい妹が毎朝忘れずに起こしてくれるよ」

「かわいい妹か」

慎一は目を細めてうなずきを返した。自ら発した言葉に少女は照れ、頰を赤らめる。

「ときどきかわいい妹目覚まし時計は壊れちゃって、乱暴に叩いて起こされるはめになっちゃうけど」

兄も冗談で応じ、いたずらっぽい眼差しを足元の床に座る彩奈に向けた。

「それはお兄ちゃんがあと五分、あと五分って言って布団の中に潜り込み続けるからでしょ」

彩奈は兄の膝を肘で軽く小突いた。慎一が朗らかに笑み、慈しむような目で見る。何も変わらない自分への接し方だった。彩奈はそのまま兄の足にもたれかかり、抱きついた。

「彩奈?」

(パパが生きていた頃は、毎日がこんな風だったのに)

義父の存命だった半年前は、軽口が飛び交い、常に笑顔の溢れる安らいだ日々だった。

実の父は、彩奈が物心つく前に母と離婚した。あたたかな家族というものを知ったのは真面目でおだやかな義父と、やさしく誠実な兄と暮らした時間が初めてだった。何でもない平穏なあの頃に戻れたらと少女は思う。

「もうすぐアルバイトの時間なんだ。せっかく来てもらったのに悪いんだけど」

「お兄ちゃん、アルバイトしているの?」

彩奈は子猫のような瞳を丸くして兄を見上げた。アルバイトをしているなど初耳だった。

「まあね。偉いだろ」

兄は茶化した口調で妹の驚きを受け流す。心配を掛けまいという気遣いが透けて見え、彩奈は言葉に詰まった。

「だいじょうぶ。レストランで皿洗いのアルバイトだから。それと家庭教師。どっちもそれほどきつくないよ」

兄は眼差しをやわらげ、妹の頭にぽんと手を置いた。黒髪を撫でつける。

(アルバイトを掛け持ちだなんて……。ママは充分な生活費をお兄ちゃんに渡してないの？)

今の母ならあり得た。自宅でも彩奈が兄の話題を持ち出すことを、ピリピリとした態度で許さなかった。

義父は洋菓子製造会社の二代目だった。幼い頃から多くの使用人や運転手付きの屋敷で育ってきた義兄が、慣れないアルバイトに励み、ろくな調度品もない簡素なワンルームに押し込められて不自由な暮らしを強いられている。体調を崩すのも当然かも知れないと思う。

(あたし、ひどい子だ。自分だけぬくぬくと不自由のない暮らしを続けて……)

「そろそろシャワー浴びて、アルバイトに出かけるよ」

「行っちゃうの、お兄ちゃん」

少女はしおれた声を発し、兄のズボンを指で摘んだ。寂しさが態度に表れてしまう。

「彩奈……」

しがみつく妹を困ったような目で兄が見る。

「行かないとね。急に休むわけにいかないし。他の人に迷惑がかかる」

「うん」

「どうしたのさ。ほら、おいで」

慎一は妹の細い手首を摑むと、膝の上に抱えあげた。

「今は別の家で暮らしているけど、僕と彩奈が兄妹なのは何も変わらないだろ。たとえ血が繫がってなくたって……」

慎一が彩奈の腰に腕を回す。彩奈も双腕を差し伸べ、兄の首筋にしがみついた。

「ごめんね、お兄ちゃん」

「何で彩奈が謝るんだよ。バカだな」

母が恐くて、兄が家を出て行くとき、何も言えなかった。その後悔がある。血の繫がりのある自分だけが、母に遠慮無く意見できる立場だった。

(止められたのはあたしだけだったのに)

兄がよしよしと頭を撫でてくれる。セーラー服の少女は、さらに身をすりつかせた。

「ママは僕が苦労なく生きてきたから、外に出て世間の厳しさを少しは知りなさいって意味でこういう風にしたのかもしれないよ」

母を庇うように慎一が言う。妹の立場を思いやって、慎一は決してやさしい兄の姿勢を崩さない。だが、その心の奥の悲しみを思うと少女の胸は痛んだ。

「それだったらママはあたしに、このマンションに近づくななんて言う必要ないと思うよ」

「そんなこともママは……。でもさ」

慎一は何か言い返そうとしたが、途中で口を閉じた。現実の仕打ちを思うと、何を言っても嘘くさくなってしまう。義父が亡くなってすぐに伯母が慎一を養子に引き取りたいと申し出たことがあった。しかし母は慎一も大事な家族だと言い、手元に置くことを強く主張した。

(あんなに躍起になっていたのは、結局お兄ちゃんが継いだパパの遺産をママは狙って……)

兄も、そして自分も、一番わかりやすい答えを避けている。彩奈自身、自分の母がそんな女だとは考えたくなかった。

「もしかして彩奈……」

兄が静かに囁いた。彩奈は黒髪をゆらして、兄を見た。

「な、なあに？」

「太った？」

予想外の一言だった。彩奈は信じられない思いでパッと身を離した。恥じらいで肌をみるみる紅潮させていく妹を、慎一は白い歯をのぞかせて眺めていた。

「お、お兄ちゃんはすぐそうやってあたしをからかって」

彩奈は狼狽え声を発し、慎一の胸を手の平で叩いた。

「あ、ちょっと、うそうそ。冗談だってば」

避けようとして慎一の上体が後ろに倒れた。支えを失った彩奈も一緒に崩れ、受けとめるように兄の手が再び少女の肩に回された。

「本当は軽いよ。ウエストは細いし、お尻も小振りだもの。ちょっと見ない間に、胸のあたりのボリュームが増えたから勘違いしたみたい」

「お尻とか胸って……セクハラだよう」

少女は頰を赤に染め、かわいらしく唇を尖らせる。慎一が楽しそうに喉を震わせていた。

「確かにお胸は大きくなってるんだけど」

彩奈はやわらかな胸元を故意に擦りつけ、小声で呟いた。

「え？　何か言った？」

「な、なんでもないっ」

彩奈は早口で打ち消した。本当は聞こえていたのかもしれない。慎一がくすっと息を漏らす。

（子どもの時みたい）

兄妹でじゃれ合っていると昔に戻ったようだった。寝付けない夜に、よく慎一のベッドへ潜り込んだことを彩奈は思い出す。寝間着姿の妹を兄はそっと抱き、頭を撫でてくれた。

「お兄ちゃん、ぎゅってして」

少女は兄を見つめ、ねだった。

「彩奈ってこんなに華奢だったっけ。両腕で強く抱き締めたら、ぽっきりと折れてしまいそうだよ」

それでも兄は加減しながら少女の細腰を抱く。甘え、すがりつく妹を慎一が邪険にすることは一度もなかった。兄の腕にほっそりとしたセーラー服の肢体がくるまれる。肺の中が兄の香りで満ちると、たまらない安心感があった。

（お兄ちゃんの匂いだ……）

それほど強い体臭ではない。やさしげな風貌に似合った、やわらかな日向のような匂いだった。

「ママは最近きれいになっていく年頃の妹に、義理の兄がついふらふらと手を出したりしないよう予防線を張ったのかもね」

彩奈は顔を上げ、潤んだ瞳で慎一を見た。

(お兄ちゃんが相手なら、あたしは……)

己の胸にあるのは兄妹に相応しい思いではないとわかっている。兄は整った顔立ちで成績も良く、スポーツも軽やかにこなす。生徒会役員にも選ばれているため、同学年だけでなく、上級生や一年生の中にも思いを寄せている女の子がかなりいた。もし自分が家族でなかったら、気軽に口を利ける関係にはなれなかっただろうと思う。

(お兄ちゃんはもてるから、あたしなんかまるっきり子ども扱いだもん。あたしじゃお兄ちゃんに釣り合わないってわかってるけど)

妹以上の感情を兄は持ってはいないだろう。一学年下の妹を、一回りも年の離れた幼子のように扱ってくるのがいい例だった。

(それでもいいんだ。お兄ちゃんといられるなら……あっ)

彩奈は慎一の身体の強張りに気づいた。下腹の辺りに硬くなった兄の一部分が当たっていた。

(こ、これってアレだよね)

動揺が走り、肌が汗ばむ。彩奈はそっと右手を腰の方へ伸ばし、兄の股間の上に被せて確認した。

(こんな風になっちゃうんだ)

それは恐らく上向きに反り返っていた。人の身体とは思えない硬い手触りが指先に当たる。妹の手の動きに気づいたらしく、兄が「んっ」と小さく声をもらした。彩奈は上目遣いで兄のようすを覗った。慎一は妙に引き締まった顔つきで、妹を見ていた。

「彩奈、だめだよ」

彩奈はすぐにそこから手を放し、目を伏せた。

「ごめんなさい」

か細い声で謝ると、兄の表情が曇った。

「僕も男だから。ごめんね」

(でも、お兄ちゃんがこういう反応するってことは……)

自分を一人の女性として意識してくれているのではないかと、期待のこもった昂揚が生じる。彩奈は桜色の唇から息を吐き、慎一を見つめた。

「……だけどお兄ちゃん、このままじゃ困るでしょ。アルバイトに行かないといけないのに」

「彩奈？」

惑いの目が妹に向けられる。彩奈はごくっとつばを呑んだ。硬くなった箇所におずおずと右手を戻した。速くなっていく己の心臓の鼓動が聞こえた。ファスナーを摘み、引き下ろす。ズボンの前が開いた。

「あ、彩奈、ちょっと」

「だって、すごく窮屈そうだから」

（あたしったら何を……）

勝手に喋り、勝手に手が動く。誰かに操られているようだった。下着の布を持ちあげるようにして男性器が盛り上がっていた。手の平をかぶせ、一枚の布地越しにその部分に触れた。

（熱い）

高くなった体温が生々しく指先に伝わってくる。硬さがあるのに弾力があった。

押してみるとクンと跳ね返す手応えがあった。形を確かめるように撫でると、兄がうっと呻きを発し、腰を震わせた。

（ああ、お兄ちゃん、どんどん大きくなってく）

信じられないことに妹の指の中で兄はますます膨張し、硬度も上昇していく。少女の小さな手では摑みきれなかった。

「ほ、ほんとなの？　こんな太くて硬いモノが……」

呟きを漏らした。人の身体とは思えないこの部位が、女性の身体に入り込むのだ。性愛の知識に詳しいわけではないが、それ位は理解している。指の中で体積を増していく性器に、彩奈は怖ささえ感じた。到底可能とは思えなかった。

（濡れてるの？）

尖った部分に湿り気を感じた。下着の表面にじんわりと広がっていく。小尿かと思ったが、指先をあてがって擦ってみるとやけにヌメついた感触だった。

「ね、彩奈これ以上は……。アルバイトが忙しくてずっと処理してないから、そんな所を擦られると」

慎一が彩奈の右手首を摑んだ。彩奈はハッと我に返った。

「あ、違うの……お兄ちゃん」

ようやく自分のしていることに気づいた。白い肌は真っ赤になり、汗粒が噴き出る。

「ごめんなさい。何でこんなことしたのか自分でもわからないの」

「大丈夫だよ、泣かなくてもいいから」

涙さえ浮かべる妹を見て、兄が苦笑する。彩奈の背をやさしくさすってくれた。

「あの、お兄ちゃん、伯母さんのところに行っちゃうの？」

「え？　……ああ、手紙か」

兄は手紙の置いてある勉強机の方をチラと見た。少女はうなずいた。狭い部屋で不便な一人暮らしをするより、伯母の元に身を寄せた方がいいのだろうと思う。だが離れて暮らすようになれば年に何回会えるかもわからない。伯母の家は遠い。下手をしたら、二度と会えないこともあり得た。

「行かないよ。こまめに近況報告をしておかないと伯母さんだって心配するだろ。それだけだよ」

「ほんとに？　お兄ちゃんあたしを置いて遠くに行かない？」

「大丈夫だよ。一緒にいるから。お前がもう僕なんかいらないって言うまで、ずっと隣にいるから」

少女の煩いを取り除くように、兄はやさしく耳元で話す。穏やかなぬくもりがすぐ側にあった。彩奈は頬を兄の肩に擦りつけた。

「いらないなんて、絶対に言わないもん。お兄ちゃんが邪魔だって言っても、あたしは――」

(あっ、ピクピクしてる)

手の中に脈打つような震えを感じ、彩奈は息を詰めた。手首を押さえられたままで、指には兄の強張りがそのまま当たっている。彩奈はかぶさった指をゆっくりと握り込んでみた。

「あ、彩奈……」

彩奈の背に回されていた兄の腕に、力がこもった。彩奈は兄の顔をじっと見た。兄妹の視線が絡み合う。距離が近かった。兄の呼気の乱れを感じた。

「お兄ちゃん、あたしね――」

少女が口を開いたとき、玄関の方からガチャンと耳障りな金属音が鳴り響いた。玄関扉の錠を外す音だった。

(誰か来たの?)

兄妹は首を回した。入り口から部屋に続く廊下部分が極端に短いため、玄関のようすはベッドで横になった状態でも見える。

「あなたたち、どういうこと?」

「ママッ」

扉を開け、部屋の中に入ってきたのは母、冴子だった。彩奈は驚きの声を発し、慌てて身を起こした。兄はズボンのファスナーを急いで引き上げる。母は細身のショートジャケットに白のスリムなパンツ姿で、ハイヒールのまま上がって来ると、腕を組んでベッドの上の娘と息子に険しい目を向けた。

「さっさと離れなさい。彩奈、あなたは何を考えてるの」

母の二重の瞳が鋭い。優雅な眉もつり上がっていた。背後に運転手の藤木が肩を小さくしてうなだれているのが見え、彩奈は状況を理解した。

(塾を無断で休んだこと、ママにばれちゃったんだ)

彩奈は兄の側を離れて、ベッドから降りた。

「どきなさい」

母が彩奈の肩を摑み、押しのけた。慎一の前に立つ。右手が振り下ろされた。頰を叩く高い音が鳴った。

「いやらしい。あなたは娘を……妹を傷物にするつもりですかっ」

女社長だけあり、叱責にも迫力があった。兄は黙って俯いていた。ぶたれた頬が赤く染まっていく。彩奈も声が出ない。言い訳のしづらい状況だった。

「若い男女といっても兄妹なのだから、間違いが起きたりするはずはないと思っていたわ。でも、まったく信用できないわね。家から出て行ってもらって正解。慎一さんと一緒に暮らすなんてとても無理だわ」

母は義兄の頬を張った右手を胸元に持って行き、左手で包み込むと、軽く吐息をついて嘆きの相を作った。

「わたしだってあなたを信じたかったけれど……血の繋がっていない二人です。よからぬことになってからでは取り返しがつきませんから。慎一さんお出しなさい」

母が静かに命じた。美しさと同居した母の威厳が、兄を圧倒する。慎一が机の上に手を伸ばし何かを摑んだ。母に向かって差し出す。それは自宅の鍵だった。

「二度と家の敷居をまたがないで下さいな」

母は鍵を受け取ると吐き捨てるような口調で告げた。彩奈の方を振り返る。彩奈は目を伏せて身体を小さくした。

「相手を誰だと思ってるの。兄妹を相手に色気づいて。さあ、帰るわよ」

母が彩奈の腕を摑み、部屋の外へと連れ出そうとする。

「ち、違うのママ……お兄ちゃんは何も悪くないの」

彩奈は母に訴えた。しかし母はまったく娘の言葉に耳を貸さない。玄関を出る直前、慎一と目があった。寂しげな微笑みを浮かべて、妹に手を小さく振る。

（お兄ちゃん……）

兄の姿が見えなくなる。少女の胸はきりきりと痛んだ。


日は既に落ちていた。昼間のむしむしとした暑熱も収まり、涼やかな夜気が彩奈の身体を撫でる。玄関脇でこっそり兄と待ち合わせをしていた。夕刻から会社の創業六十周年を祝うパーティーが屋敷内で開かれていた。庭には黒塗りの車が幾台も止まっている。

「遅れたかな？」

ポンと肩を叩かれ、彩奈は振り返った。タキシード姿の兄が立っていた。右手には花束を手にしている。

「ううん、大丈夫だと思う。ママのスピーチはもう終わったかもしれないけど」

「彩奈、きれいだね。お人形さんのようでかわいいよ」

いきなり贈られたストレートな褒め言葉に、少女は顔を赤くした。

(お兄ちゃんに褒めてもらえた。よかった。恥ずかしかったけど、思い切ってミニにして……)

青を基調としたカクテルドレスは、膨らみ始めたバストが少しでも目立つよう腰回りがスリムに絞ってあるものを選んだ。裾も十代の少女らしく、太ももが大胆に露出するミニ丈になっている。衣装に合わせてメイクも施し、ピンクのリップスティックを厚めに塗っていた。

(お兄ちゃんだって、かっこいいよ)

畏まった正装も着慣れているだけあって、普段着のようにさまになっている。多くの女生徒が、兄に好意を寄せるのも当然だろうと思いつつ、彩奈はぼうっとした瞳でネクタイを直す兄を眺めた。

「では参りましょうか、お姫さま」

兄が恭しく彩奈の手を取り、にこっと笑った。会場になっている大広間に向け歩き出す。

(お兄ちゃんこの間のこと怒ってないみたい)

兄が普段通りの態度で接してくれることに彩奈は安堵した。母と兄の関係がさらに悪化してしまった先日の一件には、彩奈も責任を感じていた。

(家の鍵を取り上げるなんて……)

鍵はなくとも直接困りはしない。慎一が屋敷を訪れれば、当然使用人がすぐさま扉を開けてくれるだろう。それでもわざわざ母が鍵を奪うということは、兄との縁を切るという通告に似た意味合いがある。

(やさしいお兄ちゃんが妹を襲うなんてことする人じゃないって、ママだってわかってるはずなのに)

慎一には邪な意思など一切無かったのだと、彩奈は母に何度か説明を試みた。だが兄の名を口にした途端、母の表情は険しくなり、有無を言わせず話題を打ち切ってしまう。とりつく島さえなかった。

(今日をきっかけにして全部元通りになってくれたら……。お祝いの場所ですもの、ママだってお兄ちゃんを冷たくあしらうなんてしないはず)

兄は今夜招かれてはいない。それでも祝いの言葉を直接贈りたいと思う気持ちは、母の心にも届いてくれるに違いないと彩奈は願う。祝いの場が雪解けの始まりとなって欲しかった。

会場内には四、五十人ほどの客がいた。乾杯やスピーチは既に終わったらしく、談笑の声でざわついていた。慎一と彩奈は、注目を浴びることなく中へと潜り込んだ。

「ママだ」

兄が囁く。慎一の視線の先を彩奈も見た。数人の男性を侍らせるようにして母が窓辺に立っていた。

光沢のあるシルクサテンの紅いドレス姿だった。身体にピタッと貼り付くデザインで、背中が大きく開いていた。こぼれ落ちそうな胸元のボリューム、きゅっと括れたウエスト、そして女らしく張り出した腰つきのボディーラインは、妖艶な曲線を描いて周囲の目を惹きつける。

「相変わらずママは華やかで目立つね。宝石もすごいし」

兄が感嘆の声をこぼした。谷間の作られた胸元をゴージャスに彩るプラチナのダイヤモンドネックレス、指先にはリング、そしてホワイトゴールドのピアス……。ふんだんに散りばめられた宝石が、シャンデリアの照明の下で七色の光をキラキラと放ち、母の持つエレガントな魅力を鮮やかに演出していた。

(昔からママは宝石が好きだったけど……)

彩奈は眉をひそめる。義父が亡くなってまだ半年しか経っていないというのに、贅沢なジュエリー類で絢爛に身を飾る必要があるのかと思う。幻想的なきらびやかさが、そのまま家族への薄れ行く愛情と重なって見えた。

「ちょっと混んでてママの側には近づけそうにないね」

兄の耳打ちに、彩奈はうなずく。母は取り巻きの男たちを優雅にあしらいながら、ひっきりなしにやってくる挨拶の客にも応対していた。男性客の一人が冗談を口にしたらしく、どっと笑い声が上がった。

(お兄ちゃんが花束を渡せるような雰囲気じゃない)

母も白い歯をこぼしていた。少し厚めの唇には鮮やかな紅が引かれている。女社長のきりりとしたメイクとは違い、今夜の母は三十六歳の成熟した大人の女性だった。セクシーでありながら高級感が漂い、にぎやかなパーティーの場がよく似合う。もちろん他に女性の招待客もいるが、すべてが母の飾りのようだった。

「あっ、村本社長なんか呼んでたのか」

慎一が嫌悪のこもった呟きを漏らした。彩奈は問いかける眼差しを兄に向けた。

「ママの隣にいる日焼けした男性だよ。強引なやり方で土地を買い漁って荒稼ぎしてるっていう評判の悪い人でさ。取引先でもないのに何であんな人を、わざわざ呼んだのか」

浅黒い肌の中年の男性が母の横にいた。彫りの深い面貌にわざとらしい笑みを貼り付かせ、盛んに母に話し掛けていた。

(あっ、ママのお尻に……)

村本が母の腰に馴れ馴れしく手を回したかと思うと、そのまま滑り落として張りつめたヒップの上へと移動させた。

(やだ、撫で回している)

人影が重なっているが隙間から確かに見えた。無骨な男の指が母の丸い尻たぶに食い込んでいた。

(いつものママだったら、あんな人ぴしゃりとはねつけてもおかしくないのに)

彩奈は顔をしかめた。周囲に人がいる。騒ぎ立てたりはできないのだろうが、男の手を引きはがす位のことは簡単にできる。だが母は一瞬村本にチラッと視線を投げかけただけだった。

「ママ忙しそうだから、お祝いを言うのはもう少し落ち着いてからにしましょうよ」

彩奈は何も気づいてないようすの兄の手を摑んだ。今の母の姿を兄に見せたくなかった。急いで会場から兄を連れ出す。

「困ったな。どこかで時間を潰さないとね。……そうだ。せっかくだから父さんの部屋、覗いてみようか」

兄の提案に彩奈は同意する。広間の側には亡くなった父の書斎があった。今は母が仕事用に使っているため、こういう機会でもなければ立ち入ることはできない。

二人は書斎へと向かい、ドアを開いた。

「模様替えしたんだね」

室内の照明を付けてすぐに兄が呟いた。彩奈は呆然と四方を見回した。書斎の中は様変わりしていた。会社の資料などが入っていたガラス戸の整理棚が消え、その場には大きな姿見が置かれていた。壁紙はグレーから薄いピンクに貼り替えられ、カーテンも落ち着いた寒色系から明るい花柄模様に交換してあった。机の上に飾ってあった家族の写真は無くなり、代わりに派手な洋蘭の花が生けてあった。

(もしかして隣の部屋も――)

彩奈は続き部屋につながるドアを開けた。隣室は以前書庫として使われていた。

「ママ、パパの本全部処分しちゃったんだ」

少女を出迎えたのは一冊の本も残っていない本棚だった。落胆が全身を包みこむ。

（よくここでお兄ちゃんと一緒にパパの蔵書の中から本を選んで読んだのに。もうあんな時間は過ごせないんだ）

がらんとした空間を眺めていると、懐かしくも切ない感情が胸をよぎる。彩奈にとって家族の思い出は五年間しかない。その短い期間が一番幸福な時だった。義父が亡くなって家族のしあわせが呆気なく砕けたことと、目の前の情景が重なって見えた。

「父さんの残した経営のファイルなんかも捨てちゃったみたいだね。苦労して作った洋菓子のレシピだってここにあったのに」

彩奈は慎一を振り返った。深い悲しみとやりきれない思いが、兄の寂しげな微笑みにも浮かんでいた。堅実な経営を心がけ、研究熱心だった父の気配は、もう室内のどこにもない。彩奈は力無くため息をついた。兄は今日、屋敷に来なければよかったと思っているのではと、不安の眼差しを向ける。

「しょうがないね。いつまでも同じってわけにはいかないんだから。ママときちんと向き合おうとしなかった僕が悪かったのかもしれない。ごめんね彩奈」

慎一は妹を気遣い、やさしい言葉を口にする。彩奈の消沈した心は、さらに締め付けられた。

いきなり書斎のドアが開く音がした。彩奈はビクンとして兄と顔を見合わせた。二人はそのまま身動きを止めて、耳をそばだてる。

「あら、照明つけっ放しにしちゃったみたいね」

涼やかな女性の声が、書架の方にまで響いてきた。書架と書斎をつなぐドアが数センチだけ開いていていた。複数の人間が入室してきた気配がする。彩奈は足音を立てぬよう注意してドアの方へと近づいていった。

（この声、それに香りは……）

夜気に乗って覚えのある香水の匂いが届く。机の陰から女性の足元が見えた。アンクルベルトのサンダルを履いている。アンティーク風のメタリックな色合いで踵が高く、つま先ではローズ色が艶めいてかがやいていた。

（あのサンダルに足の爪のペディキュア……やっぱりママだ）

彩奈は眉をひそめる。無断で入り込んだ兄妹を見たら、母の表情はまた険しさを増すかも知れない。

「このまま静かにしてやり過ごそう」

ドアの側まで来た慎一が、同じように隙間から覗き込んで囁く。彩奈にも異論はない。兄を見上げてうなずいた。面会するにしても相応しい時と場所がある。

「冴子社長、何人も部下のクビを切ってるんだって」

男の声がした。兄妹は首を回し、隙間から隣室のようすを覗った。ブラウン系に染められた母の髪と背中が見えた。大胆にのぞく白い肌の向こうに中年の男の顔がある。日焼けした顔色、会場で見かけた村本という不動産会社の社長だった。二人はシャンパングラスを手にしていた。軽く乾杯し、口をつける。

「雇われの身分のくせに意見するんですもの。あなたにもわかるでしょう？　女の経営者の孤独が。男たちは弱い相手だと見れば、嵩にかかって食らいついてくるわ。隙を見せるわけにはいかないの」

母がグラスを机に置き、村本の胸にもたれかかった。男も腕を母の腰に回す。

（いやだ、あの人またママのお尻を……）

先ほどの情景の繰り返しだった。男の指がドレスの生地の上からむちっとした尻肉を摑み、撫で回していた。

「どうしてママはあんな男に」

兄が怪訝そうに呟いた。それは彩奈の抱く疑問でもあった。彩奈の二の腕にかかっている兄の手が、ぎゅっと握りを強めた。

（お兄ちゃん……）

「女が一人で生きていくって大変なのよ」

「一人じゃないだろ？」

村本が母の顎先を指で持ちあげた。角度が変わり母の横顔が見える。高揚が頬に浮かんでいた。母の紅い唇に村本の口がゆっくりと近づいていく。

（ママやめて……パパのことはもう忘れちゃったの）

彩奈はぎゅっと目を閉じ、そして嘘であって欲しいと願いつつ瞼を持ちあげた。情景は何も変わりはしない。キスは続いていた。それだけでなく男の手がドレスの裾から入り込んでいた。スリットが割れ、真っ白い肌の脚が覗いていた。

「あん、そんなところをいきなり」

母が嬌声を放って重なり合っていた口を外した。紅い唇が濡れていた。

「ふふ、気品ある貴婦人の顔して、アソコはもう涎を垂らしているのか」

村本が嗤った。ドレスの浮きあがり方でわかる。母の尻の狭間や、その奥にまで村本の指先は届いているだろう。

（ママ、あんな人に身体を自由に触らせて……）

「嫌な人ね。あなたが人前でわたしのお尻をいやらしく揉んだりするからでしょう。自重してくださらない？　これでもわたしは夫を亡くしたばかりの可哀想な未亡人なんですから……あん、こら、あむん」

村本が再び母の唇を奪った。母がやめなさいと村本の肩を二度叩く。しかし村本は放さなかった。媚びるような女の鼻声が漏れ、やがて母の手も村本の背へと回っていった。

「あの人、奥さんいるのに……」

兄の震え声が上から聞こえる。唾液の弾ける汁音が響いていた。二人は舌を絡め合ってキスに耽っていた。書斎からあたたかな空気が流れてくる。心を惑わすような甘ったるいトワレの匂いが含まれていた。足元がぐらつく感じがして、彩奈は兄のシャツにしがみついた。

「人前でまさぐられて感じてたのかい未亡人社長さん？　ずいぶんとねっとりしてるぞ」

「ん……ずっとご無沙汰なんですもの。少しくらい淫らな女になってもしょうがないでしょう。あん、そんなに擦らないで」

村本は微妙な箇所を弄くっているらしく、母は恥じらいの滲む声を発した。すべらかな脚をピクンッと折り曲げ、サンダルの踵を持ち上げる。それに合わせてゆたかな腰つきも悩ましくうねらせていた。

「うるさく口を出してくる古参社員は首を切り、夫の財産を分け合わねばならない義理の息子は屋敷から追い出して。悪い女だ……」

彩奈はそっと兄を覗った。兄の相貌は強張っていた。かけるべき言葉が見つからず、彩奈はまた視線をドアの隙間へと戻す。村本が母の耳元で何かを囁いていた。

「もう、パーティーのホストにそんなことを頼むの？　あなたも悪い人だわ」

「そう言わずに頼むよ」

ニヤニヤした笑いを浮かべて村本が請うと、母は艶美な笑みを残して身体を沈めていった。

「他の人とは手をつないであげるくらいなのに。ここまでサービスするのはあなただけですからね」

膝をついた母は、村本の腰の位置から見上げて告げる。白い指が伸び、男のズボンのファスナーを摘んだ。ゆっくりと引き下ろしていく。小さな金属音が、やけに大きく聞こえた。

（ママ、何を……）

彩奈は母の行動が理解できぬまま、手の動きに視線を注いだ。母の指先が開いた空間にすべり込んでいった。男の股間の中で淫靡に蠢いたかと思うと、細指は何かを内側から摘み出した。

「……ッ」

ポロッとこぼれ出た男性器を見た彩奈は、悲鳴が漏れそうになり、慌てて口元を手で覆い隠した。

（大人の男の人ってあんななの……）

長い棒のようなモノが垂れていた。色も不気味に黒ずんでいて、とても人間の身体の一部とは思えない。

（いやだ、太くなっていってる）

現れ出た陰茎を母は右手に握り、上下に指をすべらせて擦っていた。徐々に男性器が上向きに反り返り、先端部がヘビの頭のように膨れ上がっていく。母の指の中でピンと充血を増していくようすを、彩奈は信じられない思いで眺めた。

（ママが、あんないやらしい手つきを……）

グロテスクな男性器を、母の白くなめらかな指は巧みに刺激していく。ネイルはシルバーに塗られラインストーンが散りばめてある。よく手入れされた爪のきらめきが、余計に男性器を扱く手指の動きを淫靡に見せた。

「んふん、元気ね」

摩擦を加えながら、母が村本を仰ぎ見る。瞳から知性のかがやきが消え、代わりにねっとりと濡れた情欲の光が宿されていた。母が美貌を前へと倒した。紅い唇から、舌が伸び出る。

「んふ……」

母は色っぽい鼻声を漏らして、サオの裏側をペロッと舐めた。

（ああ、ママ気持ち悪くないの？）

彩奈は唇を嚙んだ。排泄に使う部分に口を付けるなど、少女にとっては嫌悪の感情しかわかない。しかし母は艶っぽく目尻を下げて、なおも根元の方から先端へと、ツーッと舌を何度もすべらせていく。

「ああッ、いいぞ冴子」

男のため息が合図となって、母は美貌の角度を変え、長棹の横や先端の括れ部分に舌をねちっこく這わせた。赤黒い肉茎は母の唾液にまぶされて、徐々にツヤツヤとかがやきを帯びていく。

(アイスキャンディーみたいに舐め回してる)

ピンク色の舌がグロテスクなペニスに絡みつく情景を見ていると、胸のあたりがもやもやとしていく。彩奈は口を押さえていた手を外して、静かに深呼吸した。

(お兄ちゃんだってママのあんな姿を見て驚いてる……)

少女の首筋に慎一の熱っぽい吐息がかかっていた。兄も意識を掻き乱されているのがわかった。

「滲んできた。ふふ、感じる?」

母が濡れた唇で村本に問いかける。肉塊の頂点から透明な汁が漏れ出て光っていた。母はそれを指先ですくうと、棹に塗り込めるようにして扱き立てる。

「ああ、当たり前だろ。パーティーの場で優雅な笑顔を振りまいていた高貴な花が、隠れて招待客のチ×ポをペロペロ舐め回しているんだぞ。こんな姿を誰も想像すらしていないはずだ」

「いじわるなこと仰らないの」

母はしっとりとした声で応じると、柔らかな髪をかきあげて笑みを浮かべた。

「亡くなった旦那にもその貴婦人顔で、お上品に舐めてやったのか?」

「あん、本当にサディストね。こんなときに夫のことを持ち出すなんて」

拗ねたように母が上目遣いで村本を見た。

「だけどそれが燃えるんだろ。冴子は」

村本が母の名を呼び捨てにする。母はくすっと笑うと肉茎の根元を回し込むようにして乱暴に扱いた。

「そんなことばかり言っていると、咥えてあげないわよ」

「おいおい、勘弁してくれ。俺の息子は涎いっぱい垂らして冴子のお口を待ってるんだぞ。可哀想だと思わないのか」

村本が浅黒い顔を歪めて懇願する。

「しょうがない子ね」

母は摘んだペニスの切っ先を自分の口元に向けた。そして舌を大きく伸ばして、垂れ落ちそうになっていた透明なしずくをひと舐めすると、ふっくらとした唇を大きく楕円に開いた。

（あの太いモノを、ママはお口の中に……）

唇の中に勃起が呑み込まれていく。先端部から半分ほどが隠れても、まだ母は美貌を前に進めていった。やがて長大な男性器が完全に母の口に隠れてしまう。

「おおッ……冴子は最高の女だよ」

母を見下ろして、村本が心地よさそうな声をあげた。形の良い鼻が男の陰毛の中に沈んでいた。切っ先は確実に喉に当たっているだろう。見ている彩奈の方が喉元に異物感を覚え、ゴクッとつばを呑んだ。

「あんな男のモノを頬張って……ママの頭の中には、もう亡くなった父さんはいないんだね」

兄の呟きが彩奈の耳に入る。兄妹の眼前で、母冴子は含んだペニスを口元から引き出し、またすっぽりと咥え込んだ。前後にゆれる首の動きに合わせて、ボリュームのある髪がたなびいていた。

(……フェラチオしてる)

彩奈は兄の手を探し、摑んだ。慎一もぎゅっと妹の手を握り返してくる。口で愛撫を施す性愛のテクニックがあると知ってはいた。だが実際目にするのは初めてだった。なにより肉親が目の前で行っているという衝撃が大きい。普段の冷たい印象のする母とは別人だった。彩奈は堪えきれなくなり、顔を背けた。兄が庇うように彩奈を抱いた。彩奈は目を閉じ、兄の胸に額を擦りつけた。

「うう、ぴっちり吸いついて……おおッ」

村本の咆哮が響いた。唇をすぼめ、頬をへこませた卑猥なしゃぶり顔で、母はねっとり咥えてやっているに違いない。

(どうしてこんなことになっちゃうの。ママとお兄ちゃんとあたしと、仲良く三人笑顔で暮らせる、そんなささやかなしあわせしか望んでいないのに。パパの書斎になんて入らなければ良かった)

せめて楽しかった頃の家族の思い出に浸れたらと考えた。その結果は思いも寄らない実母の淫らな奉仕姿だった。

「ああ、なんてまろやかな舌遣いだ」

村本が声の裏返った喜悦の呻きを放った。彩奈は瞼を開き、恐るおそる横を見た。母は村本の腰に両手で抱きつき、紅唇をスライドさせていた。口のすべりとともに淫靡な汁音がリズム良くこぼれる。強く熱望した和解にはほど遠い現状だった。もう二度と元には戻れない予感がした。

(ママは、あんな不潔な行為が好きなの……)

自分の知らなかった母の姿に、彩奈の視線は再び吸い寄せられていく。額には細かな汗が浮かび、恍惚の気配が昂揚の赤色に染まる美貌に滲んでいた。首振りの動作に合わせて、揃えた踵の上でむちっと張ったヒップをくなくなとゆらす。いやいや行っているのではないことが母の仕種からは感じられた。

「んふん、トロトロのお汁がどんどん喉に流れてくる」

母が一旦口を放してうっとり告げた。

「もういいよ冴子、暴発してしまいそうだ」

「あら、村本さんに弱音は似合わないわ。これから特別サービスしてあげるのに……うふん」

相貌を回し込むようにして、再び村本を呑み込んでいく。下唇から泡立った唾液を垂らしておいしそうに根元まで含むと、鼻から充実を悦ぶような吐息を漏らした。そのまま深咥えの状態を維持し、村本の腰のベルトを外し始める。下半身からズボンと下着が引き下ろされていった。

「ああ、喉で締めて……冴子ほどのおしゃぶりの上手な女は初めてだよ」

深く呑んだまま母の喉が波打っていた。何かのテクニックらしく、村本の声はより甲高くなる。さらには腰に回した手で村本の露わになった尻を揉み、撫で始めた。指先は臀裂の狭間にまで潜り込んで、奥の方にまでマッサージを行う。

（ママ、苦しくないの？　それにお尻のあんな場所まで……ああ、見ていると変な気分に……）

自分まで野太いモノを含んでいるような気持ちになってしまう。彩奈は舌で自身の唇を舐めて、湿らせた。少女にはとても理解できない光景だというのに、間近で繰り広げられる口腔愛撫の生々しい迫力は、ドアを隔てた薄暗がりの書庫にまで伝わってくる。下腹の辺りがムズつき、彩奈は細腰をもぞもぞとゆらした。

（お兄ちゃんも、ドキドキしてる）

寄り添って立つ彩奈の耳は、兄の早打つ鼓動の音をとらえた。

（あ、硬くなってる）

お腹にぶつかってくるゴツッとした股間の感触に、彩奈は気づいた。彩奈は息を呑み、身を硬くした。

「ごめん。ママを見てこんなにしちゃって」

腕の中で居心地悪そうに身じろぎする妹に気づいたらしく、兄が小声で謝った。ばつが悪そうな顔をし、握っていた彩奈の手をほどいた。

（ううん、気にしないで）

彩奈は兄を見上げて、頭を左右にゆらした。あれだけいやらしく口唇愛撫に耽る母の姿を見ていれば、仕方がないだろうと思う。自分も風邪を引いたかのようにどこか身体が熱っぽい。

「ああッ、だめだ冴子、出てしまう」

村本が母の肩を摑んで、股間から引きはがした。クポンと派手な音を立てて肉茎が唇から外れる。肥大したペニスから、透明な唾液が滴り落ちていた。

「才覚に富んだ女だ。亡き夫の会社を切り盛りするだけでなく、こういうテクニックにも抜群に優れているんだからな」

村本は肩を喘がせて言う。

「ねえ、ちゃんと工場の土地を買ってくれるのよね？」

母が指先で口元を拭って問いかける。妖しく濡れた瞳で村本を見上げていた。

「こんなときに念押しか。抜け目ないな」

村本は母の頬を撫で嗤った。母の両手が村本の股間へと伸びていく。機嫌を取るように、右手の人差し指と親指で肉茎の根元を擦り、左手は陰嚢を包み込んで、揉みほぐし始めた。

「ふふ、買ってやるさ。当たり前だろう、大きな儲け話なんだ。そっちこそ夫の跡を継いだばかりの未亡人がさっさと会社を畳んだりしたら、社員や身内から非難囂々だと思うがね」

「覚悟はしてるわ。だから邪魔者を追い出したり、それなりの準備だってしているでしょう、うふふ」

母が勃起を手で擦りながら、婉然と微笑んだ。

(会社を畳むだなんて……)

彩奈は耳を疑った。具体的な内容はわからない。しかし母が良くないことを企んでいることだけは、理解できた。

「僕は邪魔な息子か」

兄の抑えられた自嘲の笑いが、彩奈の耳に届いた。

(お兄ちゃん……あたしには大事なお兄ちゃんだよ)

思いを込めて兄の胸に触れ、撫でた。兄が眼差しを落とし、腕の中の妹を見つめる。あたたかないつもの笑みがつくられようとし、だが途中で悲しげに歪んでしまう。彩奈は兄の背に腕を回し、強く抱きついた。かさっと音がし、甘い花の匂いが立ち昇った。兄の左手に握られたままの花束から放たれた香りだった。少女の胸は、切なく締め付けられた。

(ママは何もかも奪おうとしている)

平穏だった生活、兄の継ぐべき会社、そして兄妹の絆さえも裂かれようとしていた。最近では母娘の関係も良好とは言い難い。それでも母を尊敬し愛していた。実父と別れた後、自分を引き取り育ててくれたことに感謝していた。少女の瞳に涙が滲む。

「さあ、冴子」

村本が母の手を引き、立ち上がらせた。肩を押して母を後ろ向きにさせる。

「ん、乱暴ね」

バランスを崩した母は両手を机の上につき、男を振り返った。

「相変わらずむちっと張ったいいケツだ」

曲線を描く背中とヒップ、そしてスリットからは脚線美が覗いて、三十六歳の妖艶な存在感をアピールする。村本は背後から取りつき、突き出された双臀を撫で回し始めた。脂下がった表情で母のドレスをまくり上げる姿は、社長という肩書きに相応しい人物とは到底思えない。

(まだ何かするつもりなの?)

息子と娘の前で、母親の下半身が露出されていく。肉づきの良い太もも、そして丸みを帯びた腰つき、むっちりとした双丘を包みこんでいるのは高級そうなサイドがレースになった黒のショーツだった。

「あん、いきなりなの?」

男が黒下着を引きはがしていく。

「へへ、ご褒美に高い金で、工場の敷地を買ってやるからな」

白い尻肌が剝き出しになると、村本が母の肢体に上からかぶさるようにして、身体を重ねていく。右手で己の勃起を摑み、母の濡れた女の中心に先端をあてがっていた。何をしようとしているのか、彩奈にもようやく理解できた。脚が震えた。

（ああ、ママの中に……）

黒ずんだ村本の肉塊が、母の濡れた媚肉を押し広げて埋まっていく。母は長い睫毛を震わせ、口を薄く開いた。挿入感を味わっている恍惚の横顔だった。

「あ、あああん……くれぐれも、お願いね」

「わかっているとも。おおッ、ヌルヌル絡みついて……札束の一つや二つくらいこの身体に比べれば、ああ、たまらんッ」

「ん、早く、奥までちょうだい」

母が白いヒップを卑猥にくねらせて、さらなる挿入を請う。

「よしよしくれてやるとも。たまらない尻しやがって、はち切れそうじゃないか……そらッ」

熟れた双臀に村本の腰がぶつかり、パンッと派手な音が鳴った。母の顎が持ち上がり、背がきゅっと反った。紅唇からは艶めかしい喘ぎがこぼれる。

「ああッ、村本さんっ……あんっ、ああんッ」

男の腰が休まることなく前後し始めた。肉づきに合わせて流麗な髪がゆれ、ドレスの胸元では乳房が縦に跳ねる。

「くく、トロトロの肉ヒダがぴっちり絡みついて。相変わらずいい味わいだ」

「あ、ああっ、いいわ、村本さんッ」

（ママ、セックスしてる。パパの書斎で……）

男の腰が丸い尻たぶを圧し、母は滴るような呻きで呼応する。母が見知らぬ他人に見えた。普段の峻厳な態度とバックスタイルで貫かれる生々しい痴態が、頭の中で結びつかない。彩奈はハアッと息を吐いた。胸が高鳴っていた。

（こんな風にするんだ）

見ていると肌が火照り、妖しい感覚が身体中に広がっていく。獣のように交わる二人の興奮が熱気とともに流れてくる感じがした。

（あっ、お兄ちゃんのアレが……）

兄の陰茎がむくりと容積を増し、お腹が押されていた。兄も昂っていることに気づいた彩奈は、頬をカアッと赤らめた。

「おさまらないんだ。こんなときなのに、ごめん」

妹の紅潮した顔に兄が気づき、低めた声で陰茎の充血を詫びた。

(ううん、お兄ちゃんだけじゃないの。あたしだって……)

少女のパンティの内側でも、ぬめった淫蜜がトロッと滲んでいく。漂ってくる汗と体臭の甘酸っぱい匂い、色っぽい喘ぎ、腰と腰のぶつかる肉音、性交の熱気は少女にも昂揚を伝播させた。

「あたしは気にしてないから」

少女は囁き、右手を互いの身体の隙間に入れた。ほっそりした指は、兄の硬くなった股間部分に触れた。ズボンの上から手の平で包み込み、気にしていないという自分の言葉が嘘でないことを証明する。

「彩奈はやさしいね」

慎一は左手に持っていた花束を傍らの本棚に置いた。空いた手で彩奈の腰を強く掻き抱いた。

「あんな声を上げてるくせにママは僕をぶって……」

兄が口惜しそうに少女の耳元でこぼした。ワンルームの部屋で母が兄の頬を張ったことは、彩奈の心にも痛みの記憶として刻まれている。

（お兄ちゃんを平手打ちしてお説教したのも、ママには駆け引きだった……）

彩奈は隣の部屋に視線を向けた。丸みを帯びた身体が、なまめかしくうねっていた。母の行動は、全部自分の欲望のためだったと今ならわかる。彩奈は、母にぶたれた兄の左頬にそっと手を触れさせた。兄の翳った眼差しが妹をじっと見つめる。相貌が倒れ、唇が近づいてくる。彩奈は静かに目を閉じた。兄妹は抱き合い、唇を重ね合った。

（兄妹なのにキスしてる。お兄ちゃんとファーストキス……）

兄の心臓の鼓動が聞こえた。それ以上に自分の拍動は大きく響いている。兄の舌が彩奈の上下の唇の隙間を舐めてきた。彩奈は口を開く。兄の舌が潜り込んできた。おずおずと彩奈も舌を伸ばした。ヌルリと擦れて、兄の舌と巻き付け合う。

（お兄ちゃんと舌を絡め合ってる）

やわらかな粘膜が直接触れ合っていた。口の中が熱かった。兄の息遣いを感じる。頭の中が紅い色に染まっていくようだった。思考能力は失われ、考えることが困難になる。

「彩奈の唇、ぷるんとしてるね」

兄が彩奈の口を解放し、下唇を指で撫でた。指先が二人の唾液で濡れる。

「リップだけじゃなくて、グロスも塗ったの」

彩奈は小さく言い、舌を伸ばして子猫のように指をペロペロと舐めた。兄がくすぐったそうに目を細めた。

「彩奈、直接触って」

兄が彩奈の耳に息を吹き込み、囁いた。少女の手は兄の股間の上にかぶさったままだった。だめだよ、と少女の唇は形だけ否定をつくった。勝手に指が動いていた。手探りでファスナーを摘み、母と同じようにゆっくりと引き下げていく。

（こんなことしちゃいけないのに……）

ファスナーの内へと、指を差し入れた。一度、兄の部屋で同じことを行ったためか、抵抗感が薄まっている。そっと握り込んだ。

（お兄ちゃん硬くなってる。苦しそう）

あの日も熱を帯びて膨らんでいたことを摑んだ指が思い出す。

「彩奈、下着の中に手を入れて」

発せられた兄の声はかすれ、いきり立った男性器と同じように苦しげだった。

「だ、だけどこれ以上は……」

少女はか細い声で訴えた。兄妹だというのに口づけを行い、禁忌を破った。これ以上は許されないと理性が警鐘を鳴らしていた。

「ママたちはあんなことしてるんだよ」

兄の言葉に、彩奈は再び双眸をドアの隙間に向けた。村本が母のドレスの肩紐を横にすべらせて落としていた。赤いシルクドレスが引き下ろされていく。真っ白な肌と、ストラップレスのブラジャーに包まれた双乳が露わとなる。すぐに村本がブラジャーのホックを外し、放った。ぷるんとボリュームのある乳房がこぼれでた。

「くく、この下品にでかいおっぱいが、なんとも手に吸いついて」

村本は熟れた乳房を脇から回した両手で握り締めて、嗤いをこぼす。指を食い込ませ、肉丘をゆさゆさと揉んでいた。

「ああんっ、もっといやらしく揉んでッ……ああ、来てッ」

ウェーブのかかった髪をゆたかにうねらせて、母が仰け反った。乳房を絞られながら抽送が加えられる。母の喘ぎがぐっと情感のこもったものになり、細腰を基点にした丸い尻のゆれ方が妖しさを増していった。

(ママ、気持ちよさそうな声をあげてる)

嬌態を前に彩奈は声が出ない。母のあんな声を聞いたことなどなかった。母と村本の交わりはどこまでも淫らだった。肉親のセックスを見ているという生理的な嫌悪があるというのに、汗ばんだ肌のぶつかるようすを眺め、生々しい男女の喘ぎや淫らな汁音を聞いていると、彩奈も身体が熱くなり呼吸が早くなる。下腹にジンとした火照りを感じた。

「ね、彩奈」

だからお願いだよと、兄の瞳が哀願をする。

(お兄ちゃん、ピクピクしてる)

下着越しに、ペニスの震えを感じた。それだけで彩奈の股間もじっとりと滴っていく。沸き上がってくるものに戸惑いながら、少女は兄の下着を下げおろした。押さえつけるものがなくなり、兄の勃起はズボンの外へと勢いよく飛び出た。

(これがお兄ちゃんの……。先っぽがテカテカになってる)

彩奈は視線を落として兄の偉容を眺めた。まだ十七歳の兄だが、大人の村本よりも遙かに逞しく思えた。覗き込む少女を威圧するように上向きに反り返り、色白の兄には不似合いに赤黒く変色もしている。その色艶に、少女はひるむ。

(握らなきゃ……)

彩奈は指先で触れた。ヌメった液で表面が濡れていた。どうやら先端の尿道口から透明な液が滲んでいるらしい。不思議さを感じながら、粘液を引き伸ばすように指先を這わせた。棹全体が灼けつくような熱を帯びていた。彩奈は脅えを抑え込み、広げた指で兄を握り込んだ。

（あたし、お兄ちゃんのを掴んでる）

脅えは残る。だが唯一の肉親である母が、利己的な理由で義理の兄を苦しめている。その申し訳なさが、兄の性器に触れることで薄れていくように思えた。

「これでいい？」

彩奈は顎を持ちあげて、兄の耳の側でそっと尋ねた。

「ああ、彩奈の指、やわらかくて気持ちいいよ……そのまま扱いて」

慎一が息を吐きながら、告げた。彩奈は無言でうなずく。

「ごめんなさいね、お兄ちゃん」

娘として謝りの言を呟きながら、指を下へとすべらせた。肉茎の表面には思った以上に凹凸があることに気づく。

（先の部分が尖ったりへこんでたり……それにドクンドクン脈打ってる）

怒ったように硬くなっているだけではない。喘ぐように息づいていた。ここだけが何か別の生き物のようだった。

（ああ、何で濡れちゃうの）

勃起を擦っていると、股間の疼きが酷くなっていく。愛液がトロトロ漏れて下着に染み込んでいた。彩奈は自分の身体に現れた不穏な変化に戸惑いながら、指を上へと引き戻し、また沈め込んだ。徐々に指扱きに慣れていく。指先に力を込めて兄の硬さ、太さを確かめた。

（大きくてとても握りきれないよ。ママはこんなのをお口で……）

輪になった指は、親指と人差し指が遠く離れていた。村本のモノを母が口いっぱいに頬張っていた場面を彩奈は思い出し、そこに兄と自分の姿を置き換えてみる。

（ううん、とても無理。お兄ちゃんは、村本さんよりずっと太いみたいだから、あたしの顎が外れちゃいそう）

到底咥えることなど無理ではないかと考えたとき、その想像のはしたなさ、破廉恥さに彩奈は気づいた。心の奥底ではこんな願望を自分は持っていたのかと驚き、少女の全身は溢れる羞恥に包まれる。

（いやだ、何を考えてるの、あたしは妹なのに。お兄ちゃんを、お口でしてあげるなんて……）

発情の蜜が垂れる。暑熱に焼かれたように脚の付け根がぽうっと煮え立つ。

（やだ、アソコがぐちゃぐちゃになってる。ああ、でもお兄ちゃんすごくコチコチになって、人間の身体じゃないみたい。あたしまで変な感じになっちゃう）

指の中で兄の硬さがみるみる増していく。鋼のようだった。

「ねえ、続けるの？」

少女はゆれる瞳で問いかけた。不穏な熱に、このまま身体を浸し込んだままで良いのだろうかと、怖さがこみあげてくる。

「うん。まだ放しちゃだめだよ。もう少しそのままこすって……」

珍しく兄の否定の言葉は早かった。彩奈は兄を見つめながら、指を上下に動かし続ける。膨れ上がった先端のすぐ下には、指がちょうど引っかかる括れた部分があった。溝のようになったその箇所に指をしっかと巻き付け回転させると、肉棹がドクドクと脈動するようすがよくわかった。

「ああ、彩奈……いいよ、ああッ」

指を引き絞る度に、尿道からねとっとした液が漏れて彩奈の手首を濡らし、根元に向かって垂れていく。それが潤滑剤となり、少女の指はますますスムーズに動いた。悦楽に翻弄されるのを耐えるように、背に回った兄の手が下に降りて、彩奈の太ももをぎゅっと摑んだ。さらにはミニ丈のドレスの裾を持ちあげて、危うい場所にまで入り込んでくる。

「あんッ、お兄ちゃん……そ、そこは——」

「静かに」

兄の口づけで彩奈の悲鳴は消された。

(だめッ)

折り曲がった指が脚の付け根に潜り込んで、少女の敏感な部分に触れてくる。下着越しとはいえ、誰も触れたことのない一番大事な箇所だった。

(クリトリス弾かれてる……ああ、何これ？　こんなの知らない)

充血した陰核を指先で擦られると、染み渡るような電気が走った。初めて味わう性の快美にほっそりとした女体はピンと引きつった。彩奈は身体が崩れぬよう、いきり立つ兄をしっかりと握った。

「彩奈も気持ちいいの？　パンティ、ヌルってしてるよ」

兄がわずかに口を離して囁いた。

「言わないで……」

桜色の唇は唾液の糸を引かせて、震える。彩奈は兄の顔を正面から見ることができず、俯いた。ショーツの股布が愛液を吸って重く湿っていることはわかっていた。細い布地では受けとめきれず、内ももにまで垂れていきそうだった。

「でも気持ちいいんだろ、弄られると。……こう?」

なおも兄の指が下着の上から秘部をこそぐように動いて、追いつめてくる。痺れる快感に、彩奈は白い首筋を小刻みにゆらした。兄がいきなり耳の後ろを舐め、キスしてきた。ぞわっと鳥肌の立つ感覚が走り、少女は髪を振り乱した。

「あん……だめ、くふんッ」

「彩奈、ママたちに聞こえるよ」

妹の顎を指先で持ちあげ、再度兄が唇を塞いでくる。喘ぎをこぼしていた唇は兄に吸われ、甘噛みされた。少女が我慢できずに息を吐くと、その開いた隙間から兄はトロッと唾液を流し込んできた。下では兄の指が、少女の丸いヒップを鷲づかんで揉んでくる。刺激の奔流の中で彩奈の頭の中が沸騰する。

(お尻揉まれて、その上お兄ちゃんのつばがお口の中に……)

困惑と恥ずかしさ、そして性の昂揚が入り混じり、何もかもが浮き立つ。

(お兄ちゃんの指が……ああ、感じちゃう)

兄は尻たぶを揉み込みながら、伸ばした指先で湿ったパンティごととろけた粘膜をマッサージしてくる。くすぐったくも鮮烈な愉悦はジンジンと立ち昇り、少女の肉体は官能に冒されていく。

(ああ、お兄ちゃん、好き)

少女は自ら激しく舌を巻き付けていった。兄の唇を舐め、歯列を舐めた。兄の舌が伸びてくる。

「ん、彩奈、んむ」

「お兄、ちゃん……あ、あむん」

二人はヌルヌルと舌を擦り合わせて、唾液の汁音を口元から弾けさせた。兄妹間では到底言い訳のできない、濃厚な口づけに耽る。

(お兄ちゃんもカチカチになってる)

指の中で兄が喘いでいた。彩奈は兄の背に左手でしがみつき、右手で昂ったモノをグイグイ擦った。恋慕の想いと、初めて肉体に表出した生々しい色欲が少女の肉体を支配していた。

「冴子っ……おおッ」

荒々しい声が書斎から響いた。彩奈は兄の垂らしてくる唾液を呑み下しながら、横を見た。半裸に剝かれた豊満な肢体は、父の遺した机の上で歓喜に喘いでいた。

村本が腰を摑んで抽送を行えば、裾をたくしあげられたドレスから飛び出た白い尻が跳ねゆれる。

「ああんっ、今夜の村本さん……すごいわッ」

机の端を摑んで母は悩ましく相を歪めていた。ゆたかな双乳は机の上に押しつけられて、ゴム鞠のようにやわらかに変形する。

（あんなに激しく突かれて……）

黒く濡れたペニスの出入りするさまがはっきり見えた。隣室にも会話はなく、切羽詰まった呼気と肉と肉のぶつかり合う音だけが木霊していた。

（ああ、この香り……身体がどんどん熱くなって、ヘンになっちゃうよう）

化粧品と香水の甘ったるい香に、汗と体臭の入り混じった濃密な臭気がドアの隙間から流れ込み、書庫の中まで埋め尽くしていた。

「さっきのママみたいに根元から擦って。もっと激しくても平気だから」

兄が口を引いて囁いた。思い切って強く握り、扱いてあげた方が具合が良いのだと彩奈も気づく。指に力を込め、ぎゅっと絞った。

「彩奈、んう」

強く扱いた途端に、兄が心地よさそうにため息をついた。

「お兄ちゃん、気持ちいい？　この位でいいの」

問いかけに兄がうなずく。透明液が潤沢に垂れて指に絡んでいた。少女の手がすべる度に、クチュクチュと腰の間で淫らな音が響く。余計な物音を立てぬようなめらかさを心がけて、彩奈はリズミカルに扱き続けた。

「彩奈も、これ位？」

差し込まれた指腹が、少女の秘裂を揉んでいた。彩奈は弱々しくうなずき、昂揚していく身体の状態を兄に伝えるように右手をせわしなく動かした。兄がそれに応じて指の差し込みを深くし、刺激を強めてくる。脚の付け根がいっそう熱くたぎった。

「彩奈のドレス、透けてるね。きれいだよ」

汗の浮いた額に兄がキスをした。彩奈は首を倒して自らを眺める。書架の向こうの小さな窓から、庭の白熱灯の光が淡く差し込んでいた。青いカクテルドレスが汗に濡れ、肌にピタリと貼りついているようすを、少女の目も確認する。

「んッ、お兄ちゃん、そんなに見つめないで」

裸を直に見られているような恥ずかしさがこみあげ、彩奈は身悶えした。

「乳首、尖ってるね」

兄の左手が、彩奈の胸をドレスの上から包んだ。指先は少女の乳首を的確に捉えて、摘んでくる。

「うんッ……」

乳房からぴりっとした電気が走り、彩奈は小さく息を吐いて、眉間に皺を作った。薄いドレス生地とブラジャーはしっとり汗を吸っているため、直接指で触れているようだった。

「もっと足を開いて。イカせてあげる」

少女は躊躇うように小さく首を振った。

「僕と一緒に、ね?」

もう一度やさしく促され、彩奈はおずおずと足幅を広げた。スペースを得て、兄の指がより大胆に股間で這った。妹の顔を見つめながら気持ち良くなる箇所、感じる部位を探っていた。陶酔の表情を観察される羞恥が秘部の悦楽と入り混じり、彩奈は兄の腕の中で肢体をくねらせた。肌はさらにじっとりと汗ばんでいく。

「んっ……んんッ、お兄ちゃん」

「かわいいよ彩奈」

兄は微妙な指先の動きで、妹を責め立てる。甘い疼きが絶え間なくこみあげ、少女は唇を嚙んで、喘ぎを押し殺した。それでも喉の呻きは完全に抑えきれない。

「ああっ、イクぞ冴子ッ」

「来てっ、村本さん、わたしもイクわッ」

母と村本の声が響いた。パンパンと跳ね当たる交合の音も激しさを増していた。

「出すぞ、おお……おらッ」

「ああっ、イクッ、ああん」

男の吼えるような叫び、そして母のうっとりとした嬌声が続いた。二人が達したのだと彩奈にもわかった。

(ママ、避妊しないで直接浴びちゃったの?)

村本が避妊具を用いてなかったことを思い出し、彩奈はチラリと目を向けた。

村本は母の腰を摑んで深く差し込んだまま、身動きを止めていた。白い豊臀だけが小刻みに震えていた。

「あ、ああ、溢れてるわ」

母は腹ばいの姿勢で、喉を波打たせていた。すべらかな肌の上を滴る汗が、ネックレスやピアスよりもきらめきを放つ。

(ママ、知らない男の人に流し込まれてる)

普段の厳格な母からは想像できない姿だった。背徳の衝撃が彩奈の背筋を走る。

「彩奈、僕も……」

兄が呻いた。彩奈は上を向いてうなずいた。

「あたしも、何か熱いのが来てるの」

兄がわかってると言うように笑んで、キスをする。彩奈は目を閉じ、ペニスを扱き立てた。

(ああ、燃えてる)

頭の中で真っ赤な花吹雪が舞っていた。近親間では許されない行為をしているという良心の呵責と、母を不潔だと思う気持ち——きりきりと胸を締め付けられながら、それでも兄と抱き合っている安心感と口づけの悦びは、少女の心を焦がした。

「お兄ちゃん、あたしっ——あ、んッ」

口を外して彩奈は訴えた。兄の指が濡れたパンティを横にずらし、直接秘裂を前後に抉った。切ない快感は一気に明確さを増し、爛れるような熱を下腹に孕む。

(あたしもママみたいに……)

自分も母のように昇り詰めようとしていることを、少女は本能で理解した。悦楽がとめどなく沸き上がり、揉まれ続ける乳房はむず痒くしこっていく。生まれて初めて体験する性官能に小さな身体はゆさぶられていた。

「あん、そんなに彩奈の乳首、いじめないで……あ、ああん」

乳房の先端をきゅっきゅっと摘まれ、彩奈は唇を震わせた。ほぼ同時に股間の指が、クリトリスを揉む。

(ああっ、おかしくなるッ)

何かが溢れる。頭の中の花びらが風に吹かれて散った。そして意識に空白が訪れる。ふわっとあたたかな風が身体にまつわりついて、視界がぼうっと霞んだ。

(あたし、イッてる……)

少女の唇が戦慄いた。恥ずかしい声を堰き止めることで精一杯だった。頭の天辺から足のつま先までがやわらかにとろけ、黒い蜜にまみれているような心地だった。

「あ、彩奈ッ」

兄が低く唸った。少女の指を弾き飛ばす勢いでペニスが痙攣し、次の瞬間、たぎった液が吐き出された。灼けついた粘液が彩奈の手の平を濡らし、腕に降りかかる。

（お兄ちゃんも……。これが射精？　お兄ちゃんのせいえき）

この先、どうすれば良いのかわからない。朦朧としながらも彩奈は懸命に痙攣する勃起を右手で繰り続けた。粘液は次々と噴き出し、兄が嗚咽するように喉で喘いでいた。彩奈を襲った快感の渦も、なかなか身体を解放してくれない。兄妹は寄り添って震える肉体を支え合い、無限の愉悦の中を漂い続けた。

（ピクピクしているのが収まってきた）

少女が意識をわずかに取り戻したとき、鋼のようだったペニスも幾分軟化していた。彩奈は下を覗き見た。白い粘液にまみれた自分の指が、兄の男性器を摑んでいる。既に精液はチロチロとしか漏れていないが、先に放たれた分が書庫の床にまで垂れ落ちて、溜まりを作っていた。

（大きい……）

こうしてじっくり眺めるとよくわかった。大人の村本よりも兄の方が確実に太く、長い。十七歳という年齢らしく色素の沈着は見られないが、エラの張った外見は少女の目から見ても雄々しいという形容を思い起こさせる。

「もういいよ、彩奈」

手を離すタイミングがわからず、いつまでもゆるゆる扱いている彩奈に兄が告げる。

「は、はい」

はしたないと言われたような気がし、彩奈はパッと指をほどいた。頬を朱色に染めて、俯く。

(ドロドロになってる)

白い粘液が手の甲にまで絡みついていた。噴き出た欲望液の重さをずしりと感じた。

「彩奈だいじょうぶ?」

兄が心配そうに見つめていた。初めて経験した射精であり、女のアクメだった。未だ夢の中を漂っているようで、どこか現実感が乏しかった。

「うん。お兄ちゃん平気」

彩奈はなんでもないよと微笑みをつくった。全身が気怠く、足元の浮遊感はなかなか薄れていかない。彩奈は兄の身体にもたれかかった。呼吸音が間近にあった。懐かしい安心感が湧く。彩奈は上をそっと仰ぎ見た。兄と目が合う。どちらからともなく唇が近づいた。口を重ね合わせてやさしくキスを交わした。

(恋人同士みたい)

この穏やかな時間がずっと続いて欲しいと少女は願い、しかしこの人は兄なのだとわかりきった答えを理性が悲しく告げる。彩奈は兄の胸を指で押し、自ら口を離した。

「……タキシードちょっと汚れちゃったね。ごめんなさい」

溢れた精液を上手く処置できなかったことを彩奈は謝った。

「友だちから借りたんだ。クリーニングに出せば平気だよ——」

「ああ、とってもよかったわ」

母の声が割って入ってくる。視線を向けた。母は机の上から身を起こして、村本と向き合って立っていた。ずり落ちていたドレスを着直すと、右足を持ちあげて、足首に引っかかっていたパンティをヒールの先から抜き取った。

「うふふ、今日はいつも以上に元気だったわね」

母は艶美な笑みを紅唇に浮かべると、パンティを村本の股間で垂れ下がるペニスにあてがってくるみ込んだ。包んだ村本のモノをゆっくりとした手つきで擦り始める。

(下着で男の人のアレを……終わった後は、女の人があああいう風に後始末するものなの？)

「玄関の所で冴子の娘を見たよ。透き通るような美しさだな。冴子の若い頃を想像した。くく、摘み立ての果実もいい味わいだろうな」

母に萎えた陰茎を拭いてもらいながら、村本が尊大な口調で喋っていた。

「あの男、彩奈のことを」

それを聞き、兄が忌々しそうに舌打ちする。自分のことで憤ってくれる兄が嬉しかった。彩奈の胸がぽうっと温もる。

「あの、お兄ちゃん、あたしのはぐしょぐしょに濡れちゃってるけど……」

彩奈はそう呟くと、両手をドレスの裾から内に差し入れた。パンティの両端を持ち、引きおろす。足先から抜いて下着を脱ぐと、手に持って兄の足元にしゃがみ込んだ。

（まだお兄ちゃん勃ってる……）

欲望液を大量に吐き出したというのに、兄の肉茎は上向きに反り返っていた。滲んだ白い樹液が今も棹裏をトロッと滴っていく。

（あ、垂れちゃう……）

自然に唇が前に出た。舌を伸ばしペロッと舐めた。青臭い匂いと塩気のある味を感じた。

（あっ、やだあたし何を……お兄ちゃんのオチン×ンにキスなんて）

己の行為のきわどさに気づき、彩奈は相貌を真っ赤に上気させた。しかしここで急に唇を引くのも失礼な気がし、そのまま何度か舌を這わせてペニスを伝う精液はきちんと舐め取った。どこか不思議な味のする体液を、彩奈はコクンと呑み下す。

「彩奈、ありがとう」

兄が頭を撫でてくれていた。彩奈は上目遣いで兄を見た。感謝の笑みがそこにある。彩奈も頰をゆるめてうなずき返した。母を真似て下着を広げ、兄のペニスを包み込んだ。根元の方から兄のペニスを拭いていく。

（ちょっとだけやわらかくなってる）

こうして弄っていても、もう男性器への嫌悪は余り感じない。

（たぶん、相手がお兄ちゃんだから……だ）

彩奈は棹の部分を清拭し終えると、一番ソフトな股布の裏地部分で亀頭部をくるみ込んだ。きゅっと回し込んで、こびりつく精液を丁寧にぬぐい取る。

（今、あたしのアソコとお兄ちゃんのオチン×ン、間接キスしてるんだ……）

愛液まみれになった部分を無意識に選んだ自分に気づき、彩奈はますます面貌に赤色をたちこめさせた。

(エッチな女の子だってお兄ちゃん、軽蔑してないよね)

彩奈は無言のまま、後始末を続けた。借り物のタキシードに染みを残すわけにはいかない。ズボンについた精液を丹念に拭き、陰嚢の方に飛び散った精液もやさしくぬぐい取った。

「何を下らないことを言っているの村本さん。いい加減になさって」

母がザッと音を響かせて、村本のファスナーを引き上げた。その場でクルリと身体を回し、村本に背を向けた。慎一と彩奈のいる書架からも母の顔が見えづらくなる。しかし壁際に置いてある姿見に、相貌がはっきりと映り込んでいた。

「あの子にはわたしがちゃんとした相手を用意してあげるんですからね。村本さんと言えども手出しはさせないわよ」

「そうだな。すまんすまん。調子に乗りすぎたよ」

村本は宥めるように言うと、背後から母の肩を抱いた。その瞬間、鏡の中の母の表情がスッと変わり、冷笑が浮かんだ。

(ママ、あの男性を軽蔑しているみたい)

母が醒めた目つきを見せたのは一瞬だった。タオル代わりにしたパンティを机の横にあった屑籠に放り込み、村本を振り返ったときには和やかな相へと戻っていた。

「わかってくだされば いいの。うふふ」

「うむ。じゃあ、そろそろ戻ろうか。パーティー会場では、主人が消えたと騒ぎになっているかもしれない」

狼狽の感じられる声で村本が告げる。

「ふふ、そうね」

母の笑いが漏れ、書斎の照明が落ちた。ドアを開閉する音が聞こえ、薄闇の中に静寂が訪れる。彩奈は母が最後に見せた変化の意味を考えながら、ファスナーを引き上げ、兄のペニスを内に納った。

「僕らも行こうか」

兄が彩奈の手を摑んで、立ち上がらせた。兄妹はドアを開け、父の書斎へと戻った。室内には汗と香水の匂いに混じって、兄とは異なる精液の臭いが濃く残っていた。

「そうだ、もうこれはいらないな……」

兄が呟いた。大切な何かが抜け落ちたように思える虚無的な声の響きだった。

母へ贈るための花束を、兄は下着の捨てられた屑籠の中に放り投げた。

化粧室で身なりのチェックをしていたのだろう。母冴子は彩奈たちよりも遅れて会場の大広間に入ってきた。

（ママ、何事もなかったように）

母はドレスのスリットから脚線美を覗かせながら、悠然と歩を進める。美貌には冷たくも優美な微笑がたたえられていた。人々の関心がすうっと集まり、会場内の視線が紅いドレスをまとった母に向けられた。艶やかなバラの花が咲いたかのようだった。席を一旦外して何をしてきたか誰も想像すらつかないだろう。

「ゆっくりしてらしてね」

一人一人に丁寧に目礼し、女性らしいやわらかな笑顔を振りまいていた。一足先に戻っていた村本の前ではわざと素っ気なく素通りする。

（普段の顔に戻ってる）

完璧に振る舞える母に彩奈は驚く。洗練された大人の物腰だった。きらびやかなアクセサリーで着飾り華やかにかがやく母が、つい十分前まで牝のように這い、派手な喘ぎを放っていたなど夢か幻のように思えた。

「ママは、あの男の精液をお腹に溜めたまま笑顔を振りまいてるんだね」

兄が彩奈の隣で囁いた。兄妹は壁際に並んで立っていた。彩奈は兄を見た。

「ふふ、すごいねママは。男のアレをしゃぶった口でお客様と談笑して、握って扱いた指でグラスを持って……」

彩奈は視線を戻した。母がシャンパングラスを手にしていた。指先ではシルバーのネイルカラーがなめらかに光っている。

（あの手で、ママは男のモノを扱いてた）

しなやかな手つきで、男の野太いモノを繰っていた場面が思い浮かぶ。彩奈は赤面した。

「でも、さすがに淫蕩な気配までは隠しおおせてないね。男たちの視線が、さっきよりギラついてる」

兄の指摘に、彩奈は周りの男たちに目を向けた。確かに母を囲む男たちの目が、先ほどよりもあからさまだった。ゆたかな胸元や、小気味よく盛り上がった丸いヒップの辺りを舐めるように眺めていた。母の身体から滲み出る色欲の気配を感じ取っているのかもしれない。

（それにしても……お兄ちゃんが怒るの初めて見た）

血の繋がっていない遠慮もあっただろうが、母に対しこれほどまでに敵意を感じさせる発言をしたことはなかった。彩奈は横目で兄のようすを窺う。兄がパッと彩奈の方を見た。いたずらっぽい笑みを浮かべた。

「そう言えば彩奈も同じなんだね。僕のザーメンミルクつきのパンティ穿いて、お客さんの前に出てるんだから」

彩奈は赤くなった頰をさらに紅潮させた。下着無しで過ごすほどの度胸はなく、精液を拭いた下着を少女はそのまま穿いていた。

「そ、そんな風に言わないで。お兄ちゃんがショーツ穿き替える時間をくれないから仕方なく……」

(ああ、お兄ちゃんのミルク、アソコに染み込んできてる)

股布の部分で大量の精を拭き取ったため、今こうして兄と喋っていても、湿ってヌルついた感触を秘部ははっきりと感じる。下腹の疼きをごまかすように、彩奈はその場でさりげなく足踏みをした。

「ごめんね。だけど彩奈が僕の精液ついたパンティ穿いてくれると思うと嬉しくてさ。それに彩奈だってちょっと興奮してるんだろ? 顔が赤いよ」

妹の肉体が妖しい陶酔から抜けきっていないことを、兄は見抜いていた。彩奈は言い訳もできずに顔をそむけた。突然兄が手を握る。

「行こう」

「え、お兄ちゃん？」

彩奈は慌てた。妹の手を引いたまま、兄が真っ直ぐ母に向かって歩き出した。あのような場面を見た後で、兄が今更和解など望んでいるとは思えない。母に近づき、何をするつもりなのだろうかと彩奈は不安の眼差しを兄の背に向ける。

「ほら、父さんの部下だった方だよ。彩奈も挨拶して。こんばんは」

創業を祝うパーティーのため、当然会場内には馴染みの社員もいる。見知った人間が頭を下げるのに合わせて、兄は如才なく会釈を返していた。彩奈も兄を追いかけながら、慌てて頭を下げる。

（あ、ママ、ノーブラだったんだ……）

母の側まで来て彩奈は気づいた。シャンデリアの光を浴びて、紅いドレスの胸元には、二つの隆起の陰影がはっきり浮かんでいた。そう言えばストラップレスのブラジャーは床に落ちたままだったことを、少女は思い出す。

「ふふ、ママってば乳首浮き立たせてる」

兄も同じことを思ったらしく、彩奈の耳元に口を近づけて笑った。そして妹の胸元を覗き込むような仕種を見せた。彩奈はバスト部分を左手でサッと隠した。

「いや見ないで。あたしはちゃんとブラ付けてるし、立ってなんか……」

「何も言ってないだろ。さ、ママに挨拶しようか」

兄は愉快そうな表情をつくり、ポンと妹の丸いヒップを叩いた。彩奈はあんッと呻きを漏らして、兄を恨みっぽく見た。兄は再び彩奈の手を摑み直して、母の前へと歩いていく。軽やかな足取りだった。

「こんばんは。遅くなりました」

母の視線がスッと流れ、正面に立つ兄の姿を捉えた。躊躇はなかった。すぐさまかがやくばかりの微笑が、母の美貌に作られた。

「いらっしゃい慎一さん。あなたのお父さまが大きくした会社ですもの。今日のパーティーはお父さまの功績を称える会でもあるわ。慎一さんも愉しんでね」

義理の息子の肩に手を置き、母はにっこりうなずいてみせる。突然の登場にも全然動じていなかった。高飛車に咲き誇るバラの花が、彩奈の頭に思い浮かんだ。

「ありがとう、お義母さん」

兄も穏やかな声で応じる。兄の横顔には、とってつけたような笑みが貼り付いていた。母が首を倒し、兄の耳に口を寄せた。

「お義母さん……そうね。一応まだあなたの保護者は、わたしってことになってるみたいだから、お義母さんと呼びたければどうぞ」

貴婦人らしい表の顔は崩さず、母が兄に耳打ちした。そのかすかな声が漏れ聞こえ、彩奈は、ハッとする。

（ママ……）

「ハハ、ええ、是非呼ばせてもらいますよ。お義母さん」

兄が声を上げて笑った。皮肉っぽいセリフだった。だが周囲からは仲良く家族で話をしているようにしか映らないだろう。

「これからも仲良く暮らして行きましょうね。お義母さん」

笑みを消して兄が静かに告げた。彩奈が今まで聞いたことのない、冷え切った声だった。用事は済んだというように、兄が踵を返す。母も兄から視線を外し、招待客との談笑に戻った。彩奈は兄の後を追った。手を摑んだ。

「お兄ちゃん」

「大丈夫だよ、彩奈。大丈夫」

兄が言う。己に言い聞かせるようだった。少女はうなずき、兄の腕に自分の腕を絡ませた。母の楽しそうな笑い声が背中から聞こえた。

第二章 妹犯日記 飼育される制服の人形

高校の昼休みの時間、図書室の隅の机に兄妹は並んで座っていた。前には視界を遮るように本棚があり、横には観葉植物がある。他の生徒の視線を受けにくい一番目立たない席だった。

「ママ、最近どうかな。会社のこと彩奈に何か話したりする？」

彩奈に慎一が尋ねる。兄の前には友だちから借りたというノートパソコンがあった。

「ううん。普段と同じだけど……。お兄ちゃん、書斎の屑籠に花束を捨てたでしょ？　誰かが無断で書斎に入ったってママにもわかったみたい。部屋の管理ができてないってメードさんを集めて叱ってたよ。最近はピリピリが酷くなってる」

「そう、見つかっちゃったのか。ママのことだから使用人をクビにする口実にするんだろうな。でも濃厚セックスしてるとこ、ずっと僕らに覗かれていたとはママも気づいてないいんだろうね」

兄がマウスを操作しながら笑んだ。その横顔には以前は感じられなかった冷たさがある。

（お兄ちゃん、雰囲気が変わったな。しょうがないよね。ママのあんな姿見たんだもの……）

パーティーの日から一週間が経とうとしていた。生まれ育った家から居場所が無くなっていること、そして母が良からぬ企みを抱いていることも兄は知ってしまった。何も変わらないでいる方が無理だろうと彩奈は思う。

「見てご覧、彩奈。うちの会社のホームページだよ」

兄が持っていたノートパソコンの画面を、彩奈の方に向けた。彩奈は覗き込む。おいしそうなシュークリームの写真と、暖色系の色遣いの見慣れた画像が目に入った。

（パパが良いホームページだろって自画自賛してたっけ。……あれ？）

画面の端に赤い文字があった。自主回収と販売停止のお詫び、と書かれている。

彩奈はその下の小さな文字を急いで目で追った。

（検査の結果、弊社製品より食品衛生法の基準値を超える大腸菌群が検出されました。よって市場に出回る製品の自主回収と当面の販売停止を──）

「製品内から、通常より多くの菌が見つかったんだってさ。製造業にとってこういうことは、ね」

致命的に違いない。彩奈は液晶画面から顔を上げ、隣に座る兄を呆然と見た。

「経験のある昔からの社員をママがどんどん解雇しているから、今は品質管理さえきちんと行えない状態なんだってさ。父さんの部下だった人から聞いたんだ」

「ママは、パパの会社を倒産させるつもりなの？」

震え声で問いかける。兄はノートパソコンを閉じると、机の下の鞄にしまった。

「どうなんだろうね。調べてみたら工場のある土地が、市の再開発地域にかかってた。父さんの遺言で、父さんの持っていた会社の株のほとんどはママが継いだから、その気にさえなればなんだってママの意のままなんだよ」

（じゃあママは、最初から会社の業績をわざと悪化させようと？　ママはお兄ちゃんや昔からの従業員さんより、お金が大事なの？……）

彩奈が兄のひとり暮らしの部屋を訪れたとき、母が兄を激しく叱り飛ばしたのも演技であったのかもしれない。恐らくはあらかじめ運転手にも、娘の行動について子細もらさず報告するよう言い含めてあったのだろう。できすぎた登場のタイミングがそれを物語っている。母は娘の身を案じていたのではなく、兄を慕う娘の気持ちを利用して兄を完璧に遠ざけたかったのだ。

(あたしが気づいたんだもの。きっとお兄ちゃんもわかってる……)

兄が手を伸ばし、彩奈の頰に触れた。

「大金さえ手に入ればいいなんて考え方、彩奈は許せる?」

「だめ、だと思う……あんッ」

耳の横をスーッと撫でられ、彩奈は慌てて唇を噤んだ。辺りを見回す。幸い周囲の生徒は少女のこぼした艶めかしい喘ぎには気づかず、皆静かに本を読んでいた。

「お祖父さんの代からの会社なんだ、ちゃんと働いてくれる従業員の人たちだって会社がなくなったら困るし、うちの商品を選んで買ってくれるお客様だっている。ママの好き勝手にさせるわけにはいかないよね」

思いを先回りするような兄の喋り方だった。彩奈は切なく相を歪めた。利己的な母の秘める毒で周囲が不幸になっていく。その最たる相手が兄だった。

「ごめんなさいお兄ちゃん」

兄は彩奈の顎下をなおも指先で愛撫してくる。彩奈はくすぐったさを耐えながら、かぶりを振った。

「どうして彩奈が謝るんだよ」

「だってママの……あの人の娘だもの。あの、あたしにできることなら、なんでもするから……んッ」

兄が彩奈の細顎を右手で摘むと、突然キスをしてきた。いくら人目につきにくい席とはいえ、兄妹でキスを交わしている場面を他の生徒に見られたら大変なことになる。彩奈は驚きの目で兄を見つめた。

（人前でこんなことをする性格じゃなかったのに。やだ、歯茎まで……）

兄は口の中に舌を強引にねじ入れ、彩奈の口内を執拗にまさぐってくる。歯列だけではない。上あごや頬の内まで舐めてきた。濃厚な刺激に耐えられず、少女も舌を伸ばす。兄の舌に絡みつかせることで目眩のするような舌遣いを防いだ。

（ん、だめ、音が聞こえちゃうよう）

ピチャピチャという口元の汁音は予想外に響く。図書室内に唾液の音が漏れぬよう、彩奈は自ら唇をかぶせて密着させていった。積極的な妹の反応を見て、兄が目を細めた。

（お兄ちゃん、変わった）

少女は頬を色づかせ、瞼を落とした。弄ぶような舌の動きから、兄の内面の変化をひしひしと感じた。書斎でのファーストキスの時とは別人のようだった。

（いつまでキスするの……）

兄はなかなか妹の口を解放しなかった。それどころか公園のベンチでキスを交わす恋人同士のように、右腕を彩奈の身体に回して抱き締めてくる。一週間前、書斎で体験した鮮烈なオルガスムスの味を少女の肉体ははっきりと覚えていた。抱かれて口の中を舌で掻き回されると、頭がぽうっとし、下半身が疼き始める。彩奈は許しを請うように鼻声を漏らし、兄の肩を叩いた。ようやく兄が唇を引いた。

「ママの娘だけど、僕の大事な妹だよ」

耳元で甘く囁き、「呑んで」と付け加えた。彩奈はうなずく。

「う、ん……」

キスの間中、兄は彩奈の口にたっぷり唾を垂らし込んでいた。溢れそうになっている二人分の唾液を、少女は喉を鳴らして呑み下した。とろみのある喉ごしが、少女の身体をさらに熱くする。

「誰か来たときに怪しまれないように、教科書を開いておいた方がいいね。僕が彩奈の勉強を見てあげてる感じに。持ってきただろ?」

妹への淫靡ないたずらを止める気はないらしく、兄はセーラー服の胸元を下から揉み上げてくる。制服とブラジャー越しとはいえ、愛撫に慣れていない無垢な身体は、膨らみを軽く絞られただけでピクンと震えた。

「ね、こんな場所でダメだよ……お兄ちゃん」

「ふふ、彩奈の胸、ずいぶん大きくなったね」

慎一は妹の哀願など無視して、耳たぶを舐め、嚙んでくる。同時に息を耳穴に吐きかけられると、抵抗の意思は一気にしぼんだ。

(感じる場所をお兄ちゃん、覚えてる……)

彩奈は言い返すことを諦めて、用意してあった教科書やノートをおぼつかない手つきで広げていった。その途中、彩奈の指が兄の筆入れに引っかかった。中からピンク色の小さな容器がこぼれ出る。釣りで使う浮きのような形をしていた。

「なにこれ……」

「イチジク浣腸だよ。家が薬屋やってる友だちから分けてもらったんだ」

兄が落ち着いた声で告げた。机の上に転がった浣腸器を左手で隠すように掴んだ。

（かんちょう？　なんでそんなモノをお兄ちゃんが……）

予想もしていなかった返答だった。彩奈は疑問の目を兄に向けた。

「ネットで調べてみたら、浣腸は女性を責めるのに一番効果があるんだってさ。特に気の強い年上の女性には絶大みたいなんだ」

兄は二重の瞳をかがやかせ、酷薄そうな笑みをつくった。彩奈は背筋がゾクリとした。

（気の強い女性って……）

その言葉だけで兄が誰のことを指して言っているのかわかった。

（お兄ちゃんはママに何かをしようと……）

「これ、彩奈で試してもいいかな？　実際どれ位の効き目なのか、他にお願い出来るような相手もいないからさ」

兄が恐ろしい提案を口にする。彩奈は相貌を凍り付かせた。兄は昏い眼差しで妹をじっと見つめていた。冗談だよと、笑って打ち消すそぶりもない。

（お兄ちゃん、ほんきなの？）

少女はショックで声が出ない。そのとき二人の掛ける机の前に、一人の女性が入り込んできた。シンプルな紺のスーツ姿だった。

「ちょっとごめんなさい。確かこの棚に……」

本を探しているらしく、二人に背中を向けて本棚に顔を近づける。兄が、彩奈の身体に回していた右腕をするりとほどいて声を掛けた。

「先生、授業の資料ですか？」

「あら、牧原くん」

女教師が首を回す。生徒会の顧問を務めている女性教諭だった。机に座っているのが兄とわかると、わずかに険相を作った。

「牧原くん、昨日、生徒会の会合さぼったでしょう」

「すいません先生、急なアルバイトが入ったもので」

生徒会の役員である兄は素直に謝った。女性教諭は嘆息した。

「またアルバイトなの？　学校の許可を得ているアルバイトでしょうね」

「ええ。きちんと申請した所です」

「牧原君にも色々事情があるんでしょうけど、教師の立場だと学業優先の生活が望ましいのよね。……あら、そちらは妹さんね。お昼休みにお勉強を見てあげてるのか。やさしいのね牧原君」

女教諭が彩奈の方を見てにこっとした。彩奈はぺこりと会釈を返す。

「彩奈も知っているだろうけど、こちら生徒会顧問の吉川先生。僕がいつもお世話になってるからちゃんと挨拶して」

兄が彩奈の方に向き直って促す。

（あっ……）

彩奈は身体を強張らせた。兄が再び右手で彩奈の細腰を抱いて、脇やヒップをさわさわと撫でてきた。背中の方から手を回しているため、女教師に兄の手つきは見えにくい。

（だけどこんなことしてたら、いつか先生に気づかれちゃうよ。退学になっちゃう）

彩奈は脅えの目で兄を見た。しかし兄は意に介さず、妹の肢体を撫で回し続ける。

「牧原彩奈……です。せ、先生、こ、こんにちは……んッ」

切れ切れに声を発するのがやっとだった。彩奈は紅潮していく顔を見られぬよう、すぐさま肩を落として面を伏せた。兄の手の動きに集中しているため、指の蠢きを過敏に感じてしまう。腋の下あたりを指先でスーッとなぞられると、悲鳴がこぼれそうだった。彩奈は奥歯を噛んで必死に堪えた。肌がじっとりと汗ばんでいく。

「どうしたの彩奈、顔を隠しちゃって」

兄が白々しく尋ねてくる。指が腰の辺りを一層いやらしく這いずっていた。その指がゆっくり下へと降りていく。プリーツスカートの裾を持ちあげ、右手が内に潜ってきた。

（ああ、お兄ちゃん、スカートの中はやり過ぎ）

彩奈の混乱は高まる。コットンのパンティの上を兄の指が触れていた。毛穴が開くのを感じる。双臀の丸みに沿って手が這い回っていた。

「彩奈？」

兄はもう一度問いかけると、尻たぶを摑んでぷるぷるとゆらしてきた。そのままやわらかさ、弾力を愉しむように臀丘を揉み込む。彩奈は仕方なく、真っ赤になった顔を持ちあげた。

「ううん。なんでもない」

懸命に平静を装ってかぶりを振った。兄は苦笑を浮かべて、女教師を見た。

「ごめんなさい先生、うちの妹人見知りするタイプで」

「うふふ、彩奈さんは牧原君と違ってはにかみ屋さんなのね。かわいらしいわ」

女教師はホホと笑って、本棚の方に向き直った。目線を左右にして、目当ての本を探す。

「ええ。かわいいのは僕も認めるところです。自慢の妹ですからね」

兄はさわやかな声で告げ、彩奈の臀丘を弄ぶ。隔てるのは薄い下着一枚しかないため、指の感触は生々しかった。刺激に耐えられず、彩奈は前屈みになった。背もたれに向かって尻を突き出す形になり、兄は少女の丸いヒップをいじり放題となる。

（ああ、濡れちゃう……）

パンティの内で、秘唇が潤んでいくのがわかった。彩奈は太もも同士をもじもじと擦り合わせ、股間の火照りを紛らわせた。

「あら、牧原君言うわねー」

女教師がのんきな相づちを打つのが聞こえた。生徒会にも所属する優等生の少年が、目の前で妹の下半身を嬲っているとは想像すらしていないだろう。兄がヒップを覆う布地に指を引っかけて、片方にグイと寄せた。尻の半分が剝き出しになる。

（お兄ちゃん、今度は何を……）

尻の狭間に指が差し込まれた。少女は驚きと衝撃でヒッと喉で呻き、身をすくませた。すかさず兄が椅子を引いてガタンと音を立て、彩奈の悲鳴を誤魔化した。

（そ、そこはダメ——）

双臀の奥、人の身体で一番汚れていると思える箇所に兄の指先が届いていた。少女の相貌は引きつった。

「お、お兄ちゃん……」

彩奈は蚊の鳴くような声を発した。高校の図書室の中、生徒会顧問の教諭の前ですることとは到底思えない。何より大好きな兄に、そんな不浄な場所に触れて欲しくなかった。

「どうしたの彩奈？」

兄は面白そうに頬をゆるめて妹を見る。彩奈は今すぐ止めて欲しいと、濡れた瞳で訴えた。しかし指は無情にも肛門の表面にピタリと押し当たり、窄まりの皺を擦るように円を描いてマッサージを始めた。小さな身体に震えが走った。

（いやっ、汚い場所を弄られてる。お兄ちゃん、何でそんなところ……）

不快な感覚が少女の肢体を駆け抜け、頭の中が羞恥で沸騰する。払いのけようと彩奈は右腕を動かした。その瞬間、兄が空いている左手で手首を摑んだ。

「どこかわからない問題でもあった？」

兄はやさしげに訊きながら、逃さないというように彩奈の手首をぎゅっと握った。

（ああ、押さえつけるなんて酷い……イヤッ、入ってくるっ）

揉みほぐすように動いていた指先が、排泄器官の内に向かってじわじわと沈みこんできた。エスカレートする一方の指嬲りに、囚われの少女はこもった息を吐き、細首をゆらした。

（こんなの、おかしくなるよう……）

「彩奈さん、どうかしたの？」

喘ぎに不審なものを感じたのかもしれない。振り返った女教師が、不思議そうに見ていた。

「いえ……あ、あの、お兄ちゃん、こ、この問題」

彩奈は解けない問題を兄に尋ねる振りをし、必死に取り繕った。

「ああ、これはね――」

兄が解き方を教えるように喋り、彩奈に顔を近づけた。指が、ゆっくりと奥へ差し込まれる。女教師は頭をひねって兄妹のようすを眺めていたが、しばらくして本棚の方に向き直った。

「もっと力を抜きなよ彩奈。苦しくなるだけだよ。クリームやオイルを塗ってないんだから、こすれて痛いだろ」

「う……ううん……」

彩奈は唸った。きつく締めても、指はじりじり埋没してくる。腰をゆらして侵入を防ごうにも、兄は人差し指以外の指で尻たぶをがっちりと掴み、少女の抵抗を阻んでいた。粘膜が擦れて、入り口の辺りがジンと熱くなっていく。

(入ってる……あたしの中にお兄ちゃんの指が……)

ねじ込まれた指を、彩奈は拡がった括約筋で感じる。全身の血が逆流する異物感だった。

「お兄ちゃんの指が汚れるから……ねっ、もうやめて」

女教師には聞こえぬよう抑えた声で彩奈は懇願した。兄の指がそれ以上の侵入を止める。ホッとしたのもつかの間、今度は内部をほぐすように前後左右に動き始めた。

「ああっ、お兄ちゃんもう許して、お願い……」

小刻みの圧迫が少女を追いつめる。

「彩奈の大切なバージンは守りたいから。こっちをいじるしかないだろ」

指遣いに容赦はない。休みなく内部を攪拌するように動いていた。腸粘膜を抉り込まれる度に、鼻をつく臭いさえ漏れていく気がした。居た堪らない気持ちが少女の胸を締め付け、双眸には涙が滲む。

「そ、そうじゃなくて……んふ。こんなの恥ずかしいよ」

彩奈はストレートの黒髪をざわめかして、切なく喉で呻いた。

「お尻の穴は、僕の指をうれしそうにきゅっきゅって食いついて来てるよ。感じてるの彩奈?」

(違うよう……)

刺激を受け、反射的に括約筋に力が入ってしまうだけのこと、決して悦んでないのだと言いたかった。だが口を開けば悲鳴となってしまいそうで、上手く反論もできない。捏ねくる動きが急に止まった。アヌスにねじ込まれた指が、入り口まで引き戻されていく。

(抜いてくれるの?)

ようやく許してくれたのだと、彩奈の心は安堵の息をついた。指がゆっくり脱落ちる感覚は排泄と酷似していた。なんとも言えない恥ずかしさと、不快な心地が少女の肉体に生じる。

「だったらこういう動きはどう？」

兄が囁き、関門まで引き出された指がまた押し入ってきた。

「あ、そんな……ああんっ」

虚を衝かれ、彩奈はか細く嗚咽を発した。

「彩奈さん？」

女教師が振り返り、怪訝そうな顔で少女を見る。

「すいません。あたし、物わかりが悪くて」

少女の額には汗が滲み、首筋も朱色に染まっている。さぞ不審な情景に映っているに違いなかった。彩奈は懸命に我慢して、微笑を浮かべた。

「いや、僕の教え方が悪いんだよ。兄妹だとつい説明もぶっきらぼうになっちゃうし。あ、すいません先生の邪魔しちゃって。僕も一緒に本、探しましょうか」

「いえ、いいの。邪魔しているのはこっちね。勉強の続きをしてちょうだい」

教師との会話中も、兄はしつこく出し入れの動きを繰り返してきた。腰の痺れるような不穏な感覚が排泄孔から絶え間なく立ち昇り、芽生えた希望は完全に砕かれる。

（なんでこんなことを……ああ、お兄ちゃんの指が、お尻の穴を擦ってる。先生がそこにいるのに……）

女教師が背を向けた瞬間、兄の指が一層深く潜った。そこが限界だった。緊張が切れ、彩奈は苦悶の息を吐き出して、がくっと机に向かって身体を倒した。兄が摑んでいた彩奈の手首を放し、崩れそうになる上体を支える。

「すっかり、お尻で感じるようになったね。先生に気づかれそうなドキドキが、たまらない？」

兄が耳元で囁く。

（ドキドキなんて、そんな……）

「でも先生に見つかるのはまずいから、指は止めるよ。その代わりさっきのお願い、今試してみてもいいかな」

（さっきのお願い？……）

兄が肛門にはまっている指を勢いよく抜き取った。彩奈はビクンッと身体をゆらす。

「これの効き目がどんなか知りたいから。彩奈、協力してくれるよね？」

兄が彩奈の耳元に口を寄せて小声で囁くと、握り込んだ左手をノートの上に持ってくる。彩奈が覗き込むと握りをゆるめた。指の隙間からピンク色が見えた。

(さっき筆箱に入っていた浣腸の道具……まさか、これを今?)

彩奈はピンク色の丸い容器から、兄の顔へと脅えの視線を移す。

「そうそう、こういう風に解けばいいわけ。コツがわかれば簡単でしょ」

兄は説明しているように装いつつ、左手を机の下へと隠した。彩奈は顎を引き、兄の手元をなんとか覗き込んだ。兄は机の下で浣腸の容器を右手に持ち替え、ちょうど先端のノズルキャップを外したところだった。

(こんな場所で……うそよね?)

ピンク色の容器を持ったまま、兄の右腕が彩奈の背に回される。臀部へと伸びた手は、再び少女のスカートをくぐって中へと入ってきた。

「お、お兄ちゃん……」

彩奈は首を小刻みに左右に振った。

「僕の指が汚れるのイヤなんだろ。こういう道具を使ってきれいにすれば彩奈だって困らなくて済むよ。さあ浣腸でお腹の中をすっきりしようね」

兄は少女に悠然と笑いかける。浣腸器を握った手がヒップの上を這っていた。

（こんな図書室の中で……）

兄が狙っている場所はやはり羞恥の排泄器官だった。肛門の周囲に指とは異なる触感のモノが当たる。さきほど指でほぐした窄まりに、注入部の管を差し込もうとしていた。どうにか兄の悪戯を回避できないかと少女は考えるが、阻む良案など思いつかない。

（先生の目の前で浣腸されちゃうの。……いや、入ってくるッ）

肛門をくぐり抜ける異物を感じ、彩奈は相を歪めた。間を置かず冷たい液体が腸内にちろちろと流れ込んでくる。

（ああ、何か溢れてきてるッ）

彩奈は兄の胸に顔を押しつけて、漏れそうになる悲鳴を押し殺した。

「あ、あったわ。これこれ」

女教師の声が聞こえた。振り返る気配を感じ、彩奈は懸命に背筋を伸ばして姿勢を正した。

「ねえ、彩奈さん。具合が悪いの？」

「……い、いえ、何でも」

すぐさま彩奈は否定し、顔を上げた。不審そのものの表情が自分を見ていた。

彩奈は口元にぎこちなくも笑みを浮かべた。

「何でもありません、か、ら……」

途中で声はかすれた。身体がゆれ、ストレートの黒髪がざわめく。薬液の流入する不快な感覚が続いていた。彩奈は教師に見えないように机の下で左手を伸ばし、兄の服にしがみついた。

「ねえ、あなたたち——」

女教師の良く通る声が響いた。小首を傾げて、考え込む相を作っている。

(お兄ちゃんに浣腸されていることばれたの？ どうしよう、どうすればいいの)

緊張と恐怖で少女の心はさあっと冷える。彩奈は目を閉じた。停学や退学という文字が頭をよぎった。ひたひたと迫る破滅の足音が聞こえた。

「もしかしてさっきから——」

「先生、今僕たちは学校でしかゆっくり話し合えないんですよ」

兄が教師のセリフに言葉をかぶせ、遮った。そのまま無言の時間が続く。彩奈は瞼を開け、そっとようすを窺った。女教師は口を噤み、じっと兄を見ていた。彩奈先に口を開いたのは女教師の方だった。

「ごめんなさい、わたしったら。ご兄妹なのにわざわざ図書室で会っているんですもの、大事なお話をしてたのよね。あなたが一人暮らしを始めたことだって聞いていたのに、駄目だわ気が利かなくて」

「いいんです先生。気にしないで下さい」

済まなそうに告げる教師に、兄は鷹揚な笑みを浮かべた。

兄妹であれば、自宅で勉強を見てあげるのが本来の姿だった。昼休みにこそこそ会わねばならないこと、慎一のみが家を離れた複雑な家庭の形、そこに彩奈の切羽詰まった表情が合わされば、別の意味を想像してもおかしくはない。

「もし困ったことがあったら、遠慮無く先生に相談して。彩奈さんも。生徒の家庭状況にまで口を出すのは難しいのだけど、わたしにできることなら……ああ、ごめんなさい、また余計なことを。それじゃあ牧原くん、生徒会でね」

吉川という名の生徒会顧問は、本を小脇に抱えてそそくさとその場を離れていった。

(ああ、良かった)

兄の行き過ぎたいたずらが露見せずに済み、彩奈はほっと肩を落とした。

「家族のことは、やっぱり家庭内で解決しなきゃね」

教師の監視も無くなり、兄は堂々と残液を妹の排泄器官に注入してきた。安堵から一転、直腸の中を薬液が勢いよく駆けめぐる。

「あ、ああっ、待って。……んむ。なんでこんな酷いこと続けるの。お兄ちゃんにこういうことされたくないよ」

彩奈は桜色の唇を戦慄かせて訴える。

「あたしが、ママの娘だから?」

この仕打ちの根底には、母へのねじれた恨みの感情があるのではないかと、少女は目に涙を溜めて兄を見た。

「ママは関係ないよ。彩奈が困ってる顔が見たかったんだ。でも、そんなに彩奈がいやなら止めるよ。その代わり、もう僕に会いに来ちゃだめだからね」

「そんな……なんでいきなりそんなこと言うの。違うの。あたしは、そんな返事が欲しいんじゃないよう」

兄妹関係の拒絶とも受け取れる兄の言葉に、少女は鼻白んだ。兄が一呼吸置き、話し始めた。

「実はね、昨日ママから電話があって転校の話をされたんだ。今住んでる部屋から通える公立の高校か、全寮制の私立かどっちか選べってさ。次の学期まで考える猶予をくれはしたけど」

「転校？　本当なの……」

聞き返したものの、兄の言葉が真実であることは彩奈にもわかった。学校で兄に会っても口を利くなと母にはきつく言われている。

（ママはそこまでお兄ちゃんを追いつめてたの……）

転校となれば環境は大きく変わる。親しい友人と別れるだけではない。大学受験にも影響が出るだろう。高校二年生の今の時期には有り得ないことだが、最近の母の態度なら娘の身を守る為と難癖をつけて兄に迫ってもおかしくなかった。

そこまで考えた彩奈はハッとした。

「お兄ちゃんもしかして今、生活費も自分で面倒見てるの？　アルバイトいっぱいしているのはそのため？」

「まあね。ママからの振り込みが途絶えがちでね、自分で稼がないといけないんだ。約束も無しにパーティー会場に乗り込んだこと、ママはかなりお気に召さなかったみたい。頭がいいよね。こうやって兵糧攻めで困窮した生活の苦しさを教え込んで、僕が自分から遠くの寮に望んで入るよう仕向けてくるんだから」

「え、仕向けて？　……あっ」

母の目論見に彩奈も気づいた。近くの公立高校を選んだ場合、学費や生活費の工面をしなければならない暮らしとなることに常に脅えなければならない。母の気分一つで振り込みが途絶え、生活苦に陥ってしまう状況には変わりないのだ。母のだが全寮制の私立高校なら、母は保護者としてきちんと学費や生活費を払わざるを得ない。家から遠く離れることを受諾すれば、兄の生活は最低限保証される。

(ママはそこまでして、お兄ちゃんを遠ざけようと……)

「ごめんなさい。あたしがお兄ちゃんをパーティーに誘ったりしたから」

母と兄の不和を決定づけたきっかけは自分だった。彩奈は俯き、涙滴をこぼした。

「やさしいね彩奈は。でも彩奈の責任じゃないよ。気に病む必要はないからね」

けなげな妹を兄は慈しむような目で見つめながら、残りの薬液を一気に注入してきた。彩奈は悲鳴をこぼし、指を握り込んでおぞましい流入の心地を耐える。

「うう、お兄ちゃん、酷い」

注ぎ込みが終わったらしく、兄が浣腸器の嘴管を引き抜く。彩奈は漏らしてしまわぬよう慌てて肛門をぎゅっと窄めた。

(ああ、たゆたってるよう)

冷たい液体が、お腹の中を満たしていた。腹部の膨張感で、彩奈の背筋に汗が滲む。

「ああ、お兄ちゃん早く……」

排泄欲求はとっくに兆している。彩奈は上履きの中でギュウッと指を折り曲げ、こみ上げる便意を耐えた。

「早く何？」

浣腸の目的がわかっていて強要したはずなのに、兄はとぼけて問いかけてくる。

「そ、その……おトイレに……」

彩奈は頬を真っ赤にして切れ切れに告げた。年頃の少女が人前で口にするのは恥ずかしい事柄だった。何故このような辱めを受けねばならないのかと、彩奈は椅子に座ったまま身体を震わせた。

（ああ、お腹が……）

浣腸液が腸壁に染み込み、薬理作用でぐるぐると音を立てていた。腹部には鈍痛も生じている。彩奈は救いを求めるように、兄に涙目を向けた。兄は空になった浣腸器を懐にしまうと、いつもと変わらぬ穏やかな微笑を浮かべて、妹の視線を受け止めた。彩奈の頬を愛しげに撫で、顔を近づけた。耳に唇をそっと触れさせる。

「僕もママを見習って遠慮するのは止めたんだ。彩奈が僕のこと好きって言ってくれたとき、すごく嬉しかったよ。彩奈だけは僕の味方なんだって、家族なんだって……。それにね、彩奈に握って扱いてもらったこと、とても嬉しかったよ」

あたたかな息が耳穴に吹き込まれた。甘い態度とおぞましい行為、少女の身体と心は掻き乱れる。

「ん、いや……言わないで。あのときはどうかしちゃってたの」

頬の紅潮を強めて、彩奈は首を振った。男性器を指で擦るなど、はしたない真似だと自分でもわかっている。しかも相手は近親者の兄だった。兄の手が彩奈の腰の前に回される。机の下で制服のスカートをたくし上げ始めた。

「彩奈の指でイッたとき、もの凄く気持ちよかった。さ、脚をひらいて。この前みたいにオマ×コをいじってあげるね」

指先が太ももに触れた。彩奈は肩先をピクッと震わせた。

「だめ、お兄ちゃん。……あ、あの、あたしのお小遣いあげるから、生活費の足しにして」

「彩奈の大事なお小遣いをもらえるわけないだろ。だけどありがとう」

何とか関心を逸らそうとする彩奈の提案を、兄は目元をやわらげてあっさり流す。元々妹の施しをよしとするような性格ではない。当然の謝絶だった。机の下ではスカートが大きくまくられ、剝き出しになった彩奈の脚が容赦なく開かれていく。彩奈は兄の手首を摑んだ。だが兄の手は、止めようとする妹の指を易々と引きずって動く。

(他の生徒がいる前で、こんな仕打ち……)

視界には何人も生徒がいるというのに、その中で脚を開かれ、股間をいたずらされようとしていた。羞恥の行為と排泄の欲求、兄のもたらす二重の責め苦が少女を追い詰める。

(ああ、おトイレに行きたい)

彩奈は赤い顔で呻いた。逆らおうにも身体に力が入らなかった。腸の蠕動は激しくなり、腹部の鈍い痛みもどんどん酷くなっていく。注がれたのは排泄を促す用途の薬剤だった。そうそう耐えられるものではない。

「お兄ちゃん、だ、駄目……」

兄がパンティのふちに指を引っかけ、降ろそうとしていた。彩奈はパンティを摑もうとする。しかしその前に下着はくいっと下げられ、ひやっとした空気が下腹を撫でる。兄は間髪置かずに、ずり下げた下着の内に手を潜り込ませると、恥丘に向かって指を差し込んできた。

「んッ……」

女の一番大切な場所に指先が当たり、彩奈は椅子の上で肢体をビクンッと震わせた。

「彩奈、濡れてるね。浣腸で感じたの？　初めてだよね人前で浣腸なんて。そんなに気持ちよかったのかな」

「ち、違うよう」

少女は黒髪を可憐にゆらし、必死に否定した。妹が表立って抵抗出来ないのをいいことに、兄の指は遠慮無く大事な箇所を弄くってくる。上べりに芽ぐんだ小さな肉の蕾、大陰唇の狭間に控え目に顔を覗かせる女の花びら、指がそこをまさぐる度に、クチュクチュと卑猥な汁音が机の上にまで響いて聞こえた。

「ん……あんッ」

思わず声が漏れ、彩奈は慌てて唇を噛んだ。静かな図書室に響かせてしまうにはあまりに場違いな色っぽい喘ぎだった。

（大勢生徒のいる場所なのに……お腹だって苦しくてたまらないのに……どうし

てあたしのアソコ熱くなっちゃうの）

「彩奈の喘ぎはかわいくて好きだけど、あまり大きな声は出さない方がいいね。ほら何人かが振り返ってこっちを見てる」

彩奈は視線を上げ、そっと辺りを見回した。いったい何の声だろうかと、彩奈と慎一の座る机の方を訝しげに見る二、三人の生徒の顔があった。恥ずかしさに包まれ、彩奈はすぐさま汗ばんだ相を伏せて、身を縮こまらせた。

「表面をそっとなぞってるだけなのに、彩奈のココはどんどんヌルヌルになっていくね。図書室の中で、みんなに見られるかもしれないっていう危ういシチュエーションがいいのかな」

妹の股間をいたずらしながら、兄が耳元に口を近づけて囁く。

「そんなんじゃないよう……」

彩奈は上ずった声をこぼし、首を左右に振った。兄の指がクリトリスを軽く弾いた。甘い電気が背筋を駆け抜け、少女のか細い身体が強張った。

「あ、ん……」

手で口元を覆い、呻きを懸命に抑える。感じてはいけないと思うほど、脚の付け根は火照り、過剰な反応を示してしまう。

（何で……ああ、溢れてくる）

指での嬲りを悦ぶように、女の秘花からトロッと蜜液が漏れて、椅子の座面に垂れていくのがわかった。

「ふふ、どんどん滲んでくるね。彩奈はこういう風にいじめられると興奮する女の子なんだよ。亡くなった父さんの書斎に、すぐ新しい男を連れ込んで咥え込むようなママの娘だからね。普通じゃないんだ」

追い打ちを掛ける兄の言葉だった。彩奈は顔を持ちあげ、半泣きの眼差しで兄を見た。

（どうしてそんないじわる言うの）

喉まで出かかったセリフを彩奈は呑み込む。兄の指が依然股間をやさしく弄っていた。口を開いたら、色っぽい喘ぎ声となってしまいそうだった。

「そんな切なそうな顔しなくてもいいよ。ほら、握らせてあげる」

口元にあてがっていた彩奈の左手を兄が摑む。机の下、自身の股間の上に引っ張っていった。

（握らせる？　……ああっ、お兄ちゃん、外に出してる）

彩奈の指に触れたのは、硬くそそり立った勃起だった。いつの間にか兄はズボンの前を開き、男性器を露出していたらしい。このような場所で剝き出しにする兄に、彩奈は驚愕の目を向けた。

「お兄ちゃん、誰かに見られたら大変なことに」

「そうだよ。だから彩奈も大人しくしないとね。わかるだろ？」

彩奈の手の甲の上から、兄が手の平を被せてくる。彩奈に握ることを促していた。

（お兄ちゃんはこんなことする人じゃなかったのに。……ああ、灼けたようになってる）

指が火傷するのではと思うほど、肉塊の表面は熱を孕んでいた。そして机の天板を押し上げる勢いでピンと反り返っている。

（硬くて、太い……）

握り込もうとしても相変わらず親指とその他の指が大きく離れ、届きはしない。兄の雄渾さを少女は再確認する。

「懐かしい？　僕も、また彩奈に握ってもらいたくてたまらなかったんだ」

兄は敏感さを増している亀裂部分をしつこく指先でなぞってくる。ゾワゾワと愉悦の波が走り、彩奈は奥歯を嚙み締めて甘い嗚咽を耐えた。

「彩奈のアソコ、ヒクヒクしてもっと弄って欲しいって言ってるね。恥ずかしい方が濡れるんだ」

兄の指摘する通り、女の秘唇は異常な状況にジンジンと燃え立ってしまう。兄妹で性器を弄り合う背徳感、聖なる学舎で行為に及ぶ不道徳さ、誰かに見つかったら外さえ出歩けなくなってしまうだろうという脅え、おまけに浣腸まで受けていた。焦燥と不安に苛まれ続け、心はすくみ上がっているというのに、肉体に兆した未経験の発情は腹部の苦悶を巻き込んで肥大していく。

（これじゃあヘンタイだよう。お腹苦しくて、気持ち悪いのに……）

刻一刻と便意が膨らみ、すぐにでもトイレに駆け込みたい状態だった。それなのに染み入るような快感がとめどなく湧き上がってくる。

「お兄ちゃん、そこはダメ。恐い」

彩奈は引きつった声で訴え、左手に掴んだペニスをぎゅっと握り締めた。兄の指先が花弁を掻き分けて、女の中心に潜り込もうとしていた。

「わかってる。バージンだものね。このまま指を差し込んだりはしないよ」

浅瀬の部分を小刻みな指の振動で刺激しながら、兄が告げた。秘孔周辺にはヌルヌルの液が著しく溢れている。何かの拍子に、指が未通の処女穴の中にするるっと入ってしまいそうだった。

「彩奈はクリトリスの方がいい?」

膣の入り口を触られているだけで、本能的な恐さがこみ上げる。長い逡巡の後、彩奈はうなずいた。

「あ、彩奈ちゃんここにいたんだ。毎日昼休みになると、さっといなくなって」

「どこに行ってるのかと思ったら図書室だったのね」

突然、少女たちの声が横から飛び込んできた。耳慣れた声だった。彩奈はおずおずと顔を向けた。仲の良いクラスメイトの笑顔が三つ、机の横に並んでいた。動揺が細身を襲い、少女の汗ばんだ肌は恥じらいの色を強める。

(ど、どうしよう。この子たちに絶対に気づかれちゃいけない)

「こんにちは」

彩奈は挨拶を返しながら、額の汗と目元に滲んでいた涙を、右手の甲でさりげなくぬぐった。そのまま右手にはシャープペンシルを持ち、兄に勉強を見てもらっている振りを装う。

「今度は彩奈の友だちか。机の下の左手は僕を握ったままでいるんだよ。勝手に放したら、お友だちの前で浣腸をもう一本追加するからね」

兄がクリトリスを摘みながら囁いた。彩奈は顎先を縦に震わせて同意を示す。教師の前で浣腸を強行してきた兄が、友人の前で遠慮するとは思えなかった。

（お兄ちゃん、さっきより興奮してる。お友だちの前なのに……）

勃起が隆々と猛っていた。上からヌルッとした液が垂れて、彩奈の指を濡らす。

「ねえ、この人」

「うん、そうだよ。生徒会で見たことあるでしょ」

「近くで見ると抜群にかっこいいね」

友人たちは互いを肘でつつき合い、ひそひそと話していた。やがて一人が代表して口を開いた。

「横に座っている人、紹介してくれないの牧原さん？」

至極当然の要求だった。慌てて彩奈は口を開く。

「あ……わたしのお兄ちゃんです。それでこの子たちは――」

「彩奈のクラスメイトだね。じゃあみんな一年生？」

兄は彩奈の言葉の先を取ると、少女たちを見回して尋ねた。

「はーい、十六歳です。あ、美菜子はまだ十五だっけ」

「そうだよ。彩奈ちゃんと一緒」

「ねえ彩奈ちゃん、いつも昼休みになるとここでお兄さんとこっそり勉強してたの」

「う、うん……」

彩奈はか細い声で返事をした。股間では兄が刺激で尖ったクリトリスを指でやさしく揉んでいた。痺れる快感がジンジンと広がり、表情を崩さぬよう耐えるだけで精一杯だった。

（お兄ちゃん、ひどいよ）

机で視界が遮られているとはいえ、おかしな仕種を見せれば友人たちもすぐに気づくに違いない。背筋を汗が伝う。動悸も激しかった。友人たちの顔が霞んでぼやけて見えた。

「彩奈を取ってごめんね。ちょっと事情があって、校内でないと僕と彩奈は会えないものだから」

言葉の出ない彩奈に代わって、兄が社交的な笑みを作って少女たちに話し掛ける。血の繋がっていない兄妹だということを友人たちも知っている。友人たちの表情が、同情の色に変わっていく。

「いいえ、わたしたちは別に……。ただ彩奈ちゃんがどこに行ってるんだろうって、心配になって。ね？」

「う、うん」

「そう。彩奈のことを気に掛けてくれてたんだね。妹は引っ込み思案な性格で不安だったんだけど、きみたちのようなやさしい友人がいるのなら何も問題なさそうだね。これからも妹と仲良くしてあげてね」

「はいっ」

三人は声を揃えてうなずき、白い歯をこぼして互いの顔を見合わせた。

「良いお友だちがいて良かったね彩奈」

兄が彩奈を振り返って告げる。そして彩奈だけに聞こえるよう声を潜めて続けた。

「お友だちの前だと彩奈のオマ×コ、ヌルヌルが酷くなるんだね。かわいらしいヒダも、僕の指に吸いついてくる」

（あ、そっちはしない約束なのに……）

兄はクリトリスを責めていた指を下方にすべらせると、わずかに伸びる陰唇を指先でピトピトと押してきた。未成熟な少女の器官は、嬉しげに兄の指に吸着する。頭の中はパニックに陥っているというのに、少女の肉体は兄の指遣いを悦んでいた。

（ああ、おかしくなる）

極度の緊張が、腸の蠕動を活発にする。腹部に痙攣が起こり、荒々しい便意が彩奈を襲った。汗が滴り落ち、顔面は蒼白になる。すると兄はクンと指を曲げて、亀裂を抉るように強く刺激してきた。秘芯に生じる痛みと紙一重の快感が、排泄を堪える辛苦と絡み合って細身の身体を襲った。

「んんっ……」

彩奈は恍惚の表情を見られぬよう顔を背けて、悲鳴を懸命に嚙み殺した。

「彩奈もいい加減、僕を気持ちよくしてくれないかな。この前みたいに甘く扱いて欲しいんだけど」

兄は耳元で囁くと、故意に音を立てるようにして指を遣ってきた。蜜液に濡れた少女の未熟なヒダにたっぷりの空気を含ませて、攪拌の汁音を盛大に響かせる。友人たちの耳にまでその音が届きはしないかと、彩奈の心は乱れた。

（お兄ちゃんそんなに強くしたら、周りに聞こえちゃうよ）

彩奈は兄の方を向き、上目遣いで許しを求めた。

「指だよ。わからないの？」

兄は告げ、瞳の色をすっと深めた。酷薄な眼差しは妹を何よりも脅えさせた。

彩奈は性器を握った手を、そろそろと上下に動かした。

（ああ、跳ねてる。トロトロの汁がいっぱい垂れて……）

兄の野太いペニスが摩擦を悦ぶように指の中で震えていた。ヌルッとした液もたくさん垂れて指にまつわりつく。兄のことが好きで気に入られようと頑張ってきた。その結果が浣腸と、友人の眼前での粘ついた指の感触だと思うと涙がこぼれそうだった。

「ああ、その調子……続けて。脚を閉じたらだめだよ」

兄のかすかな声が聞こえる。彩奈はノートに視線を落としたまま、兄のペニスをグイグイと擦り立てた。股間では脚を大胆に広げたまま、指でのいたずらを受け続ける。

（人前で、互いに性器を弄り合うなんて）

これより酷い状況は想像できなかった。

（それなのに……ああ、どうして気持ちよくなっちゃうの）

指で撫でられただけで、染み入る刺激が腰から背筋に向かってジンと走る。排泄の痛苦と膨張感を抱えたまま下腹はどうしようもなく熱くたぎり、ヒリつくような緊張感が女の器官を一層潤ませた。

「この前のお兄さんの球技大会の活躍見ましたー」

「わたしたち応援してたんですよ」

友人たちの弾む声が耳に入る。

「ありがとう」

兄が耳元で笑った。

（お兄ちゃん、あたしの手の中でガチガチになってる）

友人たちに好意を示されたためか、自分の指の刺激の結果かわからない。しかし兄とて、年下の少女に慕われたら悪い気はしないだろうと思うと、彩奈の胸にふっと妬心が湧いた。

「彩奈ちゃん、どうかした？」

問いかけの声から暫く経って、彩奈はハッと我に返った。会話にも加わらず、広げた教科書に黙々と視線を落とす彩奈を、友人たちが不思議そうに見ていた。

「え、あの、この問題がよくわからなくて……」

混乱し切った頭を働かせ、彩奈は何とかその場を誤魔化した。

「へえ、彩奈ちゃん英語を教えてもらってるんだ」

友人の声で、自分が開いていたのは英語の教科書だったのだと今更ながら気づいた。兄が横から手を伸ばし、彩奈の握っていたシャープペンシルを取った。

「ここは、この訳の方がいいな」

ノートの上にさらさらと書かれたのは『もっと強く擦って』という要求だった。兄はシャープペンシルを彩奈の手に返すと、右手を再び机の下に戻して悪戯を行ってきた。滲んだ蜜液を指でたっぷりすくって、ぷくっと膨れたクリトリスに塗りつけ、弄ってくる。

「あ、ありがとう、お兄ちゃん」

声を震わせ、彩奈は礼の言葉を述べた。甘美な刺激は無数の棘のようだった。自分の大切な何かがこぼれ落ちるような焦燥を伴って少女の下腹に刺さってくる。

(ああ、変になる。気が狂いそう……。イッたらダメ。見つかったら大変なことになっちゃう)

「ああ、その調子。彩奈はチ×ポ扱きの才能があるね」

兄が潜めた声で耳打ちした。彩奈は兄の吸いつくような目線から顔を背けて、切なくため息をつく。愉悦と苦悶の領域を、肉体が激しく行き来していた。

「あのう……先輩は付き合う彼女に、年下はどうなんですか?」

友人の一人が、踏みこんだ質問を兄に投げかけた。

(ダメ、お兄ちゃんを取らないでっ)

焰のような嫉妬心がにわかに沸き上がり、彩奈の胸を灼いた。兄を狙う友人たちへの対抗心が、指にこもる。彩奈は母と村本の淫らな絡みを見た日のように、兄の勃起をきつく握って扱き立てた。

「年齢は関係ないかな。好きになってしまえば、年下とかは気にならないと思うよ」

穏やかに返事をしながら、兄も彩奈の肉芽を執拗に責めてくる。痛さに変わる寸前の力で捏ね、揉んできた。クリトリスから広がる性感が、充満する浣腸液の重苦を上回り、下半身をどうしようもなくとろけさせた。唇を閉じようとしても、喘ぎが漏れてしまう。

(ああ、ダメなのに感じちゃう、感じちゃうよう)

兄のしつこい愛撫に呼応して、彩奈も膨らみ切ったペニスを一心に擦った。シャープペンシルを握った右手が机の上でのたうつ。ノートには、いびつなアルファベットが綴られ、その上に頰を伝った彩奈の汗が垂れ落ちていく。

「ん、んむんっ」

白い紙の上に紅い色が見えた。次の瞬間、性官能があっさりと理性を突き破り、彩奈の意識の中に、見たことない紅い花が咲き乱れた。

(イク……あたしイッてる。図書室で、お友だちの前で——)

セーラー服の肢体は、椅子の上で痙攣した。絶頂のくるめく波が全身を洗い、翻弄される。このまま大きな声で泣き叫んでしまいたかった。正気を失ってしまいそうになる寸前まで追い込まれ、彩奈は唇を嚙みしばって、はしたない声を懸命に抑え込む。

(粗相だけはしちゃだめ。とんでもないことになっちゃう)

図書室の中で漏らしたとなれば、学校中の噂になる。二度と人前には出られなくなるだろう。彩奈は陶酔にすべてを委ねようとする肉体を叱咤し、尻穴からの漏出だけは懸命に食い止めた。兄が快感を持続させるように、クリトリスを軽やかに弾いてくる。彩奈は開いた脚を慌てて閉じ、兄の手をぎゅっと股間に挟み込んだ。

「ん、あ……んん」

それでも喉の呻きは完全に堰き止められない。彩奈はシャープペンシルを放し、右手で口元を覆った。肉体の震えが止まらなかった。霞む瞳に静かに本を読む生徒たちの背が映った。

（あたしも、ここにいる生徒たちと同じ人間だと思ってたのに……人前で浣腸された上、イッちゃう女子高生なんていないよ）

嘆きの想いが胸を締め付けた。友人たちの前で性的絶頂を迎えてしまった今、自分を普通の女子生徒と言い切る自信はない。

「ふふ、そんないじらしい顔して僕を見てくるから、いじめたくなるんだよ。彩奈のイキ顔、かわいかったよ」

目を細めて兄が囁いた。性悦に浸る恍惚顔を横からじっくり見られていたのだと、彩奈は今更ながら理解した。羞恥の紅が細かに散って肌を染め上げる。彩奈は黒髪をゆらしてかぶりを振った。

「漏らさなかったのは偉いな。じゃあトイレに行こうか。そろそろ限界だろ」

兄が彩奈の股間から手を引いて告げた。彩奈もペニスから指をほどき、安堵の目を兄に向けた。

「彩奈、苦しそうだね。保健室に行くかい？」

友人たちに聞こえるように兄が大きな声を発した。ペニスを制服ズボンの内側にさりげなくしまいながら、彩奈ににこっと笑いかける。

「彩奈ちゃん、具合悪いの？」

「ほんとうだ。汗、すごいよ」

友人たちの心配げな声が聞こえる。返事をしようとする前に、薬液が腸内でゴロゴロと音を立てた。彩奈は椅子の上で背を丸め、手でお腹を押さえた。身体が一刻も早い排泄を欲していた。

「彩奈、今日はちょっと体調が良くないみたいなんだ。保健室で診てもらおうか」

兄が椅子から立ち上がった。彩奈の腕を摑む。彩奈は急いで乱れたスカートを直し、席を立った。兄が腕を引いて歩き出す。

「大丈夫なんですか彩奈ちゃん。顔色悪いですけど」

「たぶん平気だよ。それでも一応午後の授業、彩奈遅れるかもって先生に伝えてくれる？」

「はい。じゃあ荷物はわたしたちが」

「ありがとう、じゃあお願いするね。さあ彩奈。行こうか」

彩奈は俯いたまま、友人たちの前を横切った。足元がおぼつかない。歩くことがこれほど困難に思えたのは生まれて初めてだった。少しでも気を抜くと漏らしてしまいそうだった。

「お兄ちゃん、よして」

図書室の出入り口の手前で、彩奈は訴えた。兄は脇から身体を支える振りをして、スカートのお尻を撫でていた。

(漏れちゃいそうなのに、人前で堂々と……)

「気にしなくていいよ。一人じゃ満足に歩けないだろ」

「ああ、そんな乱暴にしないで」

兄が尻たぶを摑み、揉みほぐしていた。彩奈はうなだれて黒髪をゆらす。

「ふふ、パンティずり下がったままだろ。やわらかな揉み心地だね」

お尻をぎゅっと摑まれながら、図書室を出た。もうすぐ昼休みが終わる時間とあって、廊下の人気はまばらだった。二人は階段脇にあるトイレへと向かう。

「お兄ちゃん、そっち女子トイレじゃないよ」

兄は男子トイレに入ろうとしていた。彩奈は兄の制服の肘を摑んで、ここは違うと首を振った。

「垂れ流すわけにはいかないだろ？　一刻を争っているんだ。近い方に入らなきゃ。ほら、サッと入らないと誰かに見られるよ」

女子トイレはすぐ隣にある。一歩か二歩、余計に歩くだけだというのに、兄は彩奈の腕を強引に引っ張り、男子トイレに連れ込もうとする。

（ひ、酷い、こんなの……）

兄に逆らうだけの余力はなかった。彩奈は生まれて初めて、男性用のトイレに足を踏み入れる。幸い中に人影はなかった。ほっと息をつく間もなく、兄が奥の個室へと彩奈を引っ張って行き、押し込む。

「な、なんで？　お兄ちゃん出ていってくれないの」

あろうことか兄も中に入り込んでドアを閉めてしまう。恐ろしい予感が彩奈の内に湧いた。

（まさかこのままあたしがトイレを済ますまで……）

ようやく苦しみから解放してもらえると思っていた。ここに来てまでも過酷な責めを強いるつもりなのだろうかと、彩奈は脅えの目で慎一を見た。

「浣腸の効き目を最後まで確認しないとね」

「や、やめて、出ていって……許してお兄ちゃん、ああっ、もう限界なの」

兄の無情な返答に、彩奈は半泣きになって哀願した。排泄の切迫感が少女の下腹を襲った。彩奈は細い身体を折って兄の腕にしがみつき、青ざめた顔を振りたくった。長いストレートの髪が慈悲を請うように繊細に乱れ舞う。

「わかってる。ほら座って」

兄は手を伸ばして洋式便器の蓋を上げると、彩奈の身体を抱えてそこに座らせた。

「お願い。出ていって、ください……うう」

彩奈はお腹に手を当てて唸った。腰を降ろしても肢体の痙攣は止まらない。ブラジャーだけでなく、セーラー服もだらだら溢れる脂汗を吸って半分透けていた。

「我慢する顔、かわいいよ。ほら僕のチ×ポだって悦んでる」

妹の目の前で兄は制服ズボンのファスナーを摘んで、引き下げた。ズボンの前を開くと、中から充血したペニスを引き出す。

「いや……」

彩奈の眼前に、それは誇示するように突き出された。初めて至近で見る勃起した男性器は、凶器のような迫力があった。見慣れぬ異様な外形、先端からはテラテラと透明汁が垂れ、表面を妖しくかがやかせていた。

（こんなになってる……こわい）

脅えを誘われて、彩奈は視線を外した。

「顔を背けなくてもいいだろ。あんなに上手に握って扱いてくれたのに。まだイッてないから苦しくてさ。フェラチオして射精させてくれるかな。彩奈がすっきりさせてくれたらトイレから出ていくよ」

（フェラチオ？）

彩奈は兄の言葉に驚き、視線を戻す。巨大化したペニスが、彩奈の心を圧倒するように兄の股間でゆれていた。

「そんな……だ、だって兄妹だよ」

「そう。彩奈には無理なのか。ならしょうがないね」

兄はそれ以上強制することなく、あっさりと彩奈の言を受け入れた。いつもと変わらぬ穏やかな笑みを浮かべて、彩奈を見つめる。

（変だよ。お兄ちゃんあたしを試してるの？）

兄の双眸には異様な昏い光が宿っている。自分を見限って離れていこうとしているのではないかと、少女は混乱の中で思う。

「僕らは結局、ほんとうの兄妹じゃないから――」

「待って。む、無理じゃないよ」

胸を締め付けられながら、彩奈は兄の要求を受け入れた。

(冗談やからかいの類じゃない。お口でするなんて、兄妹ですることじゃないのに)

他の選択肢が思いつかなかった。愛情と服従の姿勢を見せるには、兄の要求に応えるしかなかった。

「ふふ、いい子だね。さあ、パンティはちゃんと脱いでおいた方がいい。もう我慢の限界だろ」

兄は白い歯をこぼすと、膝を曲げて彩奈の腰に手を伸ばす。プリーツスカートをまくり上げて、少女の白い脚を剝き出しにした。少しずり下がっていたパンティに指を引っかけ、一気に膝をくぐらせて足元に落としてしまう。

「ああ、よして、自分でできるよ」

下半身が丸出しになり、彩奈は狼狽の声を漏らす。両手で股間を覆い隠した。

「ふふ、ママと違って彩奈の毛は薄いみたいだね」

妹の手をどかし、兄が恥丘に薄く生える絹草を指先で撫でた。

「だめ、見ないで、触らないでっ」

兄の手首を押さえつけ、彩奈は切れ切れの悲鳴を放つ。兄は恥毛を弄っていた指をすべり落とし、足の付け根に潜らせてきた。彩奈の顎がビクンと持ち上がる。

「あ、あんッ」

「ねっとりと熱くなったままじゃないか。人のいっぱいいる図書室の中、友だちの前で気を遣る気分はどうだった？」

兄が秘やかに息づく秘処を撫でて、彩奈の顔を覗き込んでくる。ヌルリとした手触り、とろけた粘膜のようす、発情は丸わかりだろう。

「言わないで……」

羞恥のアクメを記憶に甦らせ、彩奈は怨ずるような眼差しを兄に向けた。普段と異なる彩奈の態度に、不審を抱いた友人もいるはずだった。教室に戻ればきっと色々と質問を浴びせてくることだろう。彩奈の瞳には涙が滲む。

（どんな顔をして教室に戻れば良いの……）

「涙を浮かべて。彩奈は昔から泣き虫だものな」

兄が女の花芯をまさぐりながら囁いた。顔を近づけてくる。まなじりの涙滴に口を寄せて吸い、そのまま口へと移って相姦のキスを行ってくる。

（こんなことされたらまた……）

兄の舌が唇の表面をなぞる。口の中に兄の舌が侵入しようとしていた。抵抗出来なかった。彩奈は口元をゆるめ、受け入れた。差し入れられた兄の舌と、舌を絡め合った。兄の指が、股間をやさしくまさぐってくる。たっぷり溢れた女蜜の滴る音が、脚の付け根から聞こえた。

（おかしくなっちゃう）

図書室で受けた破廉恥な仕打ちを身体は覚えている。指でかわいらしく屹立したクリトリスを弾かれると、意思を無視して甘い性悦が立ち昇ってくる。

「うぐ……んむ」

彩奈は細首を打ち振った。兄は弱点を知っていた。呻きが漏れる。兄の舌が口の中を這い回っていた。上あご、頬の内側、歯茎までも兄はくすぐるように舐めてくる。彩奈は肢体を震わせた。無意識の内に手を差し伸べ、兄の勃起を握り締めた。

「授業が始まる時間だね。校庭から聞こえてくる生徒の声もなくなった」

兄が口を離して囁いた。静かだった。彩奈の吐き出す速い息遣いだけが、男子トイレの中に響く。

「お兄ちゃん、早く、フェ……フェラチオさせて」

彩奈はか細い声で申し出た。兄を射精へと導かない限り、この苦痛と快楽の地獄が続く。少女はおもねるように手の中の硬いペニスを、ゆるゆると扱いた。

「僕のをしゃぶりたい？」

自分から口唇奉仕を願う妹を見て、兄が笑う。彩奈は唇を噛んだ。堕ちていくのが自分でもわかる。わかっていてもどうにもならなかった。

（お兄ちゃんに従うしか……）

兄が彩奈の股間から指を引き抜いた。指先が淫蜜で濡れ光っていた。甘酸っぱい愛液の臭気もほのかに香る。慎一は指を口元に持って行くと、彩奈に見せつけるようにペロッと舐めた。

「彩奈の味……おいしいよ」

少女の顔は羞恥で真っ赤になる。兄は屈んでいた姿勢を起こすと、便座に座った彩奈のすぐ前に立った。少女の眼前に勃起が位置する。彩奈は躊躇いがちに顔を近づけていった。

（これがお兄ちゃんの匂い）

汗と分泌物だろうか、脂っぽい男の匂いを感じた。不思議と身体が熱くなる。

「唾液を垂らして、もっとヌルヌルにするんだ」

（つばを……）

彩奈は根元の部分を右手で握ったまま、ペニスの真上に唇を持って行った。唇を薄く開き、亀頭目がけて透明な唾液を垂らした。

「全体にまぶして」

言われた通り、指を前後に動かしまんべんなく唾液を引き伸ばす。

「彩奈の手はやわらかくて、すごく良い具合だよ。興奮汁が溢れてくる」

兄が気持ちよさそうにため息をつく。尿道口に滲んだ滴が、玉になっていた。

彩奈はピンク色の舌を伸ばし、垂れ落ちる寸前の先走り液を舐め取った。

（しょっぱい）

塩気のある味が、無情な現実を呼び覚ます。

（初めてこんなことする場所が学校の中なんて。しかも授業中に……）

トイレの中にこもって兄の性器を握っている。さらには口を使ってしゃぶろうとまでしていた。兄妹の健全な形はもちろん、まともな学生の姿ともかけ離れていた。平穏で幸福だった日々が自分の周囲から離れていくのを感じた。

「うッ……うう」

こうしている間にも薬液が腹部で暴れ回る。彩奈の思考は掻き乱された。早く兄に吐精してもらうことが急務だった。舌を押し当て、切っ先を恐々と舐めた。

トロリと興奮を示す粘液が滲み、彩奈は口を寄せてチュッと吸い取った。

「咥えていいよ」

兄の命令が遠くから聞こえた。

（たいしたことない。ママがあのおじさん相手にしてたみたいにすればいいだけ）

大好きな兄の身体の一部だと思えば、グロテスクな形にも抵抗は感じない。彩奈は小さな口を目一杯広げた。

「う、うう」

（お口裂けちゃいそう）

ぷるんと弾ける唇が伸びきって、兄の強張りを懸命に咥え、呑んでいく。三分の一も含むと、口の中が一杯になった。

「ああ……」

生あたたかな感触でくるみこまれ、兄が心地よさそうなため息を吐いた。

（ママは、手で扱きながらじゅるじゅる音を立ててしゃぶってた）

あれが男を悦ばせるツボを熟知した指と口の使い方なのだろうと、彩奈はパーティーの日に見た母の淫蕩な姿を思い出しながら、ゆっくりとペニスを吐き出し、また呑み込むことを繰り返した。母の仕種を真似て根元を指で擦ると、口腔内で兄のペニスが嬉しそうに震える。

(お兄ちゃん気持ちいいの?)

頬張ったまま上目遣いで兄の表情を確認する。

「彩奈上手だよ。素質があるのかも。それとも血筋かな。ママの娘だものね」

髪を兄が撫でる。彩奈は瞼を伏せて、くふんと鼻を啜った。

(いじわるな言い方しないで……)

兄の言葉には刺々しさがあった。それも仕方のないこととわかっている。自分たち母娘が牧原の家に入り込みさえしなければ、兄は今も笑顔で暮らしていたに違いなかった。

(ママが、お兄ちゃんを追いつめたから……ごめんなさい)

潤んだ目で兄を見上げた。兄へ詫びる気持ちを込めて、口の中の舌をやさしくくゆらした。尿道口の小さな割れ目にそって舌先を前後に這わせる。

(お兄ちゃんの味が広がっていく)

塩気のある兄の体液が彩奈の味覚を刺激し、呼吸をすると男っぽい臭気が鼻腔を抜けた。味も匂いも、イヤだとは思わなかった。むしろ兄と深く接している実感が得られ、身体の奥の方から妖しい情欲さえ立ち昇ってくる。彩奈は付け根部分に添えた指でゆるゆるとさすりつつ、吐き気がこみ上げる位置まで呑み込み、唇をすぼめて吐き出した。罪悪感をひたむきな情熱に変えて、兄を一心に愛撫した。

「ふふ、いやらしくてステキだよ。彩奈のフェラ顔」

兄の言葉に、少女は赤面した。

(それって褒め言葉じゃないよう)

はしたない咥え顔を賞賛されても、少女には身を隠したくなる恥ずかしさばかりがこみあげる。

(とっても恥ずかしいのに……)

チラと上を見た。妹が舐めしゃぶるさまを、兄が目を細めて凝視していた。下唇から涎が垂れ落ちそうになり、彩奈はジュルッと派手な音を響かせて啜った。

「おいしい?」

兄の問いかけに思わず、うなずいてしまいそうになる。腸の逼迫と口唇奉仕の異常な興奮と羞恥、理性がおかしくなっていくのがわかる。彩奈は返事の代わりに唇を懸命に絞って摩擦を強め、太い男性器の上で唇をすべらせた。亀頭の括れの部分に舌を押しつけ弾くようにすると、兄の心地よさそうな吐息が早くなっていく。

「ああ……そうだよ、そこが気持ちいいんだ。処女なのに、あの日のママよりも上手かも」

兄の言葉が、彩奈を後押しした。彩奈は恥じらいを抑え込んで、音を立てて熱心に舐めしゃぶった。首を前後に振りながら顔の角度を変え、いやらしい口元の動きを見えやすくすることまでした。自分の淫らな姿を、兄に観察してほしいと心と身体が望んでいた。

「んむッ……ああ、お腹が」

彩奈はペニスを吐き出した。排泄感が膨れあがり、身体が小刻みに震える。

「苦しい？　自分でオナニーしながら舐めてご覧。少しは楽になるよ」

少女の汗まみれの相に手を添え、額や頬の汗粒を指で拭いながら兄が静かに命じる。

「そ、そんなこと……」

「彩奈が僕のチ×ポをしゃぶりながら、自分で慰める姿が見たいんだ。ダメかな？」

強要ではなく、あくまでやさしい口調で願う。それが少女を拒めなくする。

（いけない。こんなことまで言いなりになっちゃ……）

思いと裏腹に右手が動いた。股間に指を差し入れる。スカートは黒い翳りが覗くほどの位置までたくし上げられていた。手を使いやすいようにさらに膝頭を開き、人差し指で充血しきった陰核をそっと捏ね始める。

「んッ……あん」

(何で言われた通り、オナニーしちゃうの)

自慰に耽る姿を兄に見られていた。絡みつくような昂揚が、細身の肉体の内に生じる。秘奥もジュンと熱を帯び、蜜をたらたらと垂らして指を濡らした。

「ふふ、指遊び上手だね。はい彩奈、あーん」

兄がペニスを口元に突きつけた。彩奈は首を斜めに倒して顔にかかった髪を避け、再び小さな唇を開いて呑み込んでいった。

「彩奈……ああッ、さっきよりも深く呑んで」

ペニスの半分以上を咥えていた。吐き気を堪えて唇を前後にすべらせれば、兄は快さそうに喘ぎをこぼしてくれる。それが嬉しくて彩奈はますます熱心に首を振り、きつい摩擦を加えていった。

(オナニーしながら、お兄ちゃんのアレをしゃぶってるなんて……)

左手で根元を強く扱いた。トロトロの粘液を兄のペニスは吐き出し、唾液と混じり合ったその体液を彩奈はコクンと呑み下した。塩気のあるその味をおいしいと感じる。

（どうしておいしいって思うの。あたし、エッチでヘンタイな女の子だ。しゃぶって気持ちよくなってるなんて）

口を埋め尽くす硬さや太さもたまらなかった。唾液も潤沢に溢れ、粘膜と勃起が心地よく擦れる。健全さとはほど遠い己に、少女は唇をすべらせながら戸惑う。口腔奉仕で欲情していると知ったら、兄もきっと軽蔑するに違いない。そう思うと胸は切なく締め付けられ、女の秘唇は何故か疼きを増していく。

（もしお口じゃなくて、コレをあたしのアソコに挿入されたら……）

唇でこれだけ心地よいのなら、今指でまさぐっている秘芯にズンと差し込まれたら、もっと気持ちよいのかもしれないと少女は想像する。書斎で盗み見た、母と男の獣のような交わりは未だ鮮明に記憶に残っていた。母はあられもない嬌態を見せ、喜悦の声を上げていた。

（ママみたいに、お兄ちゃんの硬いモノで後ろからハメられたらどうなるんだろう。……ああ、兄妹なのに、こんな想像しちゃだめ。あたしどんどんいけない子になっていっちゃう）

あのとき見た情景と似た画が、彩奈の頭の中に描かれていた。違うのは尻を抱えられているのは母ではなく自分であり、後ろから差し込む男性が兄だということだった。叶ってはならない願望と、彩奈自身よくわかっている。しかし一度描かれた禁忌のイメージは容易に頭から消え去ってはくれなかった。

（だってあたしは、お兄ちゃんのことが……）

こうして兄の悪戯に唯々諾々と従う理由に、彩奈は薄々気づいていた。反抗する意思など自分は最初から持っていなかった。でなければ男子トイレに連れ込まれ、その上兄のペニスにフェラチオを施すような状況に陥ってはいない。

（兄妹としてじゃなくて、一人の男性としてお兄ちゃんのことが……）

兄の彼女になりたかった。兄のモノになりたかった。兄に征服されたいと心の奥では望んでいた。母のように机に手をつき、牝犬のように尻を抱えられて犯してもらいたかった。兄を慕う気持ちが歪に形を変え、許されない恋心を表出させる。

「ん、んふん……あむん」

少女は勢い込んでペニスを吸い、腫れぼったくなった陰唇を縦にまさぐった。左右の脚は水平近い角度に開いている。兄が脚の間に立っているため閉じることは無理とはいえ、必要以上に秘奥と恥ずかしい指遣いをさらけ出していた。

(どうせいやらしい姿を、隠すことなんかできないんだから)

彩奈はせわしなく細指を動かし、汁音を立てて自慰の痴態を大胆に披露した。クリトリスはピンと尖りきって、亀裂の奥の方からぬめった蜜をだらしなく滲ませる。

「ビラビラの表面をネチネチ擦るのか。彩奈はいつもそうやってオナニーしてるんだね」

妹のはしたない姿を兄の勃起も悦んでいた。唇を広げる充実、喉を塞がれる息苦しさで、彩奈はそれを実感する。

(お兄ちゃん、硬くなってる。ああ、学校のトイレでこんなこと……)

男子トイレに兄妹でこもり、危うい性愛に耽っている。ヒリヒリとした緊迫感が、劣情を一層掻き立てた。指から広がる甘い刺激、重く押し潰されるような直腸の圧迫、興奮と辛苦がよじれるように溶け合い、頭の中が紅い色を帯びて明滅を繰り返す。一瞬、このままどうなってもいいとさえ思った。

「ああ、彩奈の口、窮屈で最高だよ」

兄の歓喜の声に、彩奈は咥えたまま目尻を下げる。もっと悦んでもらおうと首を大きく前後に振り、深く呑むことを心がけて、フェラチオに没頭した。

「ううッ」

彩奈は吸茎しながら、喉で呻いた。薬液が出口を求めて下腹で唸りを上げていた。

(お兄ちゃんの前で漏らすなんてダメ……)

ふっと遠のきそうな意識を摑み直し、彩奈は今にも弾けそうな括約筋に力を込めた。背中を冷たい汗が流れていく。

(苦しくて……お腹だって張り裂けそうなのにこんなぐちゃぐちゃになって)

股間に差し入れた指は、愛液がぐっしょりとしたたっていた。もっと弄って欲しいと請うように、薄いヒダ肉が指に吸いついてくる。指の動きを速めた。わきあがる便意がオナニーの鮮烈な快感と混じり合い、肉体を戦慄かせる。

「ンッ、んふ」

(バージンなのに、どんどんエッチな女の子になっていくよう)

この耐え難い苦悶と緊張を愉しむ自分がいた。ぎりぎりの場所で踏みとどまりながら、それでも兄に愛を捧げる倒錯の恍惚が、少女の心を淫ら色に染める。

「ああ、そろそろ出そうだ……彩奈、下の袋の方も撫でて」

言われた通り、彩奈は左手を下から添えて陰嚢を揉みほぐした。その刹那、短い間隔でまた腹部に痙攣が生じた。

「んぐうッ」

今度の腹痛は強かった。目の前が灰色になり、そしてゆっくり真昼の白い光へと戻る。身体が解放を求めていた。彩奈は唾液の糸を引かせて勃起を口から外した。

「も、もう我慢できないの。お兄ちゃん. トイレの中に一人きりにして」

排泄行為を観察されたくないという羞恥が、最後の力を振り絞らせる。彩奈は腰を震わせながら懇願し、上を仰ぎ見た。

「まだ出してないよ」

苦しみ悶える妹をじっと見つめて、兄が微笑む。彩奈は瞼を落として、切なく息を吐いた。

「でも身体が限界なの。お腹がぶるぶるして」

青ざめた額に前髪がこぼれ落ち、脂汗の伝う肌に貼り付く。限界の間近で逼迫は重苦しくまつわりつく。兄の声も、今の彩奈には虚ろにしか聞こえなかった。

そこにもう一度大きな発作が押し寄せた。

「あ、ああっ、ダメ……出ちゃう、んうッ」

荒々しい便意が少女の引きつった悲鳴を生む。体中の血が沸き返る感じがし、歯がガチガチと鳴った。

「音を聞かれたくない、見られたくないの」

憐れみを戴こうと、最後の力を振り絞って彩奈は兄の股間に唇を寄せ、ペニスをさすりながら陰嚢を舐め上げ、次いで口に含んで睾丸一個一個を舐め転がした。出来うる限りの恭順の姿勢を、妹は懸命に示す。

「でも約束だろ。ほら、しゃぶって」

兄の放ったのは非情な命令だった。妹の黒髪を摑んで相貌をくいっと上向きにすると、開いた朱唇に唾液で濡れた勃起を再び突き入れた。

「んぷっ」

「我慢出来ないなら、そのまま出してもいいからね。遠慮しなくていい。そのためトイレに座っているんだもの、僕がちゃんと全部を見ててあげる」

兄は髪から手を離さず、腰をゆすって乱暴に喉を犯してくる。肉棒で口腔全体を塞がれ、もはや哀訴の声も許されない。ペニスを頬張った彩奈の口の隙間からは涎がだらだらと垂れ、トイレのタイル床に泡立った滴となって落ちていった。

「んむ、んぐ……ぐう」

(そんな許して、お兄ちゃん)

グポッグポッという派手な音がトイレの中に反響していた。まともに息さえ出来なかった。嘔吐感が喉奥からこみ上げ、涙がぼろぼろとこぼれる。排泄だけではない、呼吸さえも兄に支配されていた。

(あたしのおくち、お兄ちゃんのオモチャにされてる)

兄は腰遣いを変えて、少女のあたたかな口内を愉しんでいた。頬の内側の粘膜に亀頭を押しつけ、ヌルヌルとした摩擦を繰り返したかと思えば、一息に奥まで打ち込み、深刺しした位置でしばらく動きを止める。欲望を満足させる道具に堕ちていた。被虐の昂りが少女の心を紅く染める。右手の動きを再開させた。陰核を指で摘み、捏ねた。

(苦しいのにオナニー続けて、感じちゃってる……あたしどうしちゃったの)

切羽詰まった息遣い、滴る唾液、滲み出る汗、狭い個室内に兄妹の熱気がこもる。呼吸を少しでも楽にするために、彩奈は口の中に溢れる兄の粘ついた体液を啜り呑み、己の小さな肉芽を強く嬲った。むせ返るような匂いが口元には濃く漂い、少女の身体は内側からカアッと火照っていく。ブラジャーの中で、乳房までもが熱くなって疼いた。

(ああ、だめっ)

グルルッと異音が轟いた。鈍痛と痙攣が下腹に走り、収まらない。快感はさあっと薄れ、便座の上でセーラー服の肢体をよじった。

「うっ、んむッ」

(早くお兄ちゃん、イッて)

少しでも早く達してもらうために、彩奈は根元部分に添えた左手でせっせと扱く。寒気が止まらなかった。全身の毛穴が開く。揉み潰されるような痛苦が、頂点に達しようとしていた。

(お兄ちゃんの前なのに……だめよ、ああ、いやあ)

「うぐっ、ふぐぐッ」

彩奈は喉から悲痛な叫びを発した。絶望感に少女は呑み込まれようとしていた。

(ああ、そんな出ちゃう……だめ、絶対にダメッ、あ、ああッ)

危うい均衡が崩れる。緊張を湛えていた腰から力が抜け、少女はついにコントロールを逸した。派手な音が狭い空間に漏れ響いた。

(ああっ、お兄ちゃんの前で……ああ、あたま、まっしろになっちゃうッ)

今まで自分の信じていたもの、正しいと思ってきたもの、何もかもが崩壊する。

「ひぐ……うぐ」

それは同時に、長かった惨苦から解放される待ちに待った瞬間でもあった。肉茎を頬張った口元から、うっとりした呻きが溢れた。苦悶の塊が一気に抜け落ちるときのえも言えぬ排泄の快楽に、少女の弛緩した全身は包み込まれる。

(ああ、すごい……イクッ、イッちゃうッ)

目の前が白くなり、紅くなり、黄色の混じったあざやかな色を見せる。少女は我を忘れて腰をゆすり、放出の喜悦に酔った。

「彩奈、よくがんばったね」

とろけきった妹の法悦顔を、兄が見つめていた。

(み、見ないで……)

決して他人に見せてはならない不浄の刻、それを最も恋い慕う相手に観察されていた。彩奈は救いを求めて視線で訴える。浅ましくも鮮烈なオルガスムスだった。異臭が漂い、濁流のしぶく音が延々と聞こえる。

(なんで？　なんで感じちゃうの。こんなに酷い状態なのに……あたし、おかしくなってる)

受け入れることのできない昂りだった。みじめで情けない醜態を晒しながら、それでも少女はアクメの嗚咽を止められない。便座の上でセーラー服の肢体をビクビクと引きつらせ、経験したことのない無我の世界を少女は彷徨った。

「ああ、僕も出るよ、彩奈……」

兄が口から荒い息を吐き出した。これ以上ない勃起の猛りを少女の唇は感じる。

（ガチガチになってる）

妹の醜態に兄は興奮していた。髪を摑んで手前に引きつけると、喉の奥までペニスをねじ込んでくる。

（ひどい、あたし出してる最中なのに……）

まだ汚物の漏出が続いているというのに、兄は容赦なく彩奈の喉を犯した。つぶらな瞳から涙が流れる。泣き喚くことも許されない。ペニスを含んだまま
「んむんっ、んふッ、むふん」

彩奈は喉元で悲鳴をこぼした。

「あああっ、僕も……よし出すよ、彩奈、呑むんだッ」

叫びとともに兄は打ち込みの勢いを上げた。少女の小さな唇を塞いだまま、肉棒が跳ねる。

（お兄ちゃん、このままあたしのお口に……）

少女は自ら頭を前に進め、兄の勃起を迎えに行った。涎を下唇から垂らし、口内で舌を蠢かせた。兄に気持ちよくなってもらいたかった。先走りの液だけでなく、本物の欲望液を自分の口で受け止めたかった。首を振り立てながら彩奈は右手を股間で動かし、クリトリスを下から上に何度も弾いた。排泄の快感に自慰の愉悦がよじり合わさって上塗りされる。

「出るッ、呑め彩奈ッ」

兄は最後に大きく腰をゆすって、咽頭まで埋め込む。グッとペニスが膨らみ、火花のような赤い瞬きが眼前に見えた。口の中で兄の分身が跳ね狂い、灼けついた粘液が弾けた。

「あ、うああッ……あ、あやな」

聞いたことのない引きつった喘ぎを頭上でこぼし、兄が彩奈の口の中に次々と生殖液を吐き出す。

（お兄ちゃん、あたしのお口でイッてる）

ビクビクとペニスが律動していた。パーティーの日一度味わった精液の味が、青臭い芳香と共に彩奈の舌の上に広がっていく。

（お兄ちゃんのセイエキ……ミルク……いっぱい溢れてる）

かわいらしい美貌を興奮で崩し、彩奈は口の中で踊る兄の欲望液を嚥下した。同時に熱く潤んだ股間を弄くり、自ら性感を高めていく。

（イヤだ、またイク、イッちゃう、こんなのダメなのに、異常なのに……ああ、イク……イクのッ、お兄ちゃんのミルク呑んでイッちゃうッ）

排泄の最中だというのに、新たなエクスタシーが背筋を駆け上った。ピンク色の唇は兄のペニスを頬張ったまま甘ったるい喉声を発した。便座に座った身体はピンと伸びて、肩を可憐に震わせる。

「んぐ……ん、んう」

先ほどのオルガスムスよりも、官能の波はドロドロとぬかるんでいた。今までに感じたことのない粘ついた絶頂感が肉体をじっくりととかしていく。下腹がうねり、意識までもが半ば飛んで朦朧とする。

ぴちゃんと滴の音が鳴った。彩奈は己の排泄が終わっていることに気づいた。股間を弄っていた右手を抜き取り、両手で捧げ持つようにしてペニスを摑んだ。

「彩奈、もっと吸って」

言われるまま、口の中のペニスをちゅうっと吸った。ぼうっとしながらも彩奈は根元に添えた手を動かし、もっと精液を吐き出してもらおうと勃起を擦る。鼻で息をする度に、自分の排泄臭と精子の匂いが混じって鼻腔に抜けた。

「呑んで。全部呑み干すんだよ。制服につくと染みになるからね」

おだやかな口調で兄が言う。逆らうことのできない兄のやさしい命令だった。

（お兄ちゃん濃くって量もたくさん。なかなか呑みきれない……）

粘っこい液は喉に引っかかって容易に通らない。彩奈はコクコクと少量ずつ啜り呑んでいった。一口呑む度に、兄への奉仕の達成感が胸に生じた。

「呑んだね。見せてくれる彩奈」

彩奈はおずおずと口を開いた。献身の成果を兄が覗き込み、確認する。精液は残っていないが、唾液に混じっている残滓が空気にふれて、栗の花の香りが一気に口元から広がった。

「彩奈の口が僕のザーメン臭いって、不思議な感じだな」

彩奈の唇の端についた白い樹液を、兄が指で拭って笑った。

（ザーメン臭いだなんて……）

少女の美貌に、羞恥の朱色がパアッとたちこめる。兄が白濁のこびりついた指を口元に差しだした。彩奈は桜色の舌を伸ばした。

「ん、んふ」

兄の愛を受け入れるように、一滴も残さず大切に舐め取る。舌を絡め、咥えてしゃぶった。上を見れば従順し切った妹を眺める、兄の満足そうな顔がある。

「いい子だね。じゃあ残り汁も手で絞り出して吸ってくれるかな」

（そうだ。後始末……しないといけないんだよね）

母も自分の下着を使って行為の後で処置をしていた。彩奈はうなずき、ペニスを握って根元から絞る。ゆっくりと丁寧に扱くと、トロンと白い滴が切っ先から垂れ落ちてくる。彩奈はすぐに舌を伸ばして、受け止めた。そのままペニスを口に含み、射精の快い余韻を楽しんでもらえるよう、やさしく尿道に残った精液を吸い出した。周囲の汚れも、入念かつ細やかに舌を這わせてぬぐい取り、最後にチュポッという派手な音を響かせて口から引き抜いた。

「ありがとう。今度は呑み込まずに、精液を良く味わって」

（お兄ちゃんのミルクの味を覚えるの？）

彩奈は口の中の精液と唾液とを混ぜこんで、くちゃくちゃと咀嚼した。兄の精子の濃厚な風味が、口元に満ちていく。

（恋人同士でもここまではしないはず……）

エクスタシーの余韻の去っていない女体に、倒錯の行為は妖しく染み入った。空気に触れて青臭い匂いのきつくなった樹液を呑み下すとき、口唇奉仕の陶酔は最高潮に達した。とろみのある粘液が喉をくぐった瞬間、少女は身体を強張らせ、連続のオルガスムスに達した。

（んっ、そんなまた、イクよう）

トイレに入って迎える三度目の絶頂だった。彩奈は俯いて乱れた息を吐く。兄の精液の味と性的興奮が、身体の中で密接に結びついてる感じだった。

「彩奈、きれいだよ」

兄が妹の脱力しきったアクメ顔を褒めてくれる。それだけが彩奈の救いだった。媚びを含んだ眼差しで兄を見上げた。

「ほんと……お兄ちゃんこんなあたしを軽蔑しない？」

「そんなわけないだろ。感じた顔の彩奈は素敵だよ」

彩奈は笑おうとするが、何故か瞳からは涙がこぼれた。ぽろぽろと涙を流す妹を、兄が腰を落として抱き締める。

「あまり臭いを嗅がないで。ごめんなさい、出ちゃったの。がまんできなかったの」

「彩奈、気にしなくて良いよ」

兄が唇を寄せ、口づけする。

（お兄ちゃんのミルクを呑んだばかりのお口なのに……）

兄の愛を感じた。彩奈は自ら舌を差しだした。兄も舌を伸ばしてくる。好きと、胸で唱えながら彩奈は兄と舌をヌルヌルと絡ませ合った。

「やっぱりお兄ちゃんと一緒に暮らしたいよ」

口を引いて、彩奈は囁いた。腫れぼったくなった彩奈の瞼を兄が指で撫でる。

「涙をこぼすほど僕に虐められたのに、嫌わないの？」

彩奈は勇気を振り絞るように紅い唇を噛んでから、兄を真っ直ぐに見た。

「お兄ちゃんは、お兄ちゃんだもの。去年の夏祭り、また一緒に行こうねってあたしに言ってくれたよ？　プールにだって一緒に行って、遊園地だって遊びに行って……もっとお兄ちゃんと……」

途中で彩奈はしゃくり上げた。楽しかった無数の記憶に、これからも沢山思い出を積み重ねられるものと思っていた。

「彩奈の浴衣姿、とってもかわいかったね」

兄が右手を潜らせ、彩奈の股間に差し入れた。

「あ、いや、ダメいじらないで、汚い……きたないよ……ああ、だめッ」

伸びた指先が狙った場所は、排泄を済ませたばかりの肛穴だった。指を避けようと彩奈が肢体をよじらせると、慎一は口を被せて妹の唇を奪い、身動きを取れなくする。

（キスしながら、お尻の穴をいたずらするなんてッ）

汚れた液が垂れている中を兄は躊躇いなく、差し込んできた。図書室で指をねじ入れられた時よりも衝撃は大きかった。

「んっ、んうッ」

彩奈は兄の肩を叩き、呻いた。口をやさしく吸われながら、爛れた粘膜の中に指がジリジリと埋め込まれ、内部をまさぐられる。血液が体中を逆流するようなおぞましさだった。

「ゆ、許して」

なんとか口を離し、彩奈はすすり泣いて懇願した。

「こっちも疼いてたまらないんだろ？」

兄がセーラー服の上から乳房を掴んだ。ヒリつく乳首を探り当て、ぎゅっと摘んでくる。

「硬くしこってるのがわかるよ」

「だ、だって……ああ、そ、そんなに摘まないで」

制服をまくりあげ、裾の方から兄の手が潜り込んでいた。ブラジャーがずり上げられて、少女のすべらかな膨らみを兄の手が直接握る。

「高校一年生にしては大きな方かな。ふふ、乳首がビンビンだね」

乳房を揉み込まれる。尻穴にはまった指も動きを止めずに、肛門を押し広げるようにしていた。

「あん、だめ、そんなにされたら」

少女は狼狽の声を上げた。排泄欲が刺激され、腸内が蠕動する。絞り出したはずなのに、まだ何かが漏れてきそうだった。

(我慢するの。お兄ちゃんの指を汚くしちゃう)

「クイクイ、締めてくるね。気持ちいいんだろ彩奈」

排泄を耐える括約筋の絞りが、埋没した指への食い締めになる。兄は眼を細めると、指を折り曲げて腸壁を擦ってきた。

「あっ、あんッ、お、おにい、ちゃ、ん……いや、あ、ああん」

性官能が無理やり引き出されるようだった。恥辱と羞恥、心の乱れに合わせて肉体は不穏な炎を上げる。

（こんな酷いことされて、なんで感じちゃうの？）

彩奈は兄にしがみつき、しゃくり上げた。愛する男性にとことん貶められる被虐の悦楽を、少女の肉体はようやく理解し始める。

（いじめられるとあたしの身体、悦んじゃう）

頭の中が白くなっていく。こんな状況でも感じてしまう己に戸惑いと嫌悪を抱きながら、少女は筆舌に尽くしがたい刺激の渦に呑まれて、落ち込んでいく。

「ああ……な、何でもするから、お兄ちゃんと離れるなんて絶対にいや」

彩奈は兄に抱きつき、身体を震わせながら泣きじゃくった。

「大丈夫。ママと話し合うよ。パパの会社のこともあるけど……彩奈のためにママと仲直りするよ。また一緒に暮らせるように」

少女はぼやけた瞳を凝らす。すぐに兄の穏やかな眼差しを視界の中に見つけた。

「ほんとうに。またお屋敷でお兄ちゃんと一緒に住める？」

か細い声で問いかけた。慎一が乳房から手を外し彩奈を抱いた。

「うん。安心して。ママを説得するよ、絶対に」

兄が力強い声で告げた。

（また家族で一緒に住める。いっぱい変なことされたけど、良かった……）

目の前にいるのは以前のやさしい兄だった。兄のいたずらを受けることで、少しは不安定だった心の慰めになったのかもしれない。つらい時間を耐えて良かったと少女は思った。

（前みたいに仲良くみんなで暮らせるのね。ママとあたしと、お兄ちゃんとで）

彩奈は鼻を啜り、小さな唇の端を持ち上げて花のような笑みを浮かべた。

「キスしてお兄ちゃん」

彩奈は口づけをせがんだ。彩奈の肛孔を兄の指が相変わらず、しつこく責めてくる。少女は上ずった喉声を発しながら、舌を兄の口に差し入れ、情熱的に這わせていった。

（お尻いたずらされて、またイッちゃうっ）

「ん、んっ……んんッ」

兄妹の相姦キスの最中に、彩奈は今日五回目のアクメを迎えた。

第三章 寝室強襲 狙われた三十六歳の未亡人

夕刻、仕事を終えて屋敷に戻った冴子は怪訝な顔をした。

(変ね、誰もいない)

邸内が真っ暗という訳ではない。明かりは庭の照明も含めて灯っていた。だが何人もいるはずの使用人の姿が、まったく見あたらなかった。

(普段なら玄関に並んでわたしを出迎えるのに。いったいどこへ行ったのかしら。事と次第によっては……)

荷物を持つ者がいないため、仕方なく手にバッグを提げたまま、冴子は邸内に入った。牧原家に仕えている古くからの使用人たちには、以前から扱いづらさを感じていた。半数は解雇したが、残りの者もすべてクビにする良い機会かもしれないと考えながら廊下を歩き、広いリビングルームを覗く。そこにも人影はなかった。

「おかしいわね」

冴子は声に出して呟く。寝室へと向かいながらレースの手袋を外し、懐から携帯電話を取り出した。屋敷内の仕事を取り纏めている使用人頭に電話し、まずはその所在を確かめようと思った。そのときちょうどメールの着信を告げるコール音が鳴った。

（村本さんだわ）

差出人を確かめた冴子は、すぐにメールの文面をチェックする。冴子の会社が持つ遊休地の売却話が、順調に進んでいるとの内容だった。文末には、昼の冴子は最高だったよ、と付け加えてあった。冴子は襟元のスカーフを指でゆるめ、くすっと笑った。

（村本さん、きちんと働いてくれてるようね）

業務休止となったことで今期の営業益は確実に減る。その補填として余っている土地の売却を推し進めれば、重役も強く異を唱えにくい。これを手始めに会社の資産を取り崩して行くつもりだった。

（まずは活用されていない土地から換金して、ゆくゆくは……）

不祥事を起こしたとはいえ、品質の良いケーキや洋菓子を売ってきたこれまでのブランド力を目当てに、吸収合併をしたがっている大手の製菓メーカーから冴子の元に幾つか打診が来ていた。高値で売りつけることも可能だろう。

（キャッシュを回収し終わった後は、きれいさっぱり売り払ってしまえばいいわ）

冴子は足取りも軽やかに主寝室へと向かった。使用人の不在も気にはならなかった。携帯電話をポケットに納い、寝室のノブを開いて中に入った。室内の明かりが既に付いていた。冴子は不審を感じ、足を止めた。人影があった。

「だ、誰——」

冴子は声を上げ、誰何する。寝室の中央にあるテーブル上に置かれた花瓶には、白の山百合が挿してあった。大きな花びらの向こうに、夫婦のダブルベッドが見える。そこに義理の息子が腰掛けていた。

「お帰りなさい、お義母さん」

「し、慎一さん……」

（鍵を取り上げたのに使用人が勝手に？　それに何のためにわたしの寝室へ……）

門扉の内側に入った方法、寝室に忍び込んだ目的、疑問が浮かぶが混乱を見せればその分相手が有利になるとわかっている。冴子は美貌に厳しい表情を浮かべ、瞬時に態勢を立て直した。

「慎一さん、こんな処に無断で潜り込むなんて、どういう了見なの？」

慎一が立ち上がった。ジーンズズボンにシャツのラフな格好だった。テーブルを回り込んで、冴子の側に近づいてくる。

「元は僕の家だよ。好きなときに帰ってきて、どの部屋に入ろうが何も問題はないはずだけど」

「あなたの態度に問題があったから、離れて暮らすようになったのでしょう。忘れたのかしら」

語調を強めて言い、切れ長の二重の瞳は、歩み寄ってくる血の繋がっていない息子を睨みつけた。以前であればこれで済むはずだった。だが慎一は冴子の眼前に立つと、いなすような笑みを浮かべる。

「普段はもっと遅い帰宅らしいね。もう少し待つかと思ったよ。今日はデートの予定はなかったのかな」

慎一はチラと、テーブル上のアンティークの置き時計に目をやった。

「彩奈は英語の塾だね。いや今日はピアノのレッスンの時間だったっけ。……習い事をして帰っても、彩奈は毎晩この広い家で一人っきり。ママは楽しく男遊びしてるらしいって聞いたよ」

「だ、誰がそんなことを」

「昔からのお手伝いさんを何人も辞めさせたらしいね。彼女たちが僕に同情的だったのが気に入らなかったんだろうけど、おかげでこの屋敷のことは僕に筒抜けでね。皆僕に戻ってきて欲しいんだってさ」

慎一が右手を伸ばし、冴子の肩に触れようとする。冴子は半歩後ずさって手を避けた。

「そんなことを言うために、わざわざやって来たのかしら」

冴子は優美な眉をきりきりとつり上げて、少年を見据えた。だがやはり慎一にひるんだようすは見られなかった。口元に冷笑をたたえた余裕の相で、義母を見返す。

「会社の方は製品回収だってね。従業員の士気もずいぶん下がってるらしいね。大変でしょう」

(会社の内部情報を知ってるの?)

従業員のようすなどどこで聞いたのだろうと、冴子は慎一の醒めた目つきから何とか情報を読み取ろうと試みる。

解雇された屋敷の使用人が、慎一に泣きつくことは予想していた。しかし使用人との雇用契約は、冴子との間で結んでいる。後から慎一が文句を言ってこようが、何も出来はしない。

(でも慎一さんと社の重役たちとが連絡を取ってるのなら、厄介ね。どんなことを入れ知恵されたのかしら)

まだ未成年とはいえ、長男である慎一は、会社の株を遺産として受け継いで保有している。冴子のやり方に反対している古参の社員と、慎一が結託することは警戒せねばならなかった。

「そうよ。予期せぬ事故だったから忙しくて大変なの。わたしだって疲れてるのよ。経営は片手間でできる仕事じゃないって、慎一さんはわかっていると思ってたけれど。のこのここんな場所に来る暇があるのなら、転校を早めましょうか?」

「転校はしないよ。これまで通り彩奈と同じ高校に通う。この家からね」

今度は両手を素早く伸ばし、冴子の左右の手首を掴んできた。

「何を言ってるのあなたは。この手をほどいて早く出て行ってくださらないかしら」

冴子は慎一の直接的な態度に戸惑いながらも、威厳を失わぬよう、声音を抑えて命じた。慎一の指を外そうと腕に力を込める。だががっちりと巻きついた指は、微動だにしなかった。切迫した空気が漂う。

（この子が実力行使に出てくるなんて……）

密室に二人きり、十七歳の子どもとはいえ男の腕力には敵わない。冴子は置かれた状況のまずさを認識する。やがて慎一が冴子の二の腕を摑んだまま、首を傾げた。

「変だな。今日のママはいつも以上に——」

そこまで言って口を閉じると、上下に視線を這わせて冴子の全身をジロジロと無遠慮に眺めてきた。冴子はウエスト部分が絞られたショートジャケットに、ロングのタイトスカートの出で立ちだった。

「落ち着いた衣装だけど、やけに雰囲気が色っぽいね。アイラインが濃いから、化粧も派手に見える。今日の昼休みに会社を抜け出したらしいけど、それと関係があるのかな。もしかしてデートとか？」

慎一が目を細めて、冴子の顔を覗き込んでくる。

（この子は、どこまで知っているの？）

虚を衝かれ、冴子は言葉が出ない。昼休み、村本と密会していたのは事実だった。

「ふふ、ポーカーフェイスが得意なママでも、その表情は丸わかりだ。へえ、お楽しみだったわけか」

「なんて口を利くの、あなた錯乱でもしているの」

愉快げに喉を震わせる息子に、カッと血が昇る。冴子は柳眉を逆立てた。

「ずいぶんママに追いつめられたからね。僕がおかしくなったとしたら、ママのせいだよ。錯乱した人間に高圧的な物言いしても、効果はないんじゃない」

慎一が冴子の手首を摑んだまま、横に振り回した。冴子の脚がもつれて倒れそうになった瞬間、慎一がグッと腕を引き、ベッドに向かって冴子の身体を放る。ベッドの上で女体は弾んだ。

「母親を、投げるなんてっ」

すぐさま起き上がろうとするが、ベッドに素早く這い上がった慎一が、上からのし掛かってきた。冴子は右手で押し返そうとした。すかさず慎一が腕を摑んでくる。左手は振り上げる前に押さえつけられた。冴子の抵抗は難なく封じられてしまう。

「母親だって言うなら、男と遊ぶよりもっと彩奈の相手をしてあげればいいのに。習い事に行かせておけば、母親の役目はおしまいってわけ？　……黒なんだね」

タイトスカートの裾が大きくめくれあがり、黒のパンティが息子の目に晒されていた。混乱と恥辱で、冴子は相を赤らめる。

「だ、黙りなさい。馬乗りになるなんて何のつもりっ」

「父さんの会社に余計なことをして欲しくないんだ」

覆い被さったまま、慎一が告げた。

「病気で亡くなったのだって、心労が元に決まってるんだ。どれだけ苦心して会社を大きくしたか、ママには想像できないのかな？　睡眠時間を削って毎日がんばっていたのに」

「大人には大人の事情があるのよ。あなた、わたしに指図しようというの？」

冴子の返答を聞き、慎一が何とも言えない笑みを浮かべた。頬はやさしげにゆるんでいるが、瞳は冷淡で寒々しい。室内の温度が急に下がったような感覚に、冴子は襲われた。

「な、生意気な態度を取るのもいい加減になさい。あなたみたいな子どもに会社経営のなにがわかるっていうの。さっさと放しなさい」

こみ上げる脅えに負けぬよう、冴子は精一杯声を張った。使用人の誰かが駆けつけてくれるのではないかという希望もあった。冴子は脚を跳ねあげ、慎一の身体を蹴り上げた。だが上に乗った少年はびくともしなかった。

「どっちみちこんな風になるとは思っていたけど、やっぱりね。そんな態度を続けるんじゃ、出ていくわけにはいかないな。考えを改めてもらわないと」

慎一は冴子の左右の手首を頭上でひとまとめにして、左手だけで押さえつけた。空いた右手で己の腰を探る。ジーンズズボンのポケットに入れてあったのだろう、手錠が取り出された。慎一は手錠を口に咥えると、冴子の身体をくるっとひっくり返した。

「け、汚らわしいっ。そんな物でこのわたしをどうにかできると思っているの」

腕を背中に向けてねじられる。うつ伏せにされた女社長は、呼気を乱してもがいた。生けてある山百合の芳香に混じって、いきれた女の汗の香と体臭が夜具の上を漂う。カチャリという音が鳴り、両手首は背で拘束された。

「ほら、もう僕のオモチャだ。頭のいいママだけど、女はまず男に腕力じゃ敵わないって覚えておいた方がいいね」

慎一が息を吹き込むようにして、耳元で囁いた。

「あん、や、やめなさい……オモチャだなんてっ」

冴子は身をよじり、背で固定された腕を懸命にゆすった。チェーンのぶつかる金属音が鳴り、腕は一定以上動かない。囚われの身に堕ちたことを悟り、冴子の肌から焦燥の汗が噴き出た。

「アイツの匂いがこの身体に残ってるんだね。この広いベッドに一人きりだもの。ママも寂しかったんだろうけど」

スカーフを抜き取り、慎一が首筋の匂いを嗅いでいた。手を冴子の身体の下に潜らせて、ジャケットとブラウスの前を開く。服を脱がせられまいと、冴子は肩を突っ張らせた。

「手錠をかけるなんて卑劣な真似をして。わたしはあなたの母親よ。保護者なの。いい加減に……んうッ」

艶麗なフランス製の黒のブラジャーの上から、慎一が乳房をぎゅっと握り込んでくる。冴子の声が引きつった。

「いまさら。僕の前では母親の顔をつくるの、とっくにやめたじゃない。それにしても大きいね。やわらかでこぼれ落ちそうだ」

ボリュームを確かめるように、指が繰り返し動いていた。

「ああっ、こんなことして、ただで済むと思ってるの……あ、だめッ」

慎一の手が衣服を剝ぐ。袖部分だけを残してジャケットとブラウスは脱がされ、肩や背中、脇腹のなめらかな柔肌が露出した。さらにはブラジャーのホックまで外されて、大ぶりの乳房が下着の内から現れ出る。

「へえ、こんなでかいのに、良い形だね」

慎一は感心したような声を上げ、伏せていた冴子の身体を引き起こした。上半身を裸に剝かれた冴子は、膝を崩して座る形になった。重そうに垂れた双乳が、呼吸と共にゆれる。

「僕が、ママの熟れた身体を満足させてあげれば良かったんだね」

「な、何を馬鹿なことを」

後ろを見た冴子の目に、慎一の手に持たれた縄が映った。束ねられた太い麻縄だった。

(縄まで用意して)

慎一が縄を手元でたぐり出す。準備万端整えていた義理の息子に、冴子は表情を強張らせた。怯懦と見くびっていた。人と言い争うことを嫌い、強い物言いで我を張ることもない。それが間違いだったと、冴子は荒々しい縄目を見てようやく気づく。繊細な気質はすっかりなりを潜め、今や瞳は獣のようにらんらんとかがやいていた。

「あ、やめッ」

ザラザラとした縄が、肌に擦りついた。慎一は冴子の身体に麻縄を巻き付け、完全に自由を奪い取ろうとしていた。

（体当たりをして寝室の外に？　いいえ、玄関にたどり着く前に捕まってしまうわ。なんとかしないと……。それにしてもおかしいわ。あれだけ大きな声を上げたのに、誰もやって来ないなんて）

この窮地から脱け出そうと考えを巡らせる間にも、麻縄が幾重にも回されていく。完熟のボディーは縄でギリギリと絞られ、ゆたかな乳房は上下から卑猥に括り出されていった。

「や、やめなさい……んッ」

息を弾ませて暴れるため、胸元はやわらかに波打つ。食い込む縄の痛みで、冴子は相を歪めた。

「あまり暴れると手首に傷がつくよ。人の力で、金属の手錠が引き千切れる訳はないんだから」

慎一は二の腕にも縄を掛けてから、手錠を外して服とブラジャーを抜き取った。手が自由になる一瞬を狙って慎一を突き飛ばそうと狙っていた冴子は、隙の無さに歯嚙みする。手錠の代わりに、縄で手首がきっちりと固定された。それだけでなく肘や腰にまで念入りに縄は巻き付けられ、ますます冴子は身動きが取れなくなった。

(慎一さんがこんな大胆な行動に出てくるなんて……)

身の危険を感じ、冷や汗が滲む。どうにか出来ないかと視線を左右に這わせるが、何も良い方法は思いつかなかった。上半身の緊縛が完成すると、慎一は背後から手を回し、下からすくい上げるようにして、縄で変形させられた乳房を揉んできた。

「あ、あん……いやッ、さわらないで」

「声を上ずらせちゃって。僕をうまく追い出したと思ってた? こうして僕に身体を弄ばれる日が来るとは、予想もしてなかったでしょう。ふふ、ママはおっぱいの感度がいいんだね。つんつんに尖った」

慎一は指先で左右の乳頭を摘み、クニクニと刺激して、あっという間に恥ずかしい屹立の状態に変えてしまった。縄で絞られて皮膚が張りつめているため、双乳の感度は増し、乳首は痛いほどの勃起ぶりだった。冴子は首を回して、背後の慎一を非難の眼差しで睨みつけた。

「あなたは息子なのよ、母親を相手におぞましいことしないで……きゃっ」

慎一が冴子の肩を押して、身体を前のめりにする。突き出す格好になったヒップを、平手で強く打ち据えた。そしてすぐに手首の縄を引っ張って、自分の腕の中に引き戻す。

「あ、あ……」

(慎一さんが、わたしを叩くなんて)

冴子は痛みよりも驚きで声を失う。慎一は決して自分に手を上げることはないだろうと、高をくくっていた部分があった。

「ふふ、お尻を叩かれただけなのに、きょとんとしちゃって可愛いね」

慎一が膝の上にのせた冴子の緊縛裸身を抱き締め、顔を横から覗き込んで囁く。左手で乳房をまさぐり、右手はスカートのホックを外して、ファスナーを下げ始めた。制止の言葉が出なかった。胸をいたぶる指、スカートを引きずり降ろす手、それらから逃れようと身体をゆすりかけるものの、脅えが押しとどめる。裸にされた上、縄で縛めを受けた無防備な状態では、慎一がもし暴力をエスカレートさせても為す術がなかった。

「ママの身体さわるの、誰ならいいのかな。村本かな？　この前のパーティーの日、見たよ。客を放り出してママはお楽しみだったね」

冴子の腰からタイトスカートを抜きながら、慎一が嗤った。冴子はハッとして、義理の息子を振り返った。

（この子が、あのとき見ていた？　そう言えば書斎の明かりがついてた……）

書斎の屑入れに花束が捨ててあったことも思い出し、冴子は蒼白になる。あれは慎一が持って来た物に違いない。

「村本なんていかがわしい男に媚びを売って、父さんが仕事で使っていた書斎でいやらしくセックスするような女だったなんて、生前の父さんが知ったらさぞ驚くだろうね。あいつに突かれて、アンアンよがり泣いて尻を振り立ててるママ、まるで牝犬だった。父さんと結婚した頃は心清らかな乙女みたいだったのに」

（慎一さんが盗み見ていたなんて。ああ、どうにかして切り抜けないと）

村本と火遊びを愉しんだ場面を、息子は覗き見ていた。ならば、このような大それた行動に走った理由にも合点がいく。

「し、慎一さん、あなたは誤解をしているわ」

冴子は手首を動かしながら、時間稼ぎのセリフを紡いだ。だが、何重にも回された縄がゆるむ気配は感じられなかった。

「誤解？　非を全部僕に押しつけて、追い出したのも誤解かな」

スカートが足元から引き抜かれ、黒のパンティに包まれたむっちりとした下半身が露わになった。

「高そうなパンティだね。ブラジャーとお揃いかな。それにガーターベルトなんて着けて。仕事というより、恋人に会うための衣装みたいだね」

股ぐりがシャープに切れ上がったフロントレースの華美なパンティ、そして脚は同じく黒の太もも丈のストッキングを、ガーターベルトで留めている。確かにそこだけを見れば妖艶過ぎて、ビジネス向きとは言い難い。

「大人の女ですもの。これ位別におかしくはないわ。あ、あん、ダメ」

慎一が両脚の間に右手を潜り込ませてきた。冴子は慌てて膝を閉じるが、間に合わなかった。股間に入った指が、執拗に前後していた。一番敏感な箇所をパンティ越しにさわられ、冴子は黒髪をゆらして首を振る。

「感じるの？」

「か、かんじるわけ……」

「そう。じゃあこっちを向いて」

そう言うと慎一が冴子の顎を摘んだ。無理やり横を向かせ、朱唇に口を被せてきた。

「母親と、息子で……んッ」

冴子の悲鳴は掻き消され、相姦のキスが行われる。胸肉をほぐすように揉まれ、股間の手は、妖しく女の亀裂の上をなぞってきた。

(ああ、慎一さんのモノが腰に当たってる)

胡座の上に乗ったヒップに、尖った感触が擦りついていた。冴子は顔を左右に振って、なんとか息子の口を外した。

「ま、まさか、慎一さん」

かすれた声に、焦燥が色濃く表れる。冴子をストッキングとパンティだけの半裸に剝いて、雄々しく勃起をしている。ここまでくれば、息子の目的の一つが自分の肉体にあることに、疑いの余地はなかった。

「正気になって。親子なのよ」

息子の唇に、冴子の口紅がついていた。慎一はそれを手の甲で拭うと、白い歯を覗かせた。

「そう。父さんが生きていた時は、仲の良い母子だったね。包み込むようなやさしさ、やわらかな笑顔……。ずっとあの頃のママでいて欲しかった。すっかりママにたぶらかされたから、いつかまたしあわせだった昔みたいな関係に戻れるって、僕はバカみたいに信じてたんだよ」

「あ、だ、だめッ」

右手が一回上へとすべり、パンティのウエスト部分を引っ張って内に潜った。

「ねえ、こういう娼婦みたいな下着は、村本の趣味？」

慎一が肩越しに冴子の股間を覗き込み、指をまさぐり進めてくる。

「そ、そんなこと、あんッ」

一番触れてはならない箇所に、ついに息子の指が直接当たった。しかし、すぐに手の動きは止まる。

「ねえ、このヌルって感触は何？　プライド高いママが、僕を相手に燃えたってわけじゃないよね。縄で縛りあげられて、これから何をされるかわからない状態だってのに、発情する女の人なんていないもの。もしかして――」

慎一は面白そうな声で問い掛けてきた。

「ああ、ち、違うの。いじらないで……ん、うう」

淫花を慎一の指が左右に開いてきた。中からこぼれ出てくるねっとりとした液を指先で引き伸ばし、感触を確かめるように粘膜の表面を上下に擦る。

「今日の昼休み、村本に？」

左手で摑んだ乳房を絞って、義理の息子が尋ねる。右手の指もゆるゆると這いずり、秘芯を刺激してきた。冴子は髪をゆらして美貌を歪めた。

「ち、違う……わ。勘違いよ」

「そう」

慎一が股間から手を引き抜いた。ハアッと冴子は息を吐いた。抜き取られたばかりの右手の人差し指が、冴子の鼻先に突きつけられる。反射的に顔を背けた。栗の花の香がわずかに匂った。

「時間が経ったからかな、透明だね。でも香りは残ってる」

慎一は指を冴子の太ももに擦りつけて、滴りを拭った。ベッドの枕もとに手を伸ばして、何かを取り出すのが横目で見えた。ピンク色だった。恐るおそる視線を向けた冴子は、驚きで目を見開いた。

「そ、そんなモノまで隠してたの……」

卵形をした小さなプラスチック、そこからコードが伸び、細長い形状のリモコン部分に繋がっていた。ピンクローターと呼ばれるアダルト玩具だった。慎一はローターの丸い振動部分を持ち、さわやかな笑みを作った。

「そうだよ。このママのムチムチボディーは、どんな道具なら悦んでくれるかなって想像しながら選んだんだ。僕がアルバイトしたお金で買ったんだから、感謝して欲しいな」

ローターを摘んだ息子の手が、再び冴子の黒のパンティの内へと戻った。ストッキングに包まれた左右の脚をゆすり、冴子は呻いた。

「よしてっ、そんなもの使わないでっ」

縛られていては、抵抗もむなしい。右手は脚の付け根へとあっさり這い寄った。冷たいプラスチックの感触が、秘裂の上べりに触れる。

「あっ、いや」

冴子はゆたかな腰つきをよじった。慎一は陰毛を引っ張って掻き分け、肉芽にローターを押しつけると、右手を股間から抜いた。パンティの締め付けで、クリトリスの上にぴたりとあてがわれた状態だった。

「これが何をするモノかママはわかってるんでしょ。父さん以外の男と、こういうオモチャを使って愉しんでたんだろうし」

慎一は両手で、冴子の左右の乳首を指先でしつこくネチネチと弄ってくる。屹立した乳頭を扱き、捏ねられると、双乳全体にジンジンと愉悦が走った。慎一の右手にはリモコンが握られていた。その存在を意識させるように、冷たいプラスチックが乳房に擦り付けられる。スイッチがいつ入れられるかと、冴子は気が気ではない。情感をこめて、慎一に語りかけた。

「た、愉しんでなんか……落ち着いて。話し合えばわかるわ。ね？」

「そう、ママと僕はじっくり話し合わなきゃね。でも言葉だけじゃ足りないんだよ。今までもさんざんすれ違ってきたのを忘れたの？」

「ええ、あなたの言うことは良くわかるわ。まずは縄をほどいて。ちゃんとあなたの言いたいことをママは聞きますから、だから……あっ、ああっ、んッ」

いきなり高周波の振動が、花芯を襲った。少年の膝の上で縛られた女体はピンと突っ張り、義母は喉を晒して悲鳴を放った。

「止めて……ああ、だめっ」

「僕の言いたいことはこれだよ」

慎一が耳元で笑うのが聞こえた。機械の震えに合わせて、縄で括り出された胸肉を揉み込み、たぷたぷとゆさぶってくる。冴子は背中の息子を振り返った。

「ああ、こんなことをしたら二度と昔のようにはなれないのよ……うう」

「そんなこと、わかっているよ」

慎一は乳房から手を放し、リモコンを下に置くと、冴子の強張る頬を包み込むようにして撫でた。

「たとえ偽りでも、ママのやさしい笑顔を知ってしまったから……だからニセモノだった笑みを僕が本物に変えるしかないんだよ。ママの周囲の人間のためにもね。ローター、気に入ってくれたかな？　もっと強くしないとママには物足りないよね」

慎一は頬から手を外してリモコンを拾い直す。冴子の鼻先に突きだし、これみよがしに強弱のつまみを回して見せた。途端にビーンという異音がパンティの内で大きくなり、小さな淫具が女の感覚器官を激しく責め立てた。背筋を仰け反らせ、冴子は唇を戦慄かせた。

「い、いや……ああッ、こんなモノ使わないで」

「昼休みにママは会社を抜けて、何をしていたのかな？　正直に言えば、止めてあげてもいいんだけど」

「し、知らないわ」

冴子は、問い詰める息子の視線を避けるように前を向き、弱々しくかぶりを振った。

「そう。まあ、簡単に口を割るとは僕も思ってないけどね」

尻の下でごそごそと慎一の手が動く。ファスナーの開く音がした。次いで灼けた感触が、太ももに当たるのを感じた。

(勃起を押しつけてきてる)

「あ、あなたのやっていることは、犯罪なのよ」

冴子は狼狽の声を漏らした。

「ママがやろうとしていることも会社と従業員への背任で、犯罪じゃないの?」

慎一が耳たぶを甘噛みする。下では充血したペニスを、尻肌からやわらかな太ももへと擦りつけてきた。興奮時に漏れる透明な汁が既に溢れているらしく、あたたかな湿り気を感じた。ヌメッとした液がストッキングになすりつけられ、肌へと染み込んでくる感覚はなんともおぞましく、冴子は肌を粟立たせる。

「どうやらローター一個じゃ、ママは気分でないみたいだね」

また背後で道具を取り出す気配があった。脅えで冴子は身を強張らせた。

「んッ」

乳首に冷たい感触と、痛みを感じた。目を落とす。乳房の先端がクリップで挟まれていた。そのクリップの下には、ローターそっくりの丸い卵形のプラスチックがくっつき、そこからまた長いコードが伸びている。

「これは乳首を責めるためのローターなんだってさ。電源を入れるとローターの振動がクリップへ伝わって、ママの大きな勃起乳首もぶるぶる震えるって仕掛けになってるわけ」

「冗談でしょ？　ね、慎一さん」

挟み金具に圧迫される痛さはさほどではない。だがこれが股間で動くローターのように暴れ出したら、どれほどの刺激を生むかは容易に想像がついた。

「村本の汚い中出し液じゃなく、本気の牝汁をママの身体から噴きださせてあげるよ」

恐ろしいセリフを吐き、慎一が冴子の股間を指先で撫でる。潜り込ませたローターを、陰核に向かって押しつけると同時に、胸のローターのスイッチを入れた。

「あっ、んあ……だめ、外して。あんッ」

左右の乳頭に痺れが走る。過敏な箇所ばかりを選んでの淫具の責めだった。慎一の膝の上で縛られた上体は左右にゆれ動き、ストッキングに包まれた爪先はシーツの上を引っ掻いて、内に折れ曲がった。

「どう？　このエッチなおっぱいには、ブルブルがたまらないでしょ」

「あんっ、だめ、ううッ」

　慎一が乳房を握り、左右にゆすり立てる。クリップに挟まれた乳首も、ローターの重みでクンクンと引っ張られた。股間でも淫具は容赦なく振動し、冴子の腰は卑猥な感じにくねった。その気がなくても、女を発情させるように作られた機械で延々責められれば、身体は無反応ではいられない。女裂からは愛蜜が垂れ、パンティの股布に無様な染みを作った。

「昼休みに、む、村本さんと……んんッ」

　自尊心が、途中まで出かけた言葉を呑み込ませた。何より冴子のプライドが、義理の息子に屈することをよしとしない。

「村本と？」

　慎一が先を促すように問いかけつつ、双乳の付け根の方から、乳搾りのように指をすべらせる。冴子自身の脂汗がマッサージローションとなり、手触りをなめらかにしていた。

「い、嫌らしい手つきで、揉まないで」

一度閉じた紅唇が、喘ぎ声を放つ。刺激でしこった胸肉をやわらかくほぐされると、ローターの震えと合わさって不穏な性官能が高まった。慎一が耳の縁を舐め、さらには耳穴まで舌を差し入れてくる。舌先がぬるっと回転して、舐め回す。ゾワッとした電気が走り、息子の膝の上で冴子は上体を引きつらせた。

(だめ、このままじゃ……)

パンティの中では、作動音を鈍く響かせてローターが暴れる。湧出した愛液を下着も吸い切れなくなり、内ももを濡らし始めた。決して見せてはならない女の醜態を晒してしまいそうだった。

「む、村本さんと会って、したわ……だからもうこんなことやめて。機械を止めて」

ついに冴子は、秘めておくべき事実を白状した。

「やっぱり。それで働いた後なのに、石けんの匂いまでほのかに香って……。白状したのは褒めてあげる」

慎一は約束通りコントローラーを操作して、乳房と股間の道具を止めた。冴子はホッと肩を落とした。しかし気を抜いた裸身に、再び振動が襲い掛かった。先刻よりも震えを増して、高周波の音がビーンと寝室内に鳴り響く。豊腰はヒクヒクと戦慄いた。

「ああ、酷いわっ、止めてくれるって言ったのに」

「ちゃんと一回止めたじゃないか。真っ昼間から男を咥え込んで愉しんできたママには、この位じゃ物足りないと思ってさ」

「うう、こんなの……ああんッ」

　強度を上昇させたむず痒い刺激の波は堪えた。美母はストッキングに包まれた太もも同士をゆすり合わせ、胸元を喘がせた。腕や乳房の縄が肌にギリギリと食い込み、それが性感の波を変化させる。紅い情欲の色が、目の前をちらついた。

「だいぶ、麻縄の感触が好きになってきたでしょ。ママはこういう風に、慰めてくれる男が欲しかったんだよね」

「ああっ、ち、違うわ……あん、ううッ」

　髪をざわめかせ、かぶりを振った。肩のゆれに合わせて、麻縄が乳房の根元をザラリと絞る。女性らしい曲線のシルエットは仰け反り、さらに肌を縄に食い込ませて歪んだ。

「ふふ、ママの泣き声はたまらないね。チ×ポも硬くなるよ。甘酸っぱいムレムレの牝っぽい匂いがする。ママの身体はかなり悦んでるみたいだね」

母の首筋に鼻をくっつけ、慎一が汗ばんだ肌の匂いを嗅ぎ取っていた。腰には硬いペニスが擦りついていた。嫌悪を感じ、美母は髪をざわめかせて呻きをこぼす。

「いや、その汚らしい物をしまって」

「酷いな。ママはこの汚らしいモノが欲しかったんでしょ。……あ、彩奈かな」

慎一が呟き、ローターのスイッチを切った。庭の方から車の音がかすかに聞こえた。

（──助かったかもしれない）

カクンと首を前に倒した冴子は、痺れた頭で思う。ひとり暮らしの家に押し入って来たのとは訳が違う。こんな犯罪じみた行為は早晩露見する。それまでの辛抱なのだと、冴子は息を整えながら己に言い聞かす。慎一の手が冴子のむっちり張った腰から、黒のパンティを引きずり下ろし始めた。

「ママ、彩奈が帰ってきたみたいだね。今日はピアノのレッスンだったたっけ？」

「止めて、脱がさないで」

冴子は両脚をよじらせて形だけの抵抗を演じた。黒い茂みが現れ、股間からコロンとローターがこぼれ落ちた。冴子の下半身はガーターベルトとストッキングのみとなる。

「ふふ、そんな動きじゃ演技だってバレバレだよ。もしかしてママは、彩奈が帰ってくれれば何とかなるかもしれないって考えてたのかな？」

冴子は相貌を固まらせた。慎一が耳の横で含み笑いを漏らす。心を読んでいるかのようだった。冴子は首を回して息子を見た。

「残念だね、冴子社長。そんな簡単にはいかないよ」

慎一がからかうように言って、冴子の頬をスーッと撫でた。ベッドの枕元に手を伸ばし、束ねられた麻縄を新たに取り出した。

（まだ道具が……）

「周到でしょ。僕は行き当たりばったりでなんか行動しないからさ」

慎一は手に持った縄をほどくと、威圧するように音を立てて扱き立てた。入念に準備を整えた上で、義理の息子は自分を襲ったのだと冴子はようやく気づいた。

「そうそう、パーティーの時、男を咥え込むママの姿を彩奈も一緒に見てたんだ。避妊さえしていないママに、彩奈も驚いてたよ」

（彩奈も見ていた？　娘にあんな場面を……）

「そ、それがどうしたの。あなたが娘に何を吹き込もうと無駄よ。子どもの企みごときで世の中が変わると思ってるの?」

動揺を抑え、冴子は挑むような目で義理の息子を見返した。いきなり冴子の唇を割るようにして、絹布が食い込んできた。

「ん、んむッ」

冴子の身に付けていたスカーフだった。慎一はそのまま引き絞り、猿ぐつわを嚙ませた状態にして母の声を奪った。

(これでは叫びを上げて、助けを求めることもできない)

言葉を発しようとしても、不明瞭な唸りがこぼれるだけだった。唾液を吸って口の中のスカーフが湿る。悪寒と共に腋の下から気持ちの悪い汗が滲み、流れ落ちた。

「世の中を変えるのは無理でも、ママ一人位なら可能じゃないかな」

慎一は冴子の右の膝に麻縄を巻き付けた。縄の反対の端をベッドの枕元の支柱に結わえる。左膝も同じように縛って、足元の支柱と結びつけた。最後に縄をピンと突っ張った状態にし、冴子は強制的に開脚姿勢にされた。

(パンティを穿いていないのに、こんな格好……)

ベッドの端に尻を置き、寝室の出入り口に向かって、股間をぱっくり晒していた。室内の空気が内ももを撫でる。汗の匂いに混じって、酸味のある愛液の香を冴子は嗅いだ気がした。羞恥の感情が胸を灼く。

（うそよ、わたしは感じてなんかいない）

冴子は懸命に自身の肉体の反応を否定する。慎一が背後に回った。右手が横から回されて、股間へと這い寄ってきた。

「ヌルヌルだね。太ももにまで垂れてる」

「ん……ううんッ」

母の裸身を抱えた息子が、じっとり火照った陰部をまさぐりながら耳元で囁く。ローターで責められた陰核の尖り具合を確かめるように、指先で撫で回してきた。冴子は相貌を引きつらせ、下肢をゆすった。

「コリコリに硬くなってるね。どう？　こんな感じかな」

手の使えない冴子には、淫靡な嬲りを止める術がない。慎一は被っている皮を剝きだし、過敏な肉芽に直接触れてきた。脚が開かれているため皮膚が突っ張り、刺激は強く染みる。指先が当たる度に、腰がヒクついた。叫び声さえ出せないため、感覚器官から生じる痺れが、肉体の内に滞留するようだった。

「ふふ、こんなことしてないで、そろそろ彩奈を迎えに行かないとね。僕にオマ

×コ弄られて、ママがうれしそうに腰をゆらしているところをなんて目撃されたら、初な彩奈は動転しちゃうもの」

そう言いつつ、慎一は指を下にすべらせて陰唇の縁を撫でてくる。ねっとりと這いずる指が次にどこを狙ってくるか、冴子にも見当がついた。無駄だとわかっていても、腰をゆらして避けようとする。

「酷い有り様だね。村本のザーメンとママの蜜が混じって垂れて。陰毛はべちょべちょだし……」

「んふッ」

慎一の指が女穴の周りを弄る。円を描いて中心の膣壺に近づいていた。

指先が沈み、ヌプッと湿った音が鳴った。冴子は羞恥の色を汗ばんだ美貌にたちこめさせる。

「ドロドロじゃないか。ママはザーメン溜めっぱなしで午後も仕事してたんだね。ちゃんと拭かないで帰ってくるなんて、おかげで僕の指が汚れちゃったよ」

穏やかな声の裏に怒りを感じた。慎一が指を抜く。シーツの上に転がっているローターを拾うと、指の代わりに秘穴に押し当てた。

「んッ……んう」

亀裂をなぞるように、ぬめった粘液をローターにたっぷりまぶしていた。そのまま挿入してくるのかと冴子は身構えるが、慎一は会陰の下へと淫具を持って行った。

（そ、そこはっ）

ローターの先端が、排泄の窄まりに触れた。グッと差し込まれ、埋没してくる。発情汁で滴ったなめらかな淫具の表面は、呆気なく狭穴の入り口をすり抜け、潜り込んだ。

「お尻の穴に入ったね」

慎一がローターのコードをクンクンと引っ張り、中に収まったことを確かめる。尻穴をゆるめれば淫具は抜け落ちるとわかってはいるが、刺激を受けると括約筋はキュッキュッと引き締まってしまう。

（おぞましいことしないで……）

肛門を弄られることへの生理的な嫌悪感は強い。眉間に皺を寄せて、冴子は呻いた。

「ローターはまだ用意してあるからさ、ちゃんと前の穴にもサービスしてあげるよ」

慎一が冴子に見えるよう、新たな楕円形のローターをかざしてみせる。ジクジクとする女の亀裂にあてがった。ヌルンと挿入される。

「さ、お愉しみの時間だよ」

言葉と同時にスイッチが入った。前後の狭穴の中でローターが暴れ始めた。

「んむっ、んんうッ」

（いやあ、前と後ろで蠢いてるっ）

縄掛けの裸身が強張った。排泄感を刺激するように腸管は震え、膣肉はうねりを起こして、振動する丸い淫具を締め付けに掛かる。薄い粘膜を隔てて二つの球体がぶつかり弾け合っていた。遅れて乳頭の先でもブルブルとした震えが起き、冴子は豊乳を苦しそうにたぷたぷと跳ねさせた。紅潮した肌の表面にはポツポツと汗粒が浮かんで、ベッドの上へと滴り落ちる。

「ふふ、動いてる動いてる。ママったらローターがずいぶん気に入ったみたいだね。ヌルヌルが酷いよ」

ローターを奥へと押し込みながら、慎一の指が膣肉を捏ね回してきた。前後の機械の振動と指の攪拌を受けて、潤沢に愛液が溢れる。村本の名残も垂れこぼれ、白いシーツの上にだらしなく流れていった。

「オモチャが抜け落ちないように、細工をしないとね」

クチュクチュと母の膣肉を掻き混ぜながら、慎一が告げた。冴子の背を回る腰縄に、新たな縄を一本結びつけ、股間の前へと通してくる。端をへそ下の腰縄にくぐらせると、力任せに引き絞ってきた。

「うむッ」

麻縄の刺すような痛みと、擦過の熱が脚の付け根に走り、はじかれたように冴子の背が伸び跳ねた。太い麻縄が褌のように尻肉を割り、恥丘の中央に食い込んでいた。

「ママには高級下着よりも縄の方が似合うね。これでローターが落ちる心配もないよ」

締め付けた縄を前でしっかりと結んで、慎一が笑った。

(ううっ、縄に瘤が作ってある)

慎一が意図して拵えたのだろう、陰核や膣穴、そして排泄の菊蕾にちょうど当たるよう、結び目の瘤が作ってあった。

(こんな拷問みたいな真似……)

一番弱い粘膜にゴツゴツとした縄瘤が埋まり、息んでも体内のローターを外すことは不可能となる。その上わずかでも動けば、毛羽立った縄が表面をこそぐようにザラザラと擦ってくる。神経の集まった過敏な箇所には、強すぎる刺激だった。肌は一気に朱色を強め、噴き出す苦悶の汗が息子の身体をも濡らした。さらに慎一は左右の乳首に粘着テープをベタッと貼り、冴子が暴れてもクリップが離れぬよう補強した。

「どう、感じる?」

重そうにたわむバストをぎゅっと摑むと、冴子の官能を追い立てるように揉み上げてきた。首筋に息が吐きかかる。股間に通された卑猥な縄化粧が、息子の苛虐心を更に掻き立てていた。

(うう、ジンジンする……)

猿ぐつわとなったスカーフの布地を、冴子は嚙み締めた。

(縄を解いて……ああ、お願い、機械を止めてっ)

首をよじって、哀願の視線を向けた。四個のローターで局部と乳房を責められている。身じろぎせずにとどまることもできなかった。なめらかな素肌に荒い縄目が擦りつく。過敏な股間の粘膜にもきりきりと食い込んできた。

(腰が動いてしまう。ああ、だめ……イッちゃう)

冴子は丸い尻を上下にクイクイと打ち振った。

「デカケツゆすっちゃって。そんなにいいんだ。嬉しそうに僕のチ×ポに擦りつけてきて」

揶揄に反応する余裕もない。瞳は焦点を失い、鼻から抜ける呼気も荒々しさを増す。その刹那、紅い色が冴子の眼前にパッと舞った。

(イ、イクッ)

三十六歳の肉体は刺激に屈し、悶える。ベッドに結わえられた縄を、硬直した脚が引き絞ってギシギシと音を鳴らした。

(だめ、イキッぱなしになってしまう)

休むことなく動く淫具が、高まるエクスタシーの波を煽り、掻き乱す。完熟のボディーは、息子の腕の中で妖艶にひくついた。

「ママ、今イッてるでしょ」

息子の笑い声が、ぼうっと意識を霞ませる冴子の耳に届いた。

(ああ、慎一さん太くなってる……)

息子の勃起が、脂汗を滴らせる母の腰つきに擦り付いていた。肌に突き刺さる感触だけでも、村本の男性器とは雲泥の差なのがわかってしまう。慎一が手を放し、立ち上がった。支えを失って、冴子の上体はベッドにパタンと仰向けになった。腕を背で縛られているため、起き上がることも叶わない。

「僕のチ×ポも興奮でトロトロになったよ。パンティに男のザーメン染みを残して家に戻る、淫乱ママにお仕置きをしないとね」

慎一が膝をついて、冴子の顔に勃起を押しつけてきた。エラを張った禍々しい形状が冴子の目に飛び込んでくる。

「むっ、ンムッ」

特有の獣性の匂いと共に、熱化した亀頭部が額や頬、高い鼻梁に擦り付けられた。

（ああ、逞しい……）

鋼のような硬さ、十代の子どもとは思えない隆々とした野太さに、冴子はひるむ。ペニスから垂れるヌルヌルの先走り液もなすりつけられ、冴子は相貌を左右に振って猿ぐつわの内から唸りをこぼした。

「どうかな？　ママの好みに合えばいいな」

水泳の時間に見た感じでは、クラスの男子では大きい部類に入るんだけど。

慎一はしつこくペニスを突き出し、美貌を辱めてきた。肉茎が愉しそうにピクピクと震え、粘ついた体液は瞼にまで垂れ、睫毛を濡らす。冴子は眉根を寄せて息子を非難の眼差しで見た。慎一は余裕の笑みを母に返すと、腰をあげて視界から消えた。冴子は首を持ちあげ、息子の姿を追った。

「ふふ、ローターのコードを辿って、粘ついた滴が垂れている。いい感じだね」

ベッドから降りた慎一が、母の開いた股間を正面から覗き込んでいた。股縄はこぼれる体液を吸って、淫靡なヌメリを纏い始めているだろう。慎一が陰唇を指で広げて、剝き出しの粘膜に縄の瘤がちょうど埋まるよう調節する。

「ママは結構毛が濃いから、ちゃんと掻き分けてあげないとね」

「ううっ、んむッ」

冴子は肌を赤らめ、秘処を自由に弄くられる恥辱に呻いた。

「この調子で愉しんで。ママは機械じゃ物足りないだろうけど、奥に溜まったあの男の汚いザーメン汁を、全部吐き出してもらわないとね。よし、整った」

亀裂の中心を麻縄が真っ直ぐ通る。排泄の穴やクリトリスにも、縄瘤がピタッと当たっていた。

「じゃあ僕は行くからね。スイッチを強にして入れっ放しにしといてあげるから、ゆっくり味わうといいよ。一時間もすればずいぶんいい具合になるんだろうね」

コントローラーを慎一が操作したらしく、ローターの蠢きが、更に強くなった。女体はベッドの上で仰け反り、開かれた媚肉からは精液の逆流が加速する。

(このまま放置されたら、狂ってしまうッ)

わずかな時間で、これだけ翻弄されている。このまま捨て置かれたら身体がどうなってしまうか、想像するだけで恐ろしかった。

充血した陰核に、麻縄がザラザラと擦り付く。秘奥に挿入されたローターは、膣の前庭に押し当たるよう絶妙な位置にまで差し込まれていた。直腸ではおぞましく排泄欲を煽られ、乳首の痛痒は乳房全体に広がり、切なく火照る。腋の下からドッと汗が滴り、腋臭がベッドの上に香った。

「ふふ、腋の匂いがする。ママもこんな生々しい匂いを放つんだ」

息子の言に、冴子は恥ずかしげに細顎をゆらした。

「もう少し我慢してね。お腹の中がきれいになったら、ママをこのチ×ポでたっぷり可愛がってあげるから。後でジュクジュクにとろけたママのオマ×コに僕のチ×ポ突っ込んで、存分に発射してあげるからね」

慎一が微笑み、冴子の内ももに肉茎を擦り付ける。だらだら垂れる先走り液をストッキングで拭い取ると、勃起をファスナーの内にしまい込んだ。

（ああんっ……外してッ）

唸りを上げ、髪を振り乱して冴子は懇願した。機械の生む官能の波は、行き場を失ったように縛られた肉体にじくじくと溜まって女を苦しめる。

「未亡人のママが逞しい男を望んでいるのかどうか、僕が戻ってきた時にわかるよ。ママが僕を受け入れるか、拒否するのか」

（ああ、また……わたし、ああッ、イクッ）

悦楽の波が背筋を灼き、煌々とした赤が網膜の中を駆け抜けた。冴子の腰は大きく浮き上がり、縄でピンと張られた太ももをブルブルと痙攣させた。

「うっ、うぐうッ」

「ふふ、またアクメしてるね。僕の声が聞こえてももう意味が理解出来ないかな。じゃあねママ」

（ま、待って慎一さん、行かないでっ）

美母はドアから出ていこうとする息子に、必死の唸りをこぼした。しかし息子が振り返ることはない。寝室の照明が落とされ、闇の中に冴子は取り残された。視覚を失って、ローターの奏でる音が大きさを増す。快感のうねりは弱まることなく、女体の内を行き来していた。

（いやっ、イキたくないのに……ああ、だめ、許して……イッちゃう、イクッ）

途切れぬオルガスムスが裸体を襲う。囚われの女は猿ぐつわの内側で言葉にならない悲鳴を放った。


運転手付きの車から降りた彩奈を出迎えたのは、兄の慎一だった。

「お帰り彩奈」

「お兄ちゃんっ。来てくれたの」

兄の笑顔に向かってセーラー服の少女は駆け出した。夕暮れの中を、黒髪が幻想的なオレンジ色にきらめいてたなびく。

「そんな勢いよく飛び込んでくるなよ」

兄の両腕が細身を受け止めた。少女は兄の胸に顔を埋めて相を隠した。頬に朱が差しているのが自分でもわかった。

（昔はこうして、お兄ちゃんがあたしの帰りを待っててくれたのに）

幼少時から母の言いつけで習い事に通わされていたため、年上の兄より彩奈の方がいつも帰宅が遅かった。離れて暮らすようになって二ヶ月しか経っていないが、出迎えてもらったことがずいぶん昔の出来事に思えた。

「だって高校でもなかなか会ってくれないんだもの」

少女は視線を上げて拗ねたように言う。実の父の顔は覚えていない。目を閉じて一番最初に思い浮かぶ男性は、笑顔の兄だった。

「ごめんね彩奈。色々と忙しくて。生徒会もあるし」

「うん……」

兄は妹の黒髪をやさしく撫でる。

「ずっと玄関先にいるつもり？　さ、中に入ろう。遅くまで大変だね」

「ママは。まだ会社？」

母と兄の関係はどうなったのだろうかと、少女は恐々と訊く。実家へ近づくことを、兄は厳禁されていたはずだった。

「ママはちょっと手の放せない用事ができたって」

妹の手を引いて家に入りながら兄が言う。パーティーで見かけた男が、彩奈の頭をよぎった。

（会社の用事だったら良いのだけど……）

「そう、じゃあ遅くなるんだ。きっと会社のお仕事が忙しいんだよ。社長だもの」

嫌な想像を打ち消して、彩奈は自分に言い聞かせるように喋る。兄が振り返った。

「あれからママと話し合ってね、僕もしばらくこっちで暮らすことになったんだ」

「ほんと、お兄ちゃん？」

少女は弾んだ声で問い返した。夏の日射しのように表情をパッと明るくし、兄の腕に手を絡め、ぎゅっとしがみついた。

「ちゃんと仲直りするって約束しただろ」

「うん、うん……」

彩奈は身体をすりつかせてうなずく。ようやく事態が好転したのだ。胸が喜びでいっぱいになる。

「歩きづらいよ彩奈。稽古事、疲れたでしょ。お腹はすいてない？」

「うん。ピアノのレッスンの前に、サンドイッチを摘んだから」

「じゃあ夕ご飯の前に、一緒にお風呂入ろうか」

思いも寄らぬ提案だった。鼓動が早打つ。

(お兄ちゃんとお風呂なんて……子どもの頃にもなかったのに)

義父と母が再婚した時、彩奈は十歳だった。血の繋がりのない兄妹が、無邪気に入浴するには難しい年齢だった。彩奈は動揺を静めるため、深呼吸してから面を上げて兄の顔を窺う。やさしい微笑みが妹を見つめていた。しかし兄の瞳には、危険な雰囲気が漂っているようにも感じた。

(またエッチなこと、するのかな……)

「いやかい?」

「だってもう高校生だもの。は、恥ずかしいよ。それにメードさんたちだっているじゃない」

「久しぶりに兄妹水入らずで過ごしたいからって言って、人払いはしてあるよ。ママやお手伝いさんがいないこんなときじゃないと、二人で入るなんて無理だろ? 僕ら、兄妹なのにそういう経験ってないから」

(そういう風に言われたら)

彩奈はコクンとうなずいた。兄の脚が浴室へと向かい出す。妹も兄の腕を摑んだまま、黙ってついていった。

「こっち見ないでね」

脱衣室に入ると、彩奈は兄に背を向けて、何度も念を押した。

「うん、わかったよ」

背後で兄がくすっと笑うのが聞こえた。兄は既にシャツを脱ぎ始めていた。

(緊張しているの、あたしだけみたい。うん。変に意識する方がおかしいよね)

度胸を決めて、セーラー服の上衣を脱いだ。

「お兄ちゃん、家庭教師続けてるの？」

彩奈は恥ずかしさを誤魔化すように兄に話し掛ける。ソックスを脱ぎ、プリーツスカートを外す。ブラジャーとパンティ姿になった少女が、脱衣室の鏡に映っていた。胸の膨らみは最近また大きくなった。少女らしい丸みのお尻も、ボリュームを増してキュートに盛り上がっている。

(お兄ちゃんとエッチなことをしたからかな)

急速に女らしさを増していく己の肉体を見つめ、彩奈は思う。自分の隣には後ろ向きの兄が映っていた。下着一枚になっていた。広い背中を見ていると胸が疼いた。

「やってるよ。毎日忙しくてオナニーする暇もないよ。だからほら」

兄がくるっと振り向き、彩奈の手首を摑んだ。

「見ないって約束なのに……あっ、お兄ちゃんだめ」

兄が下着を脱ぎ落としながら、妹の手を股間に持って行く。手の平が勃起に触れた。

（ああ、勃ってる……大きい）

　忌避の声を発しながら、それでも少女の細指は兄の勃起をしっかりと握ってしまう。興奮状態の兄は、彩奈の指の中で生き生きと息づく。少女は頬を染めた。兄も先日より成長しているのかも知れない。握り込めないのは同じだが、輪になった親指とその他の指の幅が広がっていた。

（あたしこんな太いモノをしゃぶったんだ）

　二週間前、高校のトイレの中で咥えて扱き、欲望液を啜り呑んだ。排泄する姿を余さず見られた羞恥、その中で得た崩れるような快感、情欲に呑まれた禁忌の記憶は未だ鮮明に残っていた。少女は心細そうに身を震わせた。

（あんなこと、絶対に兄妹じゃしちゃいけないことなのに）

「彩奈、寒い？　おいで」

　兄は双腕を差し伸べた。妹の裸身を抱く。乳房が兄の胸に擦り付いた。

「寒くないよ。お兄ちゃんと一緒にお風呂入るの初めてだから……。お風呂に入るだけよね？　もし、こういうところを誰かに見られたら」

「見咎める人なんかいないよ。お手伝いさん、以前の半分に減ってて驚いたよ。昔からの人は、ほとんど辞めさせられちゃったんだってね。給料もそれなりの額を払ってたから、その辺がママは気に入らなかったんだろうけど」

彩奈はうなずく。使用人も多くが解雇され、屋敷からはすっかり人気が失せた。兄が相貌を被せ、口を近づけてくる。

「お、お兄ちゃん」

彩奈は小さく首を左右に振った。抵抗もそこまでだった。少女は目を閉じた。顎を控え目に持ちあげて、自らも朱唇を差し出す。兄妹の唇はやわらかに合わさった。

（またいけないことをしてる）

心を暗色に染める近親愛の背徳と、兄に抱かれる安堵、そしてキスを出来る喜びが少女の胸で入り乱れる。もどかしく右手を動かし、逆手に握ったペニスを扱く。

（ああ、すごい。どうしてこんなに硬くなるの）

そこだけは兄の身体とは別のようだった。兄が唇の隙間を舐めてくる。彩奈は鼻から息を抜いて、口を開けた。舌を絡め合う。滴る音が口元から漏れた。

（お兄ちゃん好きなの）

許されない恋とわかっていても、身体と心が華やぐ。兄の手が背に回り、ブラジャーのホックを外し始めた。肩紐が下げられ、ブラのカップが乳房から取り去られる。

「んッ」

膨らみを兄の手が揉んできた。少女は眉間をひそめて兄のペニスを強く握り締めた。指先で乳頭を捏ねられ、上では唾液をトロリと流し込んでくる。彩奈は伸びをして兄の体液をこぼすまいと隙間なく吸いつき、粘液を受け止めて呑み下した。

（お兄ちゃんのつばを、普通に呑むようになっちゃった）

喉を通る粘ついた喉ごしに、彩奈は身体をぶるっと震わせた。脚の付け根が熱くなるのを感じた。兄が口を放した。少女は潤んだ瞳を向け、吐息をついた。兄がスッと足元にひざまずいた。

「な、なに？」

「脱がないと、お風呂に入れないだろ」

兄が彩奈の腰に両手を伸ばしてくる。パンティ一枚の少女は身をよじった。

「自分で脱ぐから、いいよう」

「いいんだ。僕にさせて」

そう言って兄は彩奈の腰に抱きつく。ふっくらとした恥丘に、兄の鼻先が擦り付いた。臭気を嗅ぎ、パンティの布地の上からキスをしてくる。

「これが彩奈の匂いなんだね」

「あ、嗅がないでっ、いや」

含羞の相で呻いた。パンティには一日の汚れや汗が染み込んでくる。決して良い香りではないと自分でもわかっているだけに、平常心ではいられない。彩奈は兄の肩に手を置き、腕を必死に突っ張らせて引き剝がそうとした。

「いけない手だな。僕の邪魔をして」

兄が妹を仰ぎ見て眼を細める。身に纏う空気が変わったのがわかった。しゃがんだまま右手を背後に伸ばして、足元に落ちていた衣服の中から何かを取り出した。幅広のベルトに金属のチェーンが付いていた。彩奈は脅えの眼差しを兄に向ける。

「な、なに？」

「革の手錠だよ」

兄は答えると、彩奈の右手首に革手錠を通した。左手も摑んで背中に持って行き、素早く手錠を掛けて、後ろ手の状態で彩奈の腕を拘束してしまう。

「お兄ちゃん、こんなの嫌だよう……あ、だめッ」

清楚な白のパンティが、引きずり下ろされた。兄の眼前に少女の股間は晒される。白い太もも、すべらかな下腹、そして秘園を守る可憐な毛叢、足を重ねて隠そうとするが兄は少女の尻に手を回して双丘を摑み、脚の付け根に相貌を埋めてくる。

「彩奈もこんなに生え揃ってるんだね」

兄の吐き出す息で、肌が温もり細い恥毛がゆれた。兄は秘処の匂いを嗅ぎ取り、薄い毛叢の上に唇を這わせてくる。少女は自由にならない腕をゆすって下肢を震わせた。舌が伸び、股間の奥まった箇所を舐める。少女はビクンと背を引きつらせた。

「お、お風呂に入る前なの、汚いから舐めないで、そんなところっ、ん、あんッ」

彩奈は羞恥の喘ぎを吐きだし、鏡に背をもたれかからせた。

「しょっぱいね。これが彩奈の味なんだ。もっと足を広げて。汚れているなら僕がきれいにしてあげる」

兄はやさしく言い、やわらかな舌を差し込んでくる。陰核の上をくすぐり女の亀裂上をまさぐっていた。

（お兄ちゃんに、アソコを舌で掃除してもらってる……ああ、だめ、感じちゃう）

腕に手錠を掛けられ、兄がひざまずいて入浴前の秘芯を舐め清めている。想像もしていなかった異常な状況が、少女の心を昂らせた。

「ご、ごめんなさい、お兄ちゃん」

おずおずと膝を開いて、舐めやすいように便宜を図る。舌が這いずる度にジンと痺れが走り、秘奥がとろけた。既に蜜も滲んでいる。それを兄が舐め取るピチャピチャという音が聞こえた。

「ん、ぷっくりしてる」

芽ぐんだ女の肉芽を兄は吸い、しゃぶってきた。彩奈は顎を持ち上げ、切なく息を吐いた。情欲のうねりが絡み合って、足元から立ち昇ってくる。

「も、もういいから。風邪を引いちゃうよう。お風呂に入ろうよ、お兄ちゃん」

呻きつつ、少女はか細い声で告げた。兄が口を引いた。淫液で唇の周囲がヌラついていた。彩奈はすぐさま膝を落として、唇を兄の口元に寄せた。ピンク色の舌を伸ばし、淫汁を拭い取るように舐めた。兄がくすぐったそうに笑みを浮かべ、彩奈の乳首を指先でピンと弾いた。

「あんっ」

「じゃあ、入ろうか」

兄が妹の肩を抱く。兄妹は広い浴室内へと移動した。兄が洗い椅子に座る。彩奈の腰を摑むと、強引に自分の膝の上に座らせた。

「僕が身体を洗ってあげるよ。彩奈は手が使えないしね」

「じ、自分で洗うから……手を縛ってるモノを外して」

(ああ、当たってるよう)

腰の裏にそそり立ったペニスをはっきりと感じた。後ろ手に拘束された指を下に伸ばしてみると、尖った先端部がツンツンと当たってくる。少女は頰を上気させて、丸いヒップをもじもじとゆすった。

「いいから大人しくして。久しぶりに会ったんだから、お兄ちゃんらしいことさせて欲しいな。ね?」

ツンと上を向く乳房を、兄は脇から回した手で揉んできた。

「あ、あんっ、いや、だめ……何でそんなにヌルヌルしてるの」

指がヌルついていた。石鹼やボディーソープとは異なり、ネバネバと糸を引いて、肌に吸いつく触感だった。

「マッサージローションだよ。彩奈の身体をほぐしてあげるよ。英会話、ピアノ、学習塾、ママの期待に応えるのも大変だろ？　その上毎晩遅くまで勉強してるんだろうし」

泡立つ液が湯桶の中にあった。兄はそれを手にすくい取って、ねっとりとした粘液を彩奈の肌にまぶしてくる。

「だって成績が酷かったら、お兄ちゃんに迷惑かけちゃうもの。お兄ちゃんの妹なのに……うんッ」

（胸の先の辺りが……）

乳房を下からすくい上げるように揉み込まれると、痛みに似た刺激が乳頭にまで走った。そのひりひりとする先端を、兄の指が摘んでくる。少女の肢体は兄の腰の上で伸び上がった。

「あ、あんッ」

「気持ちいいだろ。彩奈のおっぱい、プリンてしてるね。やわらかいよ」

兄が耳元で囁く。まりが弾むように、兄の手の中で少女の双乳がたぷたぷとゆれていた。小さな乳首ははしたなく尖り、紅く色づいていく。

（エッチな気分になっちゃう）

性感を煽る兄の手の動きだった。ローション液を足しながら兄は膨らみを揉み上げ、卑猥に変形させる。くふんと少女は喘ぎ、後ろ手に縛られた裸身をよじった。正面には鏡がある。少女の瑞々しい肌は、透明なローション液と噴き出る汗とが混じり合って、卑猥にきらめいていた。

(いやだ、あたし色っぽい表情になってる)

長い睫毛は震え、瞳は涙がこぼれそうに潤んでいた。唇は薄く開いて、せわしなく息を吐く。

(恥ずかしいおつゆも漏れちゃってる)

秘唇から愛液が垂れる。兄の足まで濡らしているかもしれない。

「彩奈、僕の指で感じてるんだ。気持ちいい?」

「あんッ」

返事の代わりに、少女はほっそりとした女体を戦慄かせた。互いの肌が、ローションでヌルヌルと擦れ合う。尻の狭間では兄の硬直が擦れていた。彩奈は手錠を掛けられた手を差し伸べて、兄の勃起を指で包み込んだ。

(お兄ちゃんもビクビクしてる。ああ、身体が熱い)

逞しい男性器に触れていると、下腹の辺りがジンと火照った。しゃぶって口内射精された記憶が甦る。ドロドロとした喉ごしを思い出し、彩奈の口中に唾が溢れた。たまらない気持ちになり、指を上下に動かした。勃起は硬く引き締まって、膨張を増していく。兄の気持ちよさそうな吐息が首筋に掛かっていた。

「ああ……彩奈、こっちも洗おうね」

兄が興奮のかすれ声で告げる。胸から手を放して、少女の揃えた膝に手を掛けると左右に開きにかかった。

「待って、そこは自分で洗わせて。恥ずかしいから」

「僕のチ×ポを握っているから、彩奈は手が使えないじゃないか。さ、脚を広げて」

「だ、だめッ、あん……」

兄の力には敵わない。白い足は開脚の角度を増していく。兄の膝上であられもなく股間を晒す羞恥のポーズは、目の前の鏡に映り込み、彩奈の瞳にも丸見えだった。

「僕にここをいじられると、恥ずかしい？」

兄の指が、股間に差し込まれる。控え目に花びらを開く女園を、指でなぞってきた。

「はあ、あん……あ、あん、当たり前だよぅ、んうッ」

はかない喘ぎが桜色の唇からもれる。濡れた髪をゆらし、彩奈は鏡の向こうの兄に向かって何度もうなずいて見せた。

「許してお兄ちゃん、こんな格好。耐えられないから……あんッ」

兄は隣に置いた湯桶から、粘ついた潤滑液をすくい取っては妹の恥部に塗りたくってきた。指が吸着感を伴って亀裂の上をスーッスーッとすべる。鳥肌の立つ心地だった。彩奈は太ももをゆすって、兄の愛撫から逃れようと暴れた。

「ほら動いたらだめだよ。きちんと洗わないとね。それとも彩奈は、いつもここを洗わずに済ませているの？」

兄は意地悪な質問で、妹の抵抗を封じる。

「し、しらない……」

恥ずかしさが言葉を抑制する。兄は陰唇を指先で摘んで、表面のヌメリをこそぐように上下に指をすべらせてきた。可憐な花弁は刺激を受けて朱色を鮮やかにし、左右に拡がって、厚ぼったさを増す。

「この音は何？　いっぱい垂れてくるけど。こうやってローションを使って擦られると気持ちいいだろ。彩奈も本当は悦んでるよね」

兄の指摘通り、淫蜜がトロトロと秘穴から漏れて、ローション液と混じり合っていた。荒くなっていく少女の呼気を掻き消す勢いで、派手な汁音が浴室内に反響する。

（お兄ちゃん、意地悪ばっかり言って）

彩奈は俯いて首を振った。兄の指が上縁に戻って、充血した陰核を弾いてきた。一番感じるその部分への指愛撫を待っていたかのように、少女の身体は大きなタメを作ってビクンッと戦慄いた。

「あんッ、そこは感じちゃう……だめ、なの、クニクニしないでお兄ちゃん、あたしそれ以上されたら」

兄の左手が乳房も乱暴に摑んできた。ほぐすように揉み込まれ、快感が走る。朱色のもやが目の前にたちこめた。

「ほら見てご覧。かわいいよ彩奈のアソコ」

兄が耳を舐めながら囁いた。少女は恥ずかしげに視線を前に向ける。

（ああ、弄くられてる）

ピンク色の粘膜の上で兄の指が蠢き、女唇は卑猥な照りを帯びていた。下腹は熱を孕み、腰は震える。

（お兄ちゃん、あたしのことイヤらしい女の子だって軽蔑してるかも）

抱きかかえている兄には、自分の発情は丸わかりだろう。彩奈はふくらはぎを引きつらせ、足指を何度も折り曲げた。

（ああ、顔まで物欲しそうに変わってる）

鏡の中の少女は、表情をとろけさせていた。眉はくねり、瞳を妖しくかがやかせて唇をだらしなく開いていた。その顔を兄もつぶさに見ている。身の置き場のない羞恥が発汗を生み、異常な興奮を煽った。秘奥がきゅんと疼いた。

「お、お兄ちゃん……」

彩奈は、後ろ手にされた腕をゆすってペニスを扱いた。艶めいた声と肢体のヒクつきが、兄に絶頂寸前であることを知らせる。

「イキそう？　イク時は、ちゃんと大きな声でイクッて言うんだよ」

「は、はい……ん、あんッ」

少女は細首をゆらして従順に返事をした。乱れた黒髪が、口に入る。肉芽が二本指で摘まれ、擦られる。感電したような痺れが、少女の肉体を貫いた。彩奈は兄の勃起を両手で握り締めた。

「お兄ちゃん、彩奈、おかしくなっちゃう……あんっ、彩奈イクッ」

透き通った声は淫靡な欲情を滲ませ、高らかに跳ね上がった。一気の沸騰は理性を灼き、意識を朦朧とさせる。ガクンガクンと強張った肢体を痙攣させ、少女は至福の世界を漂った。

「彩奈、ヒクヒクしてるね」

妹の姿を鏡越しに覗き込みながら、兄が告げた。指で口に入った髪をよけてくれる。兄に抱かれ、脚を広げた少女が口をぱくぱくと喘がせていた。下唇は垂れた唾液で濡れ光っている。

(お兄ちゃんの前で、アクメしてる……)

彩奈は恍惚の相に恥じらいの紅色を滲ませて、視線を落とした。摑んでいたペニスから指をほどく。太ももの内側には汗がびっしょりと浮かび、その中央では兄の指がヒダ肉を掻き混ぜ、クリトリスを揉み圧していた。官能の波は収まらず、うねりを強める。大量の発情蜜が兄の指を濡らし、小さな筋を作って垂れていくのが見えた。

(ああ、お兄ちゃんのオチン×ンもピクピクしてる)

兄の勃起が少女の尻の狭間で震えていた。彩奈はペニスに丸いヒップを擦り付け、硬さと灼けつく熱を感じながら、近親愛のアクメに酔い続けた。やがてほっそりとした肢体は、くたっと兄の身体にもたれかかった。

兄が彩奈の革手錠を外した。二人の身体に湯を掛けて汗とローションを流すと、妹の裸身を軽々と抱き上げて、湯船の中へと入った。向かい合わせになり、彩奈が兄の腰を跨ぐ格好で、湯に浸かる。彩奈は兄の首に両手を回した。

（裸で抱き合ってる。いけないのに……こんな夫婦や恋人同士みたいなこと）

兄妹で肌を触れ合わせる罪の意識は、当然拭えない。しかし兄に抱き締めてもらえる安心感が、少女の恋心をあたたかく満たす。

「お兄ちゃんがこの家を出て行ってから、寂しかったの。お風呂に入っても、大きな浴槽がもっと広く感じられて……あたし一人が取り残された感じがして」

兄の首筋に頬を擦り付けて、少女は言った。

「ごめん彩奈。もう寂しい思いはさせないから。これからも二人でお風呂に入ろう。僕が彩奈の身体を洗ってあげる。ローションプレイは気に入った？」

兄がやさしい眼差しで尋ねてくる。目の前でオルガスムスの姿を晒したばかりとあって、否定もできない。少女は躊躇いがちにうなずいた。

（ああ、オチン×ンの裏側が当たってゴリゴリ擦れてる。また、イッちゃいそう）

互いの股間が触れ合っていた。彩奈の脚の間に兄の荒ぶる男性器が挟まり、陶酔の余韻の残る秘裂を、力強く押し上げてくる。背中に回されていた兄の手が、スーッとすべり降りて尻たぶを撫でてきた。嫌な予感がした。

「あんッ、また、そんな場所」

案の定、指は尻たぶの間に潜り込んできた。少女は困惑の声を上げ、睫毛をゆらして兄を見る。

「こっちもきれいにしないとね。それに彩奈、実はここをいたずらされるのが好きだろ？　遠慮しなくていいよ」

探り当てた小さな排泄器官を、やわらかにくすぐってくる。もどかしく切ない愉悦が広がり、少女の焦燥と罪悪感は募った。

（どうして？　こんなところで気持ちよくなっちゃうなんて。バージンなのに……）

丁寧に、慎重に、指腹が窄まりの皺を引き伸ばすように円を描いて、排泄器官がほぐされていく。腰の辺りから、妖しい波が沸き立った。汚れのない身でありながら、もっとも危うい場所で快感を味わっているのだと思うと、全身がカアッとのぼせた。

「指先に吸いつくね。中をほじって欲しいって言ってるみたい」

表面をソフトに揉み込んだ後、兄は羞恥の器官の内側に指を差し込んで来ようとした。少女は異物を受け入れぬよう息み、双臀をゆらめかした。

「お兄ちゃん、そこは恥ずかしいの。何でいじめるの？　あんッ」

抵抗むなしくヌプッと指が押し込まれる。彩奈は湯の中で、兄の腰に下肢を巻き付けて悶えた。

「入ったね。彩奈のお尻、僕の指を食い締めてるよ」

兄が腸管に埋め込んだ指を回転させてきた。

「だ、だって、ん、あんッ」

刺激を受けると括約筋は条件反射で緊縮してしまう。背筋にゾクゾクと寒気が走った。兄の興奮も高まっているらしく、隆盛著しいペニスが、彩奈の股間ときつく擦れ合う。反り返った亀頭がクリトリスを圧し、亀裂の表面を削ってきた。

(クリトリスに当たってる。やだ、おしっこ漏れちゃいそう。……トイレに行きたいけど)

「あ、あの」

「なあに？」

「ううん、何でもない」

彩奈は赤面して顔を伏した。尿意を訴えるのが恥ずかしかった。しかし兄が左手の指で、グイッと顎先を持ちあげる。

「どうしたの彩奈、内緒事はだめだよ」

兄は妹の顔を見つめながら、腸管の内部をゆっくりと掻き混ぜてきた。心の中までゆさぶられる行為だった。彩奈は唇を薄く開いて、喘ぎを吐き出す。

「お、おしっこが……」

途中まで言いかけて、少女は口を閉じてかぶりを振った。兄は妹が何を言いたいのかわかったらしく、くすりと笑った。

「なんだ、我慢してたんだ。いいよこのまましちゃって構わないよ」

湯の中で放尿して良いと兄は言う。彩奈は相貌を強張らせた。

「え、そんな。おトイレに行かせて……」

「だめだよ。僕の前で垂れ流すんだ」

あくまでやさしい笑みを浮かべて、兄が恐ろしいセリフを口にする。逆らう心を砕くように、尻穴に填った指が奥へと進められた。彩奈は背を反らせて、ヒッと声を漏らした。

「いや、ゆ、許して……」

「あたたかいね、彩奈のお尻の穴。広がってきたのが自分でもわかるだろ？」

（奥の方まで揉み込まれてる。汚い場所なのに……）

肉体を蝕むおぞましさと、染み入る悦楽が隣り合っていた。少女はたまらず口元を差し出し、「吸って」と啜り泣くように哀願した。兄は頬をゆるめると、口を被せてきた。彩奈は唇が兄の口に触れると同時に、舌を伸ばした。兄の口腔にむしゃぶりつき、混ぜ込む唾液の音を響かせる。

（自分から積極的に……）

深く愛し合う恋人同士のように、兄の身体にしっかりと抱きつき、夢中になって舌を遣った。歯列を舐め、歯茎を舌先でまさぐる。兄の口からつばが流し込まれ、彩奈は口中で味わってから己の唾液を足して返した。あたたかな体液を行き来させながら舌をヌルヌルと巻き付け合い、最後は彩奈が喉を鳴らして嚥下して、発汗の渇きを癒す。

（お兄ちゃんのつば、甘い……）

兄妹には相応しくない濃厚なキスに耽る間も、兄の指先は妹の排泄器官をねっとりと玩弄してきた。彩奈は呻き、白いヒップを振り立てた。

（ああ、このままじゃお尻でイッちゃう）

菊蕾はやわらかに拡張し、より深く兄の指を呑み込んでいく。汚れた器官を弄られているという忌避の思いは薄れ、代わりに生じる息の詰まる挿入感が、少女を妖しい恍惚へと誘った。

（ああ、お兄ちゃんの硬いのが欲しいよ……）

張り詰めた肉柱が秘肉を圧迫する。下腹に広がる甘い波を噛み締めながら、少女はこの兄の勃起でとろけた媚肉を貫いてもらったら、どんなに快いだろうかと想像した。

「お兄ちゃんっ、あうんッ」

肛門に刺さった指を、兄が抜き差しの動きへと変えた。少女は濡れた唇を放して、艶っぽく喘ぎ、括約筋で指をきりきりと締め上げた。

（お尻、熱いっ）

きつい摩擦で腸孔がジンジンと火照り、それに呼応して女性器もたぎった。下半身のうねるような刺激を受けて、膀胱も余裕を失い、急速に膨張感を増していく。彩奈はさらなる快感を得るために、あるいは尿意を堰き止めようと、足で兄の腰を左右から挟み込んで密着を深めた。

「お兄ちゃん……彩奈、おかしくなる」

顎から垂れた涎が、湯の中に垂れ落ちる。

「いいよ、おかしくなっても」

兄がグッと腰を衝き上げた。同時に腸管深くに指を埋没させる。クリトリスの甘い痺れに排泄欲を伴った重苦しい充塞が合わさり、彩奈はピンと背を反らせた。

「お、お兄ちゃん、彩奈、お尻でイクのッ」

湯けむりのたちこめる湯殿の中に、少女の絶頂の声が鳴り響いた。腰を沈めて、肉唇を兄のペニスに粘っこく擦り付け、しがみつく両腕を震わせてオルガスムスに達する。ローションでマッサージされた時のような、駆け上がるような上昇感とは異なっていた。湯船の底が抜け、闇の中を落ちていくような罪深い感覚が、少女の肢体を包み込む。

「ああっ、漏れちゃう、お兄ちゃん、おしっこ漏れちゃうよう」

「このましてご覧」

すべてを赦すような甘い囁きと、慈しむような眼差しが契機となった。少女は堪えることを放棄し、性悦にすべてを委ねた。肉体は弛緩し、失禁を始める。

「ご、ごめんなさい、お兄ちゃん」

少女はか細く悲鳴をこぼした。男性器に当たる水流を感じるのだろう、兄がくすぐったそうに笑みを浮かべる。

（お兄ちゃんの身体に……あたし、ダメになっちゃう）

この世で一番好きな男性に排泄物を掛けるという取り返しのつかない失態、また一つ無様な姿を見せてしまったという諦念、そこに説明し難い倒錯の悦びが入り混じって少女の胸を覆う。

「彩奈はおしっこを漏らすとき、こんな表情をするんだね」

兄が微笑み、放尿する妹の顔を覗き込む。

「見ないで……ごめんなさい」

「いいんだよ」

兄の口が彩奈の唇に被さる。彩奈は兄の首に手を回し、目を閉じた。すべてを受け入れてもらえる安心感が、全身を包み込む。

「んっ……んむッ」

兄は尻穴をまさぐりながら、ペニスを押しつけて尿道口を圧迫してきた。放尿は終わっていない。下半身の性感を掻き乱され、少女は裸身を震わせる。口元では舌を引き出されて、吸われた。

（息が……）

身体が酸素を欲していた。しかし兄は後頭部を摑み、唇を離さない。彩奈は太ももで兄の腰を締め上げ、唸った。意識が薄れ、世界が曖昧になる。尻穴の中ではは兄の指が絶え間なく蠢いていた。苦しくも妖美な相姦のキスが続く。

（お兄ちゃん、好き……好きなの）

彩奈は兄への愛を、胸のなかで繰り返し唱えた。いつの間にか耳も聞こえなくなり、時間の感覚も喪失した。少女は、あたたかな湯の中に自分の身体がとけ込んでいくのを感じた。

「平気？　彩奈」

遠くから呼びかける声が聞こえた。彩奈はゆっくりとうなずく。兄が心配そうに覗き込んでいた。兄が抱え上げたのだろう、湯に浸かっていたはずの身体は、いつの間にか湯船の縁に座っている。もたれた大理石の壁が、冷たくて気持ちよかった。

「あたし、失神したの？……」

「うん。ちょっとのぼせたようだね。ごめんね彩奈」

妹の相貌に浮いた汗を兄の指が拭い、水滴を吸った黒髪をすく。

「あたしこそ、ごめんなさいお兄ちゃん、お風呂の中でおしっこするなんて……。ちょっと休んだら、出ていくね」

彩奈は恍惚の抜けきっていない潤んだ瞳を、兄に向けた。

「一緒にお風呂に入って湯あたりしたなんて、もしママが聞いたら絶縁されそうだ」

兄が彩奈の両手首を摑んだ。右腕だけを持ちあげると、露わになった腋窩に顔を寄せてくる。兄の舌が、腋の下を這いずった。

「お兄ちゃん、イヤあ……放して、そんなところ、舐めないで」

彩奈は愛撫から逃れようと身をよじり、湯に浸かっている足先をばたつかせた。

「ん、お風呂から上がる前に、全身をきれいにしてあげないと」

やわらかな舌が這い回る。エクスタシーに酔った身体にはまったく力が入らなかった。兄を引き剝がすことも出来ず、彩奈は身を震わせて耐えるしかなかった。

嗚咽と、ピチャピチャという舐め愛撫の音が続く。

(イヤらしいことばかり……あたしがあたしでなくなっちゃう)

風呂場に入ってから、延々責められている。記憶がはっきりせず、夢の中にいるように身体がふわふわとした。兄は左の腋の下も丹念に舐めてから口を引き、摑んでいた手を放した。

「彩奈の汗も匂いも、僕が全部もらった」

兄が微笑んで告げる。少女はどう返事をしていいかわからず、視線を逸らしてため息をついた。兄が湯の中に身を沈めた。彩奈の膝に手を置く。脚を広げられると思い、彩奈は下肢を強張らせた。

「彩奈、お願いがあるんだ」

「な、なに？」

「こっちの毛を剃っていいかな。彩奈が僕のモノだっていうしるしが欲しい。ダメかな？」

問いかけながら兄が手に力を込め、彩奈の脚を左右に開いた。秘められた女の園が、再び兄の瞳に晒される。兄の見つめる目線で、どこの場所を言っているのか彩奈にもわかった。

（あたしの下の毛を剃るの。それがお兄ちゃんとの絆に……）

義父が亡くなった後は、今にも切れてしまいそうな危うい繋がりだった。いつまで兄妹の関係を保てるかもわからない。

「い、いいよ」

少女は、小さな声で兄の提案に同意する。

「ありがとう、彩奈」

剃毛の用意が整えられる。シェービングフォームと安全剃刀が彩奈の横に置かれた。シェービングフォームの泡を兄が手に取り、彩奈の恥丘に塗りたくる。薄い陰毛が白い泡の中に隠れると、兄は安全剃刀を持った。

「動いちゃだめだよ」

脚を開いたまま、少女はうなずく。安全剃刀が股間にあてがわれ、スーッと肌の上をすべった。ひんやりとした刃の感触が、緊張を生む。呼吸が速くなり、胸が波打った。剃刀が数回上下に動いて、処理は呆気なく終わった。兄が女の丘に湯を掛け、剃った毛を流した。つるりとした無毛の膨らみと、幼女のような縦線が現れた。

(剃り落とされちゃった。お兄ちゃんとあたしだけの秘密……)

「かわいいよ、彩奈」

兄が顔を近づけ、チュッと膨らみにキスをする。嬉しかった。誰にも祝福されない不安定な恋だと、少女にもわかっている。だからこそ高校生には相応しくない剃毛姿は、決して離れないという覚悟の意味を持つ。

「拡げてみて、彩奈」

兄が静かに命じた。

（お兄ちゃんの言うことなら、彩奈、なんでもできるよ……）

愛する兄の言葉に妹は従う。両手を自らの股間に持って行き、秘唇の左右に添えた。指が震えた。息が掛かるほどの間近で兄が見ていた。

（あたし、どんどんいけない子になっていく）

指に力を込めた。恋慕の想いを伝えるように、清楚な秘唇をぱっくりと拡げ切る。

「蜜がいっぱい溢れてる。彩奈、剃られて感じたの？」

兄の指摘に少女は赤面した。

「だ、だって……」

自らの手でさらけ出す羞恥が、下腹をドロドロとたぎらせる。甘酸っぱい愛液の香もふわっと立ち昇った。

（あたしエッチな匂いを放ってる。ああ、お兄ちゃんにじっくり見られてる。やだ、いっぱい垂れちゃう）

視線を落とす。女の粘膜は、オイルを塗ったようにヌメ光っていた。

「ステキだよ、ピンク色の花が咲いたみたいできれいだ」

褒めるように言い、兄が舌を伸ばした。肉芽を舌先で弾いた。

「あんッ」

(お兄ちゃんに舐めてもらってる。うれしい……)

彩奈は自分の口元を手で覆い、快感の声を押し殺した。股間に兄の口が触れていた。縦に舌を遣って、陰唇を丁寧に舐め上げる。子宮が熱かった。新たな愛液が内奥から分泌される。

(あたしだけ、いっぱい気持ちよくしてもらってる)

今夜、何度気を遣ったかもわからない。己だけが気持ちよくなる申し訳なさを感じながら、少女は湯の中に見え隠れする兄の雄々しい勃起を見る。

(ずっと膨らんだままで、苦しそう)

秘穴がジンジンと疼いた。処女だというのに逞しいペニスを欲しいと思う。兄に抱いてもらいたかった。

「お、お兄ちゃん、その……しゃ、射精しなくていいの？」

彩奈は含羞の声で尋ねた。性交が無理だというのなら、フェラチオでも良かった。兄の勃起に手を触れ、口をつけるだけでも発情し切った今の自分には、この上ない悦びとなるだろう。

「あたし、お手伝いするよ」

「僕はいいよ、今は彩奈を……さ、もっと脚を持ちあげて」

兄が舌を這わせながら告げる。彩奈は大理石の壁に背を押しつけ、膝裏に手をやり、脚を上げた。

(お尻の穴まで……)

腰の角度が上向きになり、排泄孔まで露わになる。兄の口はその窄まりを狙ってきた。皺の寄った肛門を丁寧に舐め回し、ゆっくりと舌を差し込んできた。

「んッ、だめ、ほじらないで」

兄の舌は躊躇いもなく潜り、内部で蠢いた。指でさんざんほぐされ、異物感が残っていた。そこにやわらかな舌を挿入されてしゃぶられる愉悦に、身体がゾクゾクと震えた。

「あ、ああっ、ごめんなさいッ、イッちゃう、お兄ちゃん、あんッ」

深く侵入して円を描く。内部を洗うように舐め尽くしていた。不快な匂いや味を確実に兄は知っただろう。少女は謝罪の言葉を繰り返しながら、アナルアクメの波に包まれる。

「だめ、お兄ちゃん……顔を離して、おしっこ漏れちゃう、早く離れて」

少女は白い内ももを引きつらせて、叫んだ。排泄感が刺激され、膀胱に残った尿が漏れ出そうだった。兄が舌を引き抜いた。

「いいよ、呑んであげる」

そう言って今度は媚肉に吸いつく。彩奈はかすれた悲鳴を漏らした。尿道口を兄が舌先でつついてきた。肛門には兄の指が差し込まれ、腫れぼったくなった腸管を掻き回す。粘った音が大きくこぼれていた。

「でちゃうっ、あ、ああッ」

残尿がちょろちょろと漏れた。当然、兄の口にそれは流れ込む。ゴクッという嚥下の音が反響し、胸を切り裂くような罪悪感が、少女の胸にこみ上げた。

(お兄ちゃん、あたしのおしっこを……)

「あ、ああっ、お兄ちゃん、また彩奈……イクのッ」

ゆさぶられる心が、連続の性悦を引き出す。汗と水滴を飛ばして、浴槽の縁に座った細身は痙攣した。

「あ……うう、許して、休ませて……あんッ」

彩奈は啜り泣いた。絶頂に達しても、兄はねちっこい舌と指の愛撫で妹を追い詰めてくる。愉悦はとめどなく迸り、意識は狂奔した。やがて一際大きなよがり泣きを発し、少女は二度目の失神を迎えた。

第四章 母娘調教 牝になっていく彩奈

　ドアをノックする音を、朦朧とした意識はかろうじて聞き取った。ようやく責め苦から解放してもらえるのだと、冴子は仰向けになった女体をベッドの上で苦しげにゆする。ずいぶん長い時間、己の荒い呼吸音とローターの振動音のみを聞き続けていた。ドアが開いて廊下の明かりが差し込んだ。

「お兄ちゃん、そこはママの寝室だよ。勝手に入るとまた怒られない？」

　娘の声だった。何故慎一がこの場に娘を連れてきたのか、著しく思考能力の減退している冴子の頭にも、疑問がよぎった。

（……彩奈に……わたしの無様な姿を見せるつもり……）

　ストッキングとガーターベルトのみの裸身は、両腕を後ろ手に拘束され、上半身には卑猥な縄掛けを受けている。両脚はベッドの支柱に括られ、入り口に向かって水平に近い角度で割り開かれていた。この先に起こる悪夢を思い、冴子はううと喉で呻いた。

「いいからこっちにおいで。僕とママが仲良くしているところ、見たいんだろ?」

「うん。でも」

「ちゃんとママを説得して、前みたいな家族に戻らないとね。離れて暮らすんじゃなくて……」

室内の照明が灯った。

「マ、ママ?」

予想通り、娘の驚きの声が響いた。あられもない開脚の姿勢を、冴子には隠す術はない。股縄と三つの瘤が、娘の目にも映り込んでいるだろう。充血した粘膜と、ざっくり食い込む麻縄のコントラストは、幼い娘には衝撃の情景に違いなかった。

「ふふ、むせ返る匂いだね。テーブルの花瓶の山百合なんか、目じゃない」

慎一の笑いが木霊する。肌にふり掛けてあったトワレと滝のような汗が反応して、濃密な体臭を室内に漂わせていた。そこに愛液の香が、プンと匂い立って生々しい臭気を放っていた。

「いやあぁッ」

混乱から抜け出し、ようやく娘は絹を裂くような悲鳴をあげた。冴子は何とか首を持ちあげて、入り口の方を見た。

(あっ、彩奈まで裸に……)

娘も着衣のない全裸だった。剝き出しの白い乳房を寒そうに震わせ、恐怖にすくんだように立ちつくしていた。唯一首に、犬につけるような首輪を填められ、そこに結びつけられたリードの端を慎一が手にしていた。

(妹をペットみたいに扱うなんて……)

現れ出た娘のあまりな姿に、冴子は我が目を疑う。予想もしていなかった母娘の対面だった。

「お兄ちゃん、あんまりだよ。ママに服を着せてあげて……」

「酷いかどうかは、ママ本人に確認してから判断した方がいいと思うよ」

兄が妹のリードを引いて、ベッドに近づいてくる。両腕を背に回した状態で、よたよたと危なっかしく歩く娘のようすで、自分と同じように後ろ手に括られていることに冴子は気づいた。妹を裸にして手を縛り、首輪をつけて家の中を引き回すなど、正気とは思えなかった。

（一体、慎一さんは娘に何を。ああっ、彩奈のアソコ、剃られてる？）

側に寄って来た娘の裸身には、あるべきはずの翳りがなかった。幼い少女のように恥丘がツルンと剝き出しにされ、未成熟の象徴のような細い切れ込みが露わになっていた。

「ママ、だいじょうぶ？」

近寄ってきた娘が屈み込み、心配げに問いかけてきた。

（あなたの方こそ……）

娘の肌は、ほんのりとピンク色に染まっていた。自分が寝室に閉じこめられていた間、慎一と娘との間にいかがわしい何かがあったのは間違いない。

「胸に何かくっついて動いてる。お兄ちゃん、お願い止めてあげて」

哀切な声が響いた。慎一は妹の求めに応じて、あっさりとスイッチを切った。冴子を苦しめていた左右の胸、そして膣と排泄器官に埋め込まれていた四つのローターが、一斉に振動を止めた。

（ようやく……）

快楽地獄から抜け出た女体は、ぐったりと弛緩した。縄で絞り出された胸元を大きく喘がせる。

「じっくり味わった感想は？　ママの言葉を聞かなくてもそのドロドロになったとろけ顔を見ればわかるね。いっぱいイッたんでしょ」

母の痴れた表情を眺めて慎一が頬をゆるめた。冴子はキッと目元を険しくした。汗を吸った長い髪はおどろに乱れ、メイクもすっかり崩れていた。口紅は剝がれ落ち、猿ぐつわにされたスカーフは口中に溢れる唾液を吸いきれず、唇の端から涎の筋を作っていた。放置されていた間、何回気を遣ったかわからない。意識が飛んでも、淫具は容赦なく粘膜の攪拌を続けた。気がふれるのではと思うほど、女体は悶え狂った。

「そんな目で見なくてもこれからじっくり可愛がってあげるよ。さっき言ったことは忘れてないよね。ちゃんと証明してみせてよね、ママは近親相姦なんか望んでいないって。そうしたら僕も彩奈に惨い場面を見せずに済む。……じゃあ股の縄を外してあげるね」

慎一が娘に聞こえぬよう耳元で囁くと、冷たい感じの笑みを残して顔を上げる。

「さ、彩奈こっちに来て、よくご覧」

慎一がリードを引いた。兄妹二人は冴子の脚の間に立った。

(ああ、彩奈には見せないで)

恥ずかしい箇所を余さず見られる羞恥が、身体を熱くする。冴子は相貌を弱々しく振り立てた。

「お兄ちゃん、こんなことされたら痛いよ。お願い取ってあげて」

「そうかな。粘っこい液が垂れて、糸を引いてるのが彩奈には見えない？　食い込んだ縄が黒く湿っているのは、ママが愉しんだ証拠だって理解できるだろ」

「え……あっ」

娘の戸惑いの声が聞こえた。冴子の肌は朱に染まる。恥じらいの汗が噴き出した。

(仕方がないの。道具を使って、そういう風になるよう慎一さんが仕向けたのよッ)

女の潤みははしたないまでに洪水となっている。当然縄目の隙間からも、発情汁が漏れ出ているだろう。それらがすべて、機械によって強いられた結果であることを初な娘は知る由もない。

慎一が腰に巻かれた縄に手を伸ばし、股縄を外し始めた。太ももの間に兄妹の視線が集まっている。無駄とわかっていても、冴子は不自由な身体をよじり、なんとか脚を閉じられないかと試みた。

「ああ、ママ、暴れないで。お兄ちゃんが今取ってくれるからね」

娘が宥めるように言う。秘芯に深く嵌っていた麻縄が、スルリと落ちてベッドの下に垂れ下がった。出口を塞ぐ縄瘤が無くなり、夥しい量の粘液が女陰からドロッと垂れ落ちる。

「え？　ママ……」

娘が狼狽の声を漏らす。溜まっていた体液が、オイルのようなかがやきを放って尻穴の方へと流れていく情景が、冴子の脳裡にも浮かんだ。

(娘になんて姿を……卑劣よ)

冴子は喉を震わせた。母親の尊厳が失われたのは確実だった。

「予想以上だな。ずいぶんと気に入ってくれたみたいだね」

慎一がコードを引っ張り、膣に埋め込まれていたローターのみを引き抜いた。脱落の感覚に女体はビクンとした。排泄器官に嵌ったローターはそのままにされる。

「ふふ、ホカホカだ。愉しんでもらえたみたいで嬉しいよ」

「お兄ちゃん、ママの身体の中にそんな物を……」

「大人の女性は、こういう道具で身体の寂しさを癒すんだよ。でも、ママはそんなんじゃ物足りないみたいでね。今日の昼休みにも男を咥え込んだんだってさ」

慎一が義母の陰唇の縁に指を添え、ほら、と広げて見せた。

「きゃっ」

「彩奈、ちゃんと見て。赤くなった粘膜の上を、濃度の違うドロッとした塊が垂れてるだろ。あの村本って男の名残だよ」

開いた媚肉の表面を、濁った男の精汁が混じり合って漏れているのだろう。その生々しい光景を、慎一は娘に見せつけていた。

（なんて真似を……）

冴子は、猿ぐつわの内側で唸った。恥辱と含羞が肌をチリチリと灼く。

「い、いや、こんなの見たくないよ、ママを許してあげて。……お兄ちゃん、どうしてこんな恐ろしいことをするの。あたしたち、家族じゃない」

「理由は彩奈だってわかっているだろ。父さんの会社を守らなきゃ。ママと村本の関係は、引き裂く必要があるんだ」

「そ、それは……でも」

「もし僕が何をするか、事前に彩奈に言ったら止めただろ？　自分の母親だもの。

それに僕は彩奈と離れたくない。手荒なことをしてでもママに考えを改めてもらわないと」

慎一が娘を説得するよう喋りながら、蜜壺に指を突き刺してきた。冴子の腰はクンと浮きあがった。

「んふッ」

指が円を描き、溜まった淫液を掻き出すように混ぜ込む。ローターの振動を受け続けた冴子の媚肉は、肉層全体が腫れぼったく充血していた。ジクジクとした粘膜を擦られる度に、目から火花が出るようだった。

「ん、んむ……」

「彩奈を悲しませたり、傷つけたりしたくなかった。本当は巻き込みたくなかったけど……ふふ、灼けつくように熱いね。中のヒダ肉が、うれしそうにうねってる」

性感帯を探るように、指が奥に入り込み、上下左右に這い回る。ローターとは異なるねっとりとした触感を悦び、粘膜は妖しく蠕動した。

(どうして？　体中がくたくたなのに……だめ、感じては)

指の動きを追うように、未亡人の豊腰は抑えきれず蠢いてしまう。

「ママはこの辺が、気持ちいいのかな?」

慎一が喘ぐ冴子の相を、上から覗き込んでいた。鋭利な眼差しだった。触れるとすっぱり切れてしまうような恐ろしさを、冴子は感じ取る。

「お兄ちゃん、ママ苦しそうだよ」

「そうかな。我慢出来ないって感じの反応に見えるけど。ね、ママ」

慎一がニヤッと口元を歪め、指を引き抜いた。

「彩奈、ママの横でよく見てるんだよ。ママがどういう人か」

ベッドがたわんだ。冴子の隣に、腕を縛られた裸身が倒れ込む。黒髪の毛先が、冴子の頰に触れた。

「ママ、ごめんなさい……」

横たわった娘は、無力な自分を詫びるように、謝りの言葉を口にした。細首に塡められた首輪が痛々しかった。足元では慎一が母子の邂逅を眺めながら、シャツを脱ぎジーンズを下げ降ろしていく。贅肉のない引き締まった肉体が現れ、腰には隆々と反り返るペニスが見えた。

(ああ、大きいわ……)

冴子の喉が、勝手に嚥下の動きを見せる。雄々しい形を視界に捉えただけで、下腹がジンと疼いた。ローターで責められていた間、何度も長大な男性器で抉られるシーンを想像した。ズッシリ来る奥深い挿入感と、亀頭の反りで粘膜を削られる抽送の心地は、本物のペニスでなければ得られない。

「ママ、一人で寂しかったでしょ。頑張った御褒美をあげるよ」

ペニスが秘芯に擦り付いた。膨らみ切った肉芽に亀頭を押し当てて、先走りの粘液を塗りつけてくる。ヌメった液をまぶすと、切っ先を捏ねるように動かし、包皮を擦り上げてピンと弾いてきた。甘い痺れが腰に広がり、冴子はこみ上げる快感に抗うように、細顎を左右に振った。

(いけない、あなたは息子なのよッ)

冴子は潤んだ眼差しを険しくして、脚の間に入った息子に訴える。

「お兄ちゃん、ママと……そんなことしちゃ、よくないよ」

「ここで止めたら、ママの方が可哀想だよ、ね、ママ」

肉茎が下へとすべり降りた。挿入を意識させるように、秘裂に沿って上下した。切っ先が蜜口にあてがわれる。慎一の右手が、義母の括れたウエストを摑んだ。

(だめッ……ああっ、くるッ)

グッと圧迫が掛かった。冴子は髪を振り乱し、尻を左右にゆすった。しかし亀頭は逸れることなく、膣口にヌプッと嵌入してきた。

「んッ」

(入ってる。息子のペニスが……)

脂汗を流し、赤みを帯びた容貌は、これ以上の挿入を拒否するように大きく振り立てられた。

「ふふ、入り口にほんの少し入っただけなのに、すごくママのオマ×コ悦んでるね。僕のチ×ポを吸い込もうとしてる。彩奈、息子と一つになるママの顔をよく見てあげて。そらッ」

慎一が両手で冴子の腰を挟み込んだ。次の瞬間、ズンという衝撃が女体に走った。

(ああッ、イクうッ)

ヌメッた狭穴の中をそそり立ちがすべり込んでくる感覚に、えも言われぬ震えが走った。紅い花びらが、目の前で一気に舞い上がり乱舞した。

「んぐッ……むふんッ」

冴子は猿ぐつわの内から悩ましい悲鳴を放ち、顎を仰け反らした。シーツの上で縛られた上体を引きつらせ、ストッキングを穿いた脚を硬直させる。膝とベッドとを結んだ縄が、ビンッビンッと音を立てた。

「ふふ、ビクビクしてる。彩奈にもわかったでしょ。ママが入れられた瞬間イッちゃったの」

「ママ……ああ、そんな……」

返答に窮したか細い声が、耳元で聞こえた。

(こ、こんな呆気なく。これが慎一さんの……ううっ、息子のモノで気を遣ってしまうなんて)

機械では決して得られぬ、鮮烈なオルガスムスだった。中年男性のどこかやわらかさを感じさせる勃起とは、根本から違った。一本の鋼材のような逞しい男根が、ずっしりと体内に埋まっていた。

「お兄ちゃん、でもやっぱり、こんなことしちゃ、いけないと思う……」

「だけど彩奈にだって、ママが嫌がっている反応には見えないだろ。ほらママ、もっと股を開いて。根元まで食べさせてあげるからさ。さっきまで咥え込んでいたオモチャとは、満足感が違うでしょ」

慎一は冴子の膝頭に手を添え、クッと外側に開いた。深刺しの感覚を味わわせるために、じわりじわりと冴子の中に押し込んでくる。緊縛肢体はさらなる埋没を歓喜するように、張り出した腰を上下にヒクつかせた。

（ま、まだ、入ってくるッ……こんな子どもに、負けるものですか）

サイズと長さが立派なせいか、粘膜の擦れ具合がきつかった。それに肛門にローターを呑んだままになっている。小さな異物であっても腸管は着実に膨張し、隣り合う膣洞が圧迫を受ける。結果として苦痛すれすれの絶妙な加減となって、粘膜を削られる。

「ああ、ずっぽし入ったね。あたたかい……このハメ心地、ドロドロでいい感じだ。ママのトロトロオマ×コは僕のチ×ポ、大歓迎だね」

母と息子の腰はピタリと密着し、互いの繊毛が擦れ合っていた。慎一の恥骨が、クリトリスに当たり、長棒が膣底を圧迫する。

（だめ、波が引かない）

エクスタシーの昂揚が女体の中でずっと続いていた。冴子は猿ぐつわにされたスカーフをぎゅっと噛み締めて、鼻孔から熱っぽい息を抜く。

「ここが子宮口かな。プルンとした感触が当たるね」

慎一が深い位置で亀頭を小刻みに蠢かしながら、冴子の口元に手を伸ばしてきた。

「うッ……んむッ——あ、ああんッ、よして、奥に届いてるでしょ。突かないで……ん、ああんッ」

口唇に食い込んでいたスカーフが外された途端、母の切羽詰まった嗚咽は、色めいた嬌声へと変化して室内に広がった。隣で娘が息を呑む音が聞こえた。

「ママ、そんな声を上げて……お兄ちゃんが相手なのに」

「ち、違うのよ、慎一さんが、いやらしい道具でわたしを無理やり……彩奈、ママは慎一さんに突然襲われたのよ。こ、こんなこと、望んでなんかいないわッ」

娘の声に非難の響きを感じ取り、冴子はすぐさま横を向いて言い返した。だが機械で長時間官能を刺激され続けた上、今また絶頂に達したばかりとあって、喉を通ったのは陶酔に浸ったかすれ声だった。娘は眉根を寄せ、相に浮かべた不信の色をさらに深める。

「ママ、そんなことはどうでもいいんだよ。なんで口を自由にしたかわからないの」

冴子は疑問の瞳を、脚の間に立つ息子に向けた。慎一の手が胸元に触れ、左右の乳頭に貼り付けた粘着テープを、両方一緒に勢いよく剝ぎ取った。鋭い痛みが走り、冴子は紅唇から悲鳴を放った。

「んあんッ」

「ふふ、この声。彩奈にママの可愛い女の声を、聞かせてあげるためだよ」

慎一が母を見下ろし、白い歯をこぼす。冴子は義理の息子をキッと睨みつけた。

「ふ、ふざけないで」

「僕の思い通りになってたまるかって顔になったね。その調子で母親の威厳を保つよう頑張ってよ。気の強いママを相手にした方が、僕も愉しめるから。その前に──」

慎一が手にボトルを持っていた。中の液体を口に含み、冴子に口移しで与える。流し込まれたのは甘酸っぱい味だった。

「スポーツドリンクだよ。飲んだ方がいい。汗をいっぱいかいたから、脱水症状起こすよ」

吐き出そうかと一瞬考えるが、喉がカラカラなのは事実だった。冴子は険相のまま呑み下した。渇きがスーッと癒やされ、紅唇はため息を吐く。

「さ、もっと飲みなよ」

二口三口と口移しで飲料を母に与えながら、慎一は乳首を挟んでいるクリップ式のローターを外してきた。ローターの振動を受け続けた乳首はもちろん、乳輪も著しく充血し、隆起していた。そこを慎一の指が撫でてくる。

「こんなに紅くなって。可哀想に」

「ああ、よしてッ、さわらないでッ。あんッ」

乳暈と白い肌の境目を、指先がスーッとなぞる。テープを剝がされたばかりで先端はヒリヒリする。電気がピリッと走り、冴子はスポーツドリンクで濡れた唇を震わせて喘いだ。わずかな刺激でも加えられると、身体の痺れるような性感が巻き起こった。

「指はイヤなの？　じゃあ……」

ボトルに栓をしてベッドの奥に放ると、慎一が顔を倒して乳頭を舐め含んできた。

「うあッ、だめッ」

赤らんだ先端を舌でくるみ込み、唾液を絡めて、腫れを癒すようにやさしく舐めしゃぶってきた。両手はしこった豊乳を摑み、揉み込んでくる。媚肉は男性器で深々と貫かれたままだった。アクメの波がぶり返し、下腹がたぎる。

（うう、おかしくなる）

冴子は縄掛けの裸身をゆすって喘いだ。

「刺激しないでッ、いやッ……」

ヌメッた舌腹が擦れると、かすかに痛みが生じて胸愛撫の甘い愉悦と混じり合う。昂揚の紅い色が、鮮やかさを増して冴子の目の前をチラついた。時に慎一はちゅうっと強く吸い立ててきた。その度に冴子は背をクンと反らし、身悶えた。

(またイッちゃいそう。だめ、耐えるの。二人の前でこれ以上、恥をかくわけには)

屈辱の思いが、舞い上がろうとする女体を押し留める。冴子は唇をキリキリと嚙んで、こみ上げる快感の波を懸命に抑え込んだ。左右の乳首をじっくり嬲ってから、慎一は口を離した。

「こうやって男に慰めて欲しかったんだよね。ママは未亡人だもの。父さんが亡くなった後、熟れた身体が火照って大変だったんでしょ。だけど安心して。これからは僕がママの相手になってあげるから。さ、脚も自由にしてあげる。縄で広げられてつらかったでしょ」

慎一が穏やかな声で言い、膝を括っていた麻縄をほどいた。蛙のように広がっていた冴子の足は、ようやく自由になった。

「早く抜いて……わたしの身体から離れてちょうだい」

これ以上責められたら、どんな醜態を晒すかわからない。冴子は動かせるようになった足をばたつかせ、懸命に相姦の結合を解こうとした。蹴ろうとする脚を慎一が素早く摑まえ、抵抗を封じる。

「どうして？　せっかくこうしてママの奥深くに入り込めるようになったのに。ああ、ローターを咥え込んでたおかげで、とってもいい具合だね。ヌルヌルのヒダ肉が吸いついて離そうとしない」

足首を握り、慎一が冴子の脚を頭の方に向かって倒し込んできた。女体は屈曲位の二つ折りにされ、慎一はそのまま体重を掛けてのしかかってくる。

「ああッ、うぐッ……や、やめなさい」

冴子はハアハアと息を喘がせた。凄まじいほどの充塞だった。

（うう、太いのが根元まで塡って、お腹の中が広がりきってる。だめよ、相手は息子なのに……娘だって見てるのに）

身体を叱咤しても、無反応を貫くのは無理だった。肉悦の赤色が煌々と燃え上がるのが、天井の白い壁に垣間見えた。

「どう？　ギンギンのチ×ポに埋め尽くされるのが、堪らないでしょ。ここ二週間くらいオナニーしてないからさ。ママのためにたっぷり溜めてあるよ」

「溜めてあるって、それって……お兄ちゃん、ママ、妊娠しちゃうよ」

兄のセリフを聞き、娘がか細い声を漏らす。

「そうだね。そうなったら、僕らの絆はもっと深くなる」

慎一が体重を掛けて、腰を上から叩きつけてきた。冴子の内ももがピンと突っ張る。

「うそ……いやッ、奥に、トントンッて……んッ、んうッ」

二週間禁欲した十代の肉棒は、熟れた女体にとって最悪の凶器だった。牝穴の入り口を存分に拡げ、子宮に届くほど没入した肉塊は、得難い恍惚を味わわせる。

(息子のペニスが、こんなところまで押し入ってる。それにこの太さ、はちきれそうに膨らんで……ああッ、お尻に入ったローターが押されてる)

腸管に填ったままの丸い淫具が膣道の肉柱に当たって、異質の触感が直腸に生じる。その馴染まない感覚が、身体にこもった熱を発散する契機となった。

(だめ、飛んじゃうッ)

「あう、ぐッ……んう」

白い壁は真っ赤に燃え上がり、背徳の性悦が噴き上がった。冴子は唇を必死に噛んで、羞恥のよがり声を押し殺す。禁断のオルガスムスはおぞましく、また身をとろけさせるほど甘美だった。

「でも、ママがお兄ちゃんの赤ちゃんを宿すなんて、それって普通の親子じゃないよ……ママ？」

娘も冴子の横顔から絶頂の予感を読み取ったのだろう。息を呑む気配があった。

「またイッてるね。ママのオマ×コが僕のチ×ポ嬉しそうに食い締めてるよ。ママがこんなに感じやすい人だったなんてね」

慎一が頬を撫でてきた。そのまますべり降りて、顎先から首筋へと、紅潮して汗にまみれた肌の上を、指先で愛撫する。冴子はビクッビクッと緊縛裸身を痙攣させた。

「あッ、ひッ……や、やめて」

「ママのもっと感じる部分はどこなんだろうね」

慎一が冴子の足首を摑み直し、両脚を大きく掲げた姿勢から、出し入れの動きを始めた。

「いや、動かないで」

冴子は鼻を鳴らして、縛られた身体をゆすった。陶酔の去っていない状態での肉交は苦痛をも生む。新たな汗が滲んで麻縄に染み込み、シーツを濡らした。

（ああ、好き勝手に中で動かしてる）

慎一は悶える母を上から見下ろし、女壺の内部を探るように定まっていない抜き差しで、肉茎を繰り込んできた。

「父さんと前の旦那と、土地転がしの村本と、そして僕、ママはどのチ×ポの味がいいのか、考えているんじゃないの？」

「そ、そんなことっ……。母親を凌辱するなんて……近親相姦なんていけないわ。取り返しのつかないことになる前に、う、あうッ」

腫れぼったくなった膣粘膜を硬いペニスがこそぐ。グチョグチョという言い訳の出来ない卑猥な抽送の音が鳴り、中程や奥、指やローターでは届かない箇所に、亀頭の先端と反りが心地よく当たってくる。冴子の声は甘ったるく崩れた。

「んッ、ああッ、あふッ」

「ママを抱いた誰よりも、ママを満足させてあげる。ヌルヌルオマ×コ、たっぷり可愛がってあげるからね」

緩慢だった抜き差しが急に速度を増した。慎一は角度をつけて、膣ヒダの上辺を抉ってくる。

「ハッ……そこダメ、あんッ、はあ、んぐ」

自分という存在を、母の肉体に刻むように、大きな動きで腰をぶつけてくる。

（ああ、この子との身体の相性が……）

「ふふ、うっとりした声を出して。彩奈も驚いてる」

冴子は横に視線を向けた。ショックを受けた表情の娘と目が合う。瞬きすら忘れて、母と兄の相姦の交わりを見ていた。

「マ、ママは本当はこんなじゃないの。間違いなのよ。うう、彩奈、見ないでッ」

「彩奈、目を背けちゃダメだよ」

兄が命じる。つぶらな瞳は兄に命じられた通り、こちらに据えられて微動だにしない。乱れた痴態の母に、驚嘆、憐れみ、蔑み、複雑な感情のこもった視線を注いでいた。

「いや、お願い、そんな目で見ないで彩奈ッ」

「ふふ、彩奈の視線を浴びたら、またグンと締まったね。娘の前でやられているのが燃えるんだ」

そして上にはのしかかる息子の、優位を実感した愛欲の眼差しがある。大人しかった少年は、母と娘のつながりを分断する凶刃へと変貌していた。

「ち、違うわ、なんて酷い人なのッ、鬼ッ、あく、ま……あ、あん」

冴子は美貌を険しくして罵るが、その声も途中で艶めいた音色を宿して、しおれた。肉刀が出し入れの速度を緩めて、膣筒の中をじわじわと擦ってきた。

（こ、この子、しつこく……）

「ふふ、どうしたの？　怒ってる途中に、かわいらしい声を出して」

腰を遣いながら慎一が舌を伸ばし、宙に掲げた冴子の脚を舐めてきた。黒のセパレートストッキングに包まれた脚は、汗が染み、透けたようになって肌に貼り付いていた。その上から慎一は美味しそうにふくらはぎや足首、踵をしゃぶってくる。

「これがママの汗と匂いなんだね。しょっぱいね」

むちっとした脚に舌を這わせながら、深刺しから一転、浅い出し入れで飢餓を煽り女体を崩してくる。ねっとりとした舐め愛撫とゆるやかな抽送、性を知った女なら打ち消すことのできないくるめく恍惚だった。

「ああ、いや、よしてッ、そんなところ舐めないで」

「じゃあ、こっちがいいのかな」

慎一は母の脚から手を放し、前に伸ばした。豊満な乳房をぎゅっと摑んで揉んできた。縄を上下から二重三重に巻き付けられ、パンパンに絞りだされた双乳は、息子の指の中で大きく形を歪める。

「やわらかいね。ねえ、ママ感じる？　さんざん罵倒してきた相手に、いいようにされるってどんな気分？」

「あ……や、やめてッ、んう」

張りつめた乳房を揉み込まれる快感は、意識をゆさぶり、情欲を誘う。冴子は玩弄を避けようと、上体を左右にゆすった。

「おっと。まだそんなに暴れる元気があるんだ」

慎一が大ぶりの乳肉を揉みながら、笑った。乳房への愛撫を行いつつ、さらに腰遣いを速めた。冴子の昂揚も加速する。

「うッ……ううッ」

「勢いよく差し込むと、嵌めっぱなしのローターにコン、コンって当たるね。ママも感じるでしょ」

尻穴のローターが異物感を生み、冴子の性感を掻き乱す。息子もローターの感触がわかるらしく、突き込みの角度を変えて、故意にぶつけてきた。

（腰に響く……このままでは、また昇り詰めてしまう。慎一さんのモノで……）

抜き差しに合わせて、紅唇からは我慢出来ずに、甘い喘ぎがこぼれ始めた。

「どうしたの。息子のチ×ポがママのお腹に入ってるんだよ。アンアン言って感じてるだけでいいの？」

　慎一はぷっくり充血した乳頭を指腹でこすり、爪の先でピンピンと弾く。薄笑いで冴子の相を見ていた。

「ママのおっぱいがこんなに大きいのは、色んな男がこうやって揉んできたからかな。ママはこういう風に、男に一方的にやられたことないよね。なかなかたまらないでしょう」

「ふ、ふざけないで。か、感じてなんか、いないわ……ん、んく」

　一突きされる度に口惜しさが生じ、思いとは裏腹に肉体には被虐の官能が湧き上がる。意思ではどうにもならなかった。冴子は息を止め、歯をきつく噛みしばってオルガスムスの一歩手前で踏みとどまる。

「ふふ、それがママの本気の抵抗？」

　慎一はまた抜き差しの勢いを緩め、肉層を練るように勃起を回し込んできた。先走りの粘液が、トロリトロリと流れ込むのを冴子ははっきりと感じ、言い様のない汚辱感がこみ上げる。次の瞬間、慎一がズンと打ち込んだ。視界一杯が煌々とした朱に染まる。忌避の心も、耐え抜く意思も一気に突き崩され、女は背をたわめた。

「うあ、イクッ、イクぅッ」

怨色を滲ませた美貌に戦慄きを走らせ、冴子はよがり泣いた。絶頂の声を発した分、悦楽の波は女体の中で甘美さを増す。

(こんな子ども相手にわたしが……)

経験やテクニックが添え物に過ぎなかったことを、我が子の雄々しい肉づきに実感しながら、寄せては返す快感のうねりに三十六歳の女体は揉まれた。

「絞り取るように絡みついてきて……ママの肉穴、チ×ポが溶けそうだよ」

達したことがわかっているはずなのに、慎一はなおも腰を繰り込んできた。冴子は狼狽し、喉を引きつらせた。

「ひ、ひぃッ、やめるのッ、あんッ、素直にイカせて……や、やめっ」

「僕なんかママの眼中になかったのに、そんな相手にズボズボやられるのはどんな気分？　会社でもツンとお高くとまった女社長だと思われているでしょう」

腰遣いには憤りが込められていた。尻穴のローターがエクスタシーを煽り、野太い十代の肉茎が、繰り返し快感を女体に刻み込む。疲れ切った身体から、淫らな反応を無理やり引き出される感じだった。

(こんなの、気がふれてしまう)

冴子は縄の食い込む身体をよじり、はち切れそうに括り出された乳房をたぷたぷとゆらした。逞しい男根を迎え入れるたびに、パンと張った腰は衝撃を受ける。意識さえもが、紅くくらんだ。

「ひッ、あ、あうッ……う、うぐ、また、イ、イクわ」

涎を垂らし、未亡人は悲鳴を放った。口惜しさと苦しみにまみれた連続の絶頂だった。

(ああ、何もかも、わからなくなるッ)

ふわりとやわらかな温もりに、裸身は包みこまれる。四肢を蝕むような不快さを突き抜けた先には、甘い蜜のようなとろけるオルガスムスが待っていた。白い女体は大きく息を喘がせ、汗粒を跳ね飛ばした。麻縄も汗を吸い込み、ドス黒く染まって肌に食い込む。

「ふふ、ママのオマ×コ、ぎゅっと絞り込んでくる。僕のチ×ポがそんなに気に入ったの？」

慎一が顔を倒し込み、冴子の小刻みに震える口元を吸ってきた。

「んッ、んぐッ」

舌が差し込まれ、乱暴に口内をまさぐられる。身体を串刺しにされたまま、唇を奪われる恥辱、愉悦とマゾヒズムが混じり合って女体に染みる。慎一が粘ついた唾をたらし込んでくる。冴子は抵抗することなく、喉を鳴らして嚥下した。

「ふふ、感激だな。僕のつばをママが呑んでくれるなんて」

口を離して慎一が囁いた。冴子は返事の代わりにパクパクと口を喘がせる。生々しい痴態を暴かれた女は、喋ることさえ出来ないほど追い詰められ、快感の余韻と虚脱感の狭間を漂う。高い位置から、慎一が唾液を垂らしてきた。泡立った白い粘液は、長い糸を引いて義母の口の中に落ちる。女は白い喉を波打たせ、それも嚥下した。

「おいしい？　ママの身体っていい匂いがするね。汗と香水が混じって、甘酸っぱい牝の香りがぷんとするよ」

唇の端についた母の涎を指で拭い、慎一が笑んだ。エクスタシーを極めた女体からは、体臭が濃く放たれる。牝の臭気が、息子の情欲を煽っていた。

（うう、さっきよりも太くなってる）

剛棒は鋼の硬さを保って、女の内に突き刺さっている。汗に濡れた美貌は、せわしなく息を吐き、逃げ道を探すように焦点を失った視線を彷徨わせた。黒髪の少女が視界の中に入る。

(彩奈……わたしは娘の前で)

娘が側にいたことを、夢遊状態の頭は思い出した。娘は声一つ発することなく、母と兄の近親相姦を見ていた。淑やかさの微塵も感じられない、派手なよがり泣きを晒してしまった事実が、冴子のプライドを傷つける。

「こ、これは、違うのよ、彩奈……」

失った尊厳を取り戻そうと、冴子は力を振り絞って訴えた。

「色っぽく啼いたばかりなのに言い訳? なかなかへこたれないね。じゃあもう一回、恥を掻いてもらおうかな」

慎一は一旦冴子の両脚を高く掲げ、女体を巻き込むように深くグイと倒し込んだ。冴子の白い足先が空でむなしくばたついた。

「あうッ、し、慎一さんっ」

自身の足首が頭の横にあった。これ以上ない深い屈曲位だった。身をよじることさえ不可能になり、ただ十代の雄渾な肉づきを受けとめねばならない。冴子は睫毛をゆらし、脅えの目でのし掛かる少年を見た。

「ふふ、見つめてるだけじゃわからないよ」

慎一は折り重なった女体に向かって、腰をグッと沈め込み、肉柱を奥底まで埋没させた。子宮にまで重々しい性感がジンと響く。

「あ、アンッ」

息子は腰を引き、また荒々しく打ち下ろす。肉柱が再び容赦なく女の内を埋め尽くした。

（こ、壊されてしまう）

呼気を整える暇もなく、連続で犯されていた。延々と責め嬲る逞しさに、屈辱だけではなく恐怖さえ抱く。

「ああ、も、もう許して慎一さん……」

ついに冴子は懇願のセリフさえ口にして、涙を潤ませた瞳を息子に向けた。

「プライド高いママからお願いされるとは思わなかったな。でもまだまだ。僕もそうやってすがろうとしたのに、あっさり突き放されたんだよ」

隆盛ぶりを誇示するように腰をゆっくりと遣い、粘膜を擦ってくる。硬い肉塊は蜜肉の中で戦慄き、若さと頑強さを年上の女に知らしめる。

「ん……しないで、ああんッ」

見下していたはずの少年だった。尊大な大人の余裕を引き剝がされ、義理の母は啜り泣いた。意思を無視して快感は盛り上がり、女体を苛む。

「ママだけが満足してちゃダメだよ。あんよの力を抜いて。これが切り捨てようとした息子のチ×ポだよ。じっくり味わってよ。ほらほら、ずぶずぶ入っていく」

母を責める顔には余裕が滲み、貫く肉塊には力感がみなぎる。それとは対照的に肉柱を受け入れた内奥は、やわらかにとろけ、ひれ伏すようにうねった。

「今からママに中出しするからね。ちゃんと見てるんだよ彩奈」

「え、そ、そんな……だ、だめ、だめだようお兄ちゃん」

泣きそうな娘の声が聞こえた。

「中はよして……親子なのよ」

冴子も絶え絶えの声で、懸命に訴えた。

「村本がナマでやってたのに、何で僕がゴムなんか付けないといけないのさ。ママが自分を安売りするとは思えないから、どうせ避妊薬を飲んでいるか、安全日なんでしょ？　じっくり十代の精液を堪能してよ。それに僕が射精しないと、ママは延々イキッぱなしだよ。それでもいいのかな」

冴子は返答に詰まる。それを見て慎一は、声を上げて笑った。

「ママみたいな大人の女は、ナマの方が感じるんでしょ。ああ、精液を呑ませたくなる身体だよ。ウエストは折れそうに細いのに、腰はこんなにむっちり張り詰めて。つきあった男はみな、中出ししたがったでしょ。ねえ、ママの避妊法はピル？」

慎一が荒く息を吐き出し、ペニスで膣肉を抉り込んでくる。冴子はたまらず、うなずいた。

「じゃあ、服用を止めればすぐに妊娠は可能になるね」

白い歯をこぼして、慎一が冴子の顔を覗き込んだ。

（息子の精を受胎させられる……）

「いや、抜いて……わたしを放して」

恐怖に美貌を震わせ、冴子は息子の下で必死に身をゆらした。しかし二つ折りに押さえ込まれ、縄掛けを受けた身ではあがいてもどうにもならない。柔肌に縄目がきつく食い込んでくるだけだった。

「まだ暴れるの。オマ×コは大きく口を開いて、僕のモノをおいしそうに咥え込んでるのに。ママにだってこの音が聞こえるでしょ」

抽送と共に潤沢な汁音がこぼれ、寝室内に鳴り響く。娘の耳にも当然入っているだろう。居たたまれなさで、身体が灼けつくようだった。

「か、勘違いよ。あなたなんかに、わたしが……あ、んうッ」

冴子は脂汗を流して歯を食いしばり、流されまいと努力する。

「僕が忌々しい？　そうだよね。義理の息子さえいなければ、財産だってすんなり自分のものにできたんだもんね。ずっと邪魔に感じて追い出したかったのに、こうして今は――」

無駄な抵抗だと嘲笑うように、裸身を両断するような猛々しさ、豊腰を圧砕する勢いで、息子は腰を上からぶつけてくる。冴子は呼気を乱して美貌を歪めた。

「うッ、んぐ、うう、押し込まないで」

「ローターのコードが尻尾みたいになってゆれてるね。取ってあげようか」

冴子は眉間に皺を寄せ、イヤイヤと首を振った。そこを狙ってくることが、言葉からわかってしまう。予想通り、慎一が手を回し込んで結合部の下に潜り込ませると、指で肛門の窄まりを撫で回してきた。

「あ、ダメよッ、そこは」

指先で小穴をこじ開けてこようとする気配を感じ、冴子は反射的に窄めた。慎一はニヤッと笑み、コードを摘んだ。抜け落ちない程度に軽く引っ張って、固く閉じた括約筋の反応を愉しむ。

「欲張りだな。抜いてあげようと思ったのに、お尻の穴を引き締めて外させないんだものね、ママは」

「ち、違うわ、そんなんじゃ、あ、ああッ」

スイッチが突然入れられた。鈍い振動音が鳴り、腸管が震える。刺激を受けた肛穴は瞬時に緊縮し、ペニスのはまった膣口もきゅっと締めることとなった。

「いやあッ、そんなあッ……うう、ぶるぶるしないで、ひ、ひいッ」

困憊した身体で太い肉茎を絞り上げるつらさ、粘膜を押し返す逞しい充塞の味わい、退廃的な二穴責めの悦楽に、冴子は喉を喘がせ、脚のつま先までピクつかせる。

「ふふ、締まりが良くなった。ここ、感じるんだ。さっきよりいい声で啼くね。お尻の穴を責められて、ママは興奮しちゃうタイプなんだね」

「ああッ、そっちは、おぞましいだけ……よして、ううッ」

幾ら嫌悪のセリフをこぼしても、腸孔のバイブレーションが、意に沿わぬ昂揚を生むのは事実だった。新たな汗粒を噴き出し、息は荒くなって、腰がくねる。発情のしるしはごまかせない。

「やさしい母親を演じてたママ、完璧だったよ。でも、これは演技じゃなさそうだね。彩奈の前だっていうのに、そんなに気持ちよさそうに啼いちゃうんだ」

慎一のセリフが、冴子の自尊心を傷つける。これは何かの間違いなのだと、冴子はシーツの上でかぶりを振った。横に流れた冴子の目に、唇を噛んだ娘の表情が映る。

「ママ、気持ちいいの？　相手はお兄ちゃんだよ」

「ああ、そうじゃないの。……彩奈、この子を止めてちょうだい。人を呼ぶのよ……あ、あんッ」

言い訳など思いつかなかった。代わりに、娘が手錠で繋がれていることを忘れて、冴子は無理な懇願をする。彩奈の相は悲しげに曇った。

「ママ……わたしも動けないの」

「無茶を言っちゃだめだよ。彩奈が戸惑ってる。だいたいママは、僕に突かれる度に可愛く啼いてるくせに」

息子は息を乱さず、切っ先を繰り込んでくる。硬く張り詰めて突き刺さってくる剛棒に、残った理性がへし折られ、ひねり潰されるようだった。

「だ、だって……激しいの、あんッ」

思考能力は衰え、自分が何を喋っているかもわからない。秘部は熱を帯び、冴子の喘ぎは情感を深めた。情けなくよがり泣く度に、娘が不信を募らせるとわかっていても、息子に組み敷かれる肉体はこもる熱を際限なく高めていく。

「ああ、僕もそろそろイキそうだ。ママも僕のチ×ポのピクピクを感じるでしょ。ママのお腹がいっぱいになるまで射精してあげるからね」

「出しちゃ、だめ、ね、ダメなの……そ、そんなこと、母と息子で、あ、ああッ」

体内を探られ、すみずみまで圧迫されていた。ローターの振動は途切れず、抜き差しするペニスまでをも震わせる。征服されきった諦念が、三十六歳の心の内に重く停留し、抵抗の気力を蝕んだ。弱まる心と入れ替わりに恍惚の波が、巻き起こる。

(お腹の奥まで貫かれてる。ああ、く、崩れていく)

「あ、あんッ、冴子、イクッ、イクわッ」

牝の叫びが、寝室に木霊した。怒濤が女体を呑み込み、揉むように洗う。

「すごい、ヒダが絡みついて締まってる。僕も出る、出るよッ、ママ、ああッ」

息子も間髪置かず、吼えた。腰を乱暴に打ちつけ、膨張した男根が女の内で二度、三度と跳ね回るように暴れた次の瞬間、ドロドロとうねる膣粘膜の中を、粘ついた精液が噴き上がった。相姦の凌辱を、熱い樹液の射出が締めくくる。

「うう、すごいッ、いっぱい出てるッ」

紅唇から吐き出されたのは、色めいた悦びの声だった。肉感的な裸身は、脂汗に覆われた肌に縄を食い込ませて、歪んだ愛欲を受け止める。

(息子に、射精されてるッ)

牝の本能が歓喜し、よがり泣きは艶やかさを増す。華やかに咲き誇っていた真っ赤なバラは、花弁を舞い散らし、牝の風情を濃く漂わせた。

「ママ……」

呆然とした呟きが聞こえた。娘の存在が頭をかすめるが、次々とまき散らされる灼けつく粘液に意識はゆさぶられ、あっという間に消し飛んだ。沸騰する熱さが、未亡人社長の心身を炙る。

(堕ちていく)

陥落しまいと耐えていた分、反動の落下は著しかった。陶酔の痺れが頭頂から、足の指先まで染み渡る。底なしの沼に沈みこむようだった。

「ああッ、ママ、僕の精液、もっと呑むんだッ」

慎一は冴子の脚を肩に担ぎ上げ、女体をたわませながら、溜まった体液を流し込んできた。膝で押し潰される乳房の痛み、後ろ手に縛られた腕に掛かる重みさえも、ヒリヒリとする倒錯の快感へと変わる。

「あ、ああんッ、いっぱい溢れてるッ……ひいッ」

ドクッドクッと精を吐き出し、肉棒が腹の中で暴れ回る。経験したことのない大量の放精だった。未亡人は歓喜の歌を奏で、顎を突き出して呻く。

「これから妊娠するまで、一日一回中出ししてあげるからね」

息子は恐ろしいセリフを吐き、精の噴き出るペニスで子宮口を小突く。

（この子は、本気でわたしを、孕ませるつもり……）

真っ赤な肉欲の渦に女体は呑まれ、背徳の闇色が心にのし掛かる。冴子は喉を喘がせ、相貌を打ち振った。

（またイクうッ……）

休む間もなく、女は一段上の絶頂に追い込まれた。腰を叩きつけられ、その反動で浮きあがった丸いヒップは、痙攣して引きつった。止まらぬ尻穴のバイブレーションが、恥辱のオルガスムスをドス黒く煽り、さらなる吐精を請うように、柔ヒダは律動するペニスにきつく巻きつく。

「あ、うう……うむ」

言葉にならない嗚咽を放ち、首筋を引きつらせ、涎を口の端からこぼす。うつろに霞んだ瞳は彼方を眺め、それを追いかけるように冴子の意識も、昇華する。

(慎一さんのミルクが、お腹にいっぱい溢れてる)

女を孕ませる液が途切れずに流し込まれていた。子宮の膨張を感じながら、冴子は事切れた。


兄が抱えていた母の脚を降ろした。

「お兄ちゃん、ママは大丈夫なの」

二人の交わりを、彩奈は一番間近で見ていた。母が心失した理由がわかっていても、問いかけずにはいられなかった。

「風呂場での彩奈と同じだよ。気持ちよすぎてちょっとお休みしちゃったみたい」

兄は瞼を落とした母の額や頬を、やさしげな手つきで撫でながら告げた。朝食の席で見た、エレガントで気位の高い母の姿はそこにはない。

(ママ……大きな声で啼いてた)

母の奏でた淫らな声が、耳に残っている。居丈高に我を誇っていた母が、兄に許しを請い、兄に屈していた。

(お兄ちゃん、ママの中に無理やり出しちゃったんだ……)

べっとりと汗を吸い、首筋に貼り付いたほつれ髪に、彩奈は男に抗えない女という性を感じた。兄が母の体内に埋め込んであるローターのスイッチを切る。こもった作動音が止まり、寝室につかの間の静寂が訪れた。

「いっぱい出た。ママにたっぷり絞り取られたよ」

兄が腰をゆする。残液まできっちり注ぎ込むつもりなのかもしれない。ヌチュヌチュと卑猥な音が漏れ聞こえた。意識のない女体は、「ん、んう」と捏ねくる動きに反応して、切ない喘ぎを紅唇からこぼした。

「お兄ちゃん、もう許してあげて」

望んでいた母と兄との仲直りの姿と、一番かけ離れた凄惨な絵図だった。彩奈の瞳から涙がこぼれる。だが後ろ手に手錠を掛けられていては、拭うこともできない。彩奈は不自由な身体を震わせ、嗚咽した。

兄が母の身体から離れた。ベッドに上り、彩奈のほっそりとした肢体を抱えあげる。向かい合う形で妹を膝の上に乗せた。彩奈は脚を開いて兄の腰を跨ぐ。

「また泣いて。本当に泣き虫だな」

兄が目尻をペロッと舐めて涙滴を拭い取り、笑った。

「だ、だって……」

兄が啜り泣く妹の顎を摘む。口元に息が掛かった。彩奈は自ら唇を差し出し、兄の口にキスをした。舌を潜り込ませ、唾液の音を立てて兄の舌と巻き付け合う。

（あ、硬いのがアソコに当たってる。お兄ちゃんのコレがママを折檻して……）

充分な硬度を残した鎌首が、彩奈の恥丘にゴリゴリと擦り付いていた。

（それにお兄ちゃんの身体、ママの匂いがする）

兄の肌には、母の香りが染みついていた。汗とトワレの入り混じった甘い匂いを嗅ぎ取ると、彩奈の心は乱れる。妬心かもしれない。少女は口づけをしたまま、チラと母の方に視線を向けた。気抜けした美貌、汗の滲む脇腹が呼吸で波打ち、脚はだらしなく開いたままだった。変わり果てた痴態が、すぐ隣にあった。

（あ、精液がこびりついてる。あんなに濃いのを中出しされたんだ）

最後捏ね回した後に、兄は抜いたペニスを母の恥丘に擦り付け、体液を拭ったのだろう。黒々とした恥毛にはべっとりと真っ白い液が付着していた。粘ついた糸を引いて、精液が垂れ落ちていくのが見えた。

「お兄ちゃん、こんなのよくない気がする」

少女は憂いの目で兄を見た。

「わかってる。ごめんね彩奈。だけど手加減は出来ないんだ」

口を離して兄が囁いた。彩奈の首輪が外される。

「僕だけが我慢すればいい事態じゃなくなったから。父さんの会社のために尽くしてくれた人たちと、その家族の生活もかかってるんだ。解雇されたお手伝いさんのこともある。ここまでしなきゃいけなかった理由があること、彩奈だってわかってくれるよね」

抑えられた声に、複雑な思いが感じられた。母の意志を折る必要があった。そう告げる兄の言葉が、彩奈の胸に響く。

「だけど、だけどこんなことしちゃって大丈夫なの。前みたいに笑って暮らしていけるの？　お兄ちゃん、この先あたしたち……」

母と兄、そして自分、家族の絆を取り戻せるのかと、彩奈は泣きそうな顔で問いかけた。

「大丈夫だよ、彩奈。二人とも僕の女になるんだ。次は彩奈の番だよ」

「え？」

思いもしなかった兄のセリフだった。彩奈は呆然と兄を見た。

（二人とも？　わたしとママが、お兄ちゃんの恋人に？）

兄の心が読めない心細さは、胸を締め付けられる息苦しさとなる。どうしたら良いのかわからないというように、少女は首を左右に振った。

「親子で兄妹だよ。そんなの普通じゃないと思う。お兄ちゃん、本気じゃないよね。怖いこと言わないで」

「確かに普通じゃないけど、でも彩奈だって、ママと僕のセックスを見て興奮してたよね」

「し、してないよう」

「そうかな、太ももをもじもじ擦り合わせて、息も荒くしてたように思うけど」

兄が瞳を細めて指摘する。妹の嘘を、兄は見抜いていた。

(だって本物のセックスがあんなに激しくて、いやらしいものだなんて知らなかったんだもの)

性愛については、保健体育の授業で得た程度の知識しかない。男女の生々しい絡みなど、生まれて初めて目にした。しかも一番近しい肉親同士の性交だった。犯される母のしっとりとした嬌態と、犯す兄の荒ぶる腰遣いに妖しく引き込まれ、途中から言葉を忘れて見入ってしまったのが事実だった。

兄が腰を前後にゆすった。クリトリスと勃起が擦れて、甘い刺激が走る。彩奈は嗚咽を漏らした。

「ほら、今だって彩奈のオマ×コ熱くなって、ヌルヌルが僕のチ×ポにこびりついてるよ。見てご覧」

兄が上体を後ろに引いた。彩奈は顔を前に倒し、股間を覗き込んだ。ヌメ光るペニスが、恥丘を圧迫して垂直に突き出していた。

(あたしとママの愛液が混じり合ってきらめいてる)

棹全体が、オイルを塗ったようなテカリを帯びていた。

「彩奈のツルツルオマ×コ、気持ちいいよ」

兄が強く腰を振った。勃起が心地よく秘唇の表面をすべる。亀頭の先から白い液がこぼれ、少女のふっくらとした無毛の丘に垂れ落ちるのが見えた。女の蜜液の匂いと一緒に、新鮮な栗の花の香が立ち昇る。男と女の体液のムワッとした性臭を嗅ぐと、心臓が早打った。

(お兄ちゃんのミルクの香り……)

「彩奈も僕に抱かれたかったんだよね」

兄がストレートに尋ねる。少女は目を閉じ、返答を拒否した。兄が喉を震わせて、妹の腰に回していた手を下へとやった。丸い尻たぶをぎゅっと摑んだ。

「あ、あんッ」

少女の身体は、兄の胸に向かって倒れ込んだ。尖った乳首が引き締まった胸板に擦れる。

「彩奈、ドキドキしてる」

「当たり前だよう。あたしもお兄ちゃんも裸で抱き合ってるんだよ……」

「そうだね。でも嬉しいな。彩奈は僕だけの大切な妹だからね」

やさしいセリフが少女の心に、スッと入り込む。彩奈は兄の肩に頬をすりつかせた。

(ほんとうは……あたし、ちょっとだけママが羨ましかった)

母が相手だとはいえ、愛する男性が自分以外の女性と身体を重ねる場面を見て、胸には嫉妬心が渦巻いた。頭の中で何度も母と自分を置き換えて、兄と結ばれる姿を想像した。

「だから彩奈は、ママを相手にやきもちを焼く必要はないからね」

心の中を見透かしたように兄が告げた。彩奈はドギマギとした感情を隠すように、俯いた。顔が赤くなっていくのがわかる。

「あッ」

臀裂の間に、兄が指を差し込んできた。彩奈は紅潮をした相を持ちあげ、兄をゆれる瞳で見た。

「彩奈の好きなこっちをいじってあげる」

「好きじゃないよ。や、やめて……あ、あんッ」

羞恥の器官は前穴よりも性感を開発されている。指をヌプリと押し込まれ、許しを求める彩奈のかすれた喘ぎは、艶っぽく変調した。

「彩奈は嘘つきな子だね。先にママとエッチなことをしたのが許せない？」

兄の左手が少女の背をぎゅっと抱き締める。触れ合う肌を通して温もりが伝わってくる。兄に抱かれていると、なによりも安心できるのは事実だった。排泄孔の中に、指がズッズッと塡り込んでくる。彩奈の全身はカアッと昂揚した。

「そんなんじゃ……。ひどいよ、酷いお兄ちゃんだよ」

指が肛門の内で円を描く。切ない愉悦が尻穴から生じ、少女は黒髪をざわめかせて、こもった息を吐き出す。細かに肩を震わせ、兄の胸に乳房を押しつけた。

「いい食い付きだ。ほらもっと差し込んであげる」

指が奥へと潜って来る。浴室でもさんざん揉みほぐされた。初めていたずらされた図書館の時より、侵入がスムーズになっているのが自分でもわかった。少女は兄に潤んだ瞳を向けた。

「ねえ、ここじゃイヤだよ。ママがいるんだよ」

「ママに見られると恥ずかしいの？　さ、こっちを向いて。彩奈の相手は僕なんだから、ママのことは忘れて」

兄はぐらかすように言い、さらに腸孔に塡った指をグッと突き込んだ。密着する股間では、そそり立ちに陰核が押し潰される。彩奈は細顎を跳ね上げて、呻いた。

（ああ、指が根元まで入ってる）

好きな男性に純潔を捧げる場面は、甘く美しいシーンを思い描いていた。二人きりの静かな部屋と紡がれる愛の言葉、その夢が決して実現しないことを、アヌスを深々と抉られて少女は悟った。

「せ、せめて手を自由にして。ママが隣にいるのは我慢するから……」

彩奈は啜り泣く声で哀願した。兄が尻穴の指を抜き取り、彩奈の手首を拘束していた革の手錠を外す。

「痛いところある？　肌に跡は残ってないよね」

「うん。あ、ありがとう」

妹の返事を聞くと、兄はそのまま仰向けに寝た。彩奈は兄の腰を跨ぐ格好になった。

「握って彩奈」

下から兄が命じる。彩奈はわずかな躊躇いの後に、手を太ももの間に伸ばし、臍に向かって反り返る兄の勃起を摑んだ。言われるままに行動する己に、恥ずかしさがこみ上げる。

（ああ、お兄ちゃん、硬くなってる。さっきママに射精したばっかりなのに）

ギンとした手触り、火傷しそうな体熱を感じただけで少女の下腹は疼き、秘唇はだらしなく蜜を垂らした。

（バージンなのに、お兄ちゃんのオチン×ンを触っただけで、濡れるようになっちゃうなんて）

秘唇がぴたりと兄の下半身に当たっている。兄も淫らな湧出を感じているに違いない。羞恥の汗が滲み、呼吸が乱れた。

「自分で入れてご覧」

兄が妹を見上げて、次の行動を命じた。それがとんでもなくはしたない真似だと、知識の乏しい彩奈でも本能的にもわかる。しかし拒む言葉が、口から出てきてくれなかった。

（このまま、お兄ちゃんと……）

母と兄の交わりを見ていた当初は、嫌悪と恐怖が先に立った。母の放つ色っぽい喘ぎを聞き始めた頃から、現実感が希薄になっている。自問しつつも少女はヘビの頭のように見える先端部を持ちあげ、上向きにした。

（いいの、近親相姦だよ）

膝立ちになってそろそろと腰を浮かせた。いつの間にか、背徳の性交に自ら及ぼうとしていた。丸い双臀を勃起の真上に位置させる。煮え立つような昂ぶりと緊張、そして羞恥の情が身体を包む。

（初めてなのに、自分で導くなんて）

「僕も手伝ってあげる。彩奈はそのまま、腰を落とせばいいよ」

兄の指が脚の付け根に入ってくる。少女の亀裂をくいっと左右に広げた。

「あんっ、そんなに開かないで。だめ恥ずかしい」

「きれいだよ。彩奈のオマ×コ。可憐な桜の花びらのようだよ」

兄の言葉を聞き、彩奈も首を前に大きく倒し込んで、己の股間を覗き込んだ。綻びの見られなかった少女の陰唇は、紅く色づいて花蜜を垂らし、淡い開花の兆候を示している。

（こんなことといけないのに……だけど）

ずっと望んでいた交わりだった。兄に処女をもらって欲しいと思っていた。切っ先が、女の潤みに触れて、クチュッと音が鳴った。

「お兄ちゃん、あたしのこと……」

道徳に悖る行為への自責、初めての性交への恐怖、脅える気持ちを抱えていた少女は、か細い声で問いかける。

「好きだよ。好きでもないのに、彩奈のおしっこを飲んだりしない」

間を置かずに兄は答えた。のしかかる不安がふっと軽くなる。同時に浴室でのクンニリングスの最中、我慢出来ずに放尿したことを少女は思い出し、相を赤らめた。

「の、飲んじゃうなんて、ふつうは愛し合っててもしないよう」

「そうかな。僕は抵抗を感じなかったけど。彩奈、また僕に飲ませたくなったら遠慮無く言いなよ。全部飲み干してあげる」

「そ、そんなこと、絶対に言わないっ」

兄の言葉は、少女の脅えを吹き飛ばす。彩奈は声に喜びを滲ませて叫び、腰をゆらして切っ先を秘唇に絡めた。太ももの力を抜き、尻を沈め込んだ。

「あぁッ……うう」

野太い肉塊が、未通の秘肉の内側に分け入ってくる。下半身が引き裂かれるような拡張感だった。彩奈は唇を噛んで、苦悶の喘ぎを押し殺した。

(無理だよ……お兄ちゃんの大きいもの、絶対入らない)

不可能だと思いながら、彩奈は兄の勃起をしっかり握り締めたまま、体重を掛ける。メリメリという不協和音が脳にまで響いた。尻がわずかに落ち、膣口に肉柱が突き刺さる度に、引きちぎられるような痛苦が走る。

(ああ、お兄ちゃんの丸太みたい。裂けちゃいそう)

「痛いよね。ゆっくりでいいよ。息を吐いて」

彩奈はうなずいた。痛苦を耐えるために奥歯を噛み締めていたが、彩奈は口を開けて短く息を吐き、強張る肉体を懸命に弛緩させた。

「うう、あと、もうちょっとだから……んッ」

ペニスの先端から漏れる興奮の粘液と、湧き出ていた蜜液が挿入を手助けする。裂けてしまいそうな激痛を耐え、少女はペニスに添えていた手を外し、白いヒップを思い切って下に押し込んだ、小さな間口は切れそうなほど伸び広がる。

「んぐッ……んうッ」

亀頭がくぐり抜けたらしく、ギリギリのところまで張り詰めていた拡張感が、弱まった。ズルッと狭穴の中を勃起がすべり込んでくる。

（ああっ、あたしのバージンをお兄ちゃんに……）

少女は喉を晒し、髪をざわっとなびかせる。肉柱がしっかりと股間に埋まっていた。

「入ったね」

「うん、うれしい……」

痛苦よりも歓喜の喘ぎがこぼれる。つぶらな瞳から涙が滲んだ。最初の相手がこの世で一番愛する男性であって良かったと、全身が悦びの声を上げる。貫かれる心地を噛み締めながら、少女は腰をゆすって最後までみっちりと落とし込んだ。尻たぶが兄の腰に当たり、破瓜の挿入は膨張の頂点を迎えた。

（おくちから、先端が出ちゃいそう）

凄まじい充塞だった。膣奥が押し上げられ、呼吸さえ満足に出来ない。少女は下腹にそっと手の平をあてがった。身体の中で兄の強張ったモノが息づいている。

「彩奈、奥まで届いてるのわかる？」

「うん……お兄ちゃんのおっきいのがあたしの中に入ってるよ。うそみたい……」

彩奈は己の腹から兄の胸へと両手を置き、苦悶混じりのため息を吐き出した。兄のやさしい微笑みがそこにある。痛がるようすを見せてはならないと少女は思う。ぎこちない笑みを作って口を開いた。

「お兄ちゃんが、あたしの初めての男性だよ」

「うん、彩奈」

兄が手を伸ばし、彩奈の双乳を下から摑んだ。形のいい乳房の頂点では、ピンク色の乳頭がピンと勃起している。そこを指先で摘み、ゆっくりと胸肉を揉み込んでくる。

「あ……あん」

「僕の手の動きに集中して。緊張が解ければ、痛みもやわらいでくるから」

汗でヌメッた肌の上を兄の指がすべり、膨らみをすくい上げる。人差し指と親指が充血した先端を捏ね、爪の先で弾いた。乳房は燃えるように熱くなり、乳首がジンジンと疼いた。

「彩奈はおっぱいが性感帯だものね。ママと一緒で、ちょっと乱暴にされるのが好きで……」

兄は笑みを浮かべて、少女の胸肉をねっとりと揉みあやす。

「う、う……あん、す、好きじゃないよう」

　硬くなった突起を引っ張られる。苦悶一色だった彩奈の喘ぎが艶めき始め、結合部からは、チュプチュプと汁気に溢れた音がこぼれ出た。

（ああ、処女なのに溢れちゃってる。お兄ちゃんの指、気持ちいいよう）

「恥ずかしいの？　照れなくていいのに。感度がいいのはいいことだよ」

　指が左右の乳首を揉み潰し、双乳をぎゅっと絞り出した。腰までもが熱くなる。痛みを忘れて、双臀がゆれ動いた。

（ああ、きつい。壊れちゃいそう）

　膣道のペニスが、粘膜とゴリゴリ擦れ合う。愛液が分泌されていても、みっちりと隙間のない中で摩擦を受けると、破瓜の痛みが鮮烈に走った。

（でも、徐々にアソコが馴染んでいってる）

　最初は泣き叫びたかったほどの激痛だった。今では腰を動かせるほどに弱まっている。だいじょうぶ、だいじょうぶと、少女は己に言い聞かせた。兄が乳首を捏ね回してくる。同時に乳房を縦にゆすり立てられると、兄の下半身を跨いだ少女の腰は、円を描くようにゆらめいた。

「んッ、お兄ちゃん、あんまり強くしないで……」

「彩奈はおっぱいよりも、こっちの方が好きだものね」

右手が胸から外れ、彩奈の腰に回される。尻たぶを掴まれた瞬間、どこを責めるつもりなのか彩奈にもわかってしまう。

（またお尻なの）

予期した通り、指が臀裂を掻き分けてくる。ツルンとした異物が肛門に触れた。

「あんッ、お兄ちゃん……何？」

指でイタズラされるものと思っていた彩奈は、後ろを振り返って確認する。兄の手から伸びるコードが見えた。コードの先には四角いコントローラーがある。

「これって」

「そう。ママのお腹に入っていたローターだよ。彩奈にも味わわせてあげる」

「え、やだ……あんッ」

拒否の言葉を口にする前に丸い玩具が押し込まれ、ヌルンと腸孔内にすべり込んできた。膣と直腸を隔てているのは薄い粘膜だった。埋め込まれたローターがペニスにコツンと当たる。

「ママのいやらしい汁が付いていたから、すんなり入ったね。どう？」

「ああ、お兄ちゃん、こんなの、ひどいよ」

彩奈は顔をしかめて訴えた。初めての性交で、前後の穴を同時に責められるなど、想像もしていなかった。

(お兄ちゃんのが太くなったみたい。動く事なんて出来ないよう)

ローターの容積の分、体内の余裕が失われる。その上括約筋が刺激されて、女陰にも収縮が起きる。膨張感とこみ上げる排泄感にため息が漏れた。

「ねえ、抜いてもいい?」

彩奈は相貌を赤らめ、哀訴の瞳を兄に向けた。手を後ろに伸ばして、窄まりの周囲を探った。細いコードが指に当たる。

(ママみたいに、呑み込んじゃってる)

「取っちゃだめだよ。ママが起きたみたいだから、道具も使って彩奈の可愛い声を聞かせてあげようと思ってさ」

引き抜こうとコードを摘んだ彩奈に、兄が笑って告げる。とろけるような笑みだった。彩奈は恐るおそる横を見た。閉じられていたはずの母の瞼が薄く開いていた。

「マ、ママ……」

何が起きているのか、覚醒したばかりの母の頭は、状況の判断ができなかったのだろう。瞳の焦点が合うにつれて驚愕の相が作られ、紅唇はわなわなと震えた。

「あ、彩奈……あなたまで」

母は身を起こそうと、縛られた裸体をよじった。しかし腕を縛られた緊縛の身では叶わない。両肩はベッドの上にパタンと落ちた。彩奈は、母を助け起こそうとコードを放して、右手を伸ばした。その手首を兄が摑む。

「彩奈、後ろ向きになろうね」

膝にも手を置いて、肉柱を咥え込んだままの肢体を、クルリと百八十度回転させた。

「あ、ああッ」

ねじれる粘膜の摩擦を受け、膣口の痛みがぶり返す。彩奈はハアハアと喘ぎ、兄の太ももに両手をついた。

「ごめんね。でも騎乗位だとママにはよく見えないからね」

兄が起き上がって、妹を背中から抱いた。胡座をかいて背面の座位に体位を変えた。妹を膝にのせたまま、兄が母の方を向く。母に兄妹の相姦を見せつけようとしていた。

「いや、こんな姿ママに見せないで」

「だめだよ。僕らが愛し合っているところを見てもらって、僕と彩奈が二度と離れたくないって思ってること、ママにちゃんと知ってもらわないとね」

兄が妹の両腕を摑み、後ろ手に組ませる。手錠を掛けるつもりなのだと瞬時に理解したが、押さえつける兄の力には敵わない。やはり革のベルトが手首に巻きついて、彩奈は両腕の自由を封じられた。

「またこんなの……ああ、ママ、見ないで」

彩奈は手錠の鎖をカチャカチャと鳴らして、悲鳴をこぼした。兄が彩奈の膝を摑み、開いた。横たわる母の正面に、結合部が晒される。少女はイヤイヤと首を左右に振り、嗚咽する。包みこむようなやさしさを見せたかと思えば、こうして身を切るような恥辱の行為を迫ってくる。兄の真意が摑めなかった。

「慎一さん、なんてひどいことをなさるの。まだ子供なのに、毛まで剃られてその上……」

母は腹ばいになって、兄妹に近づく。瞳が娘の股間に注がれていた。

「こんな太いモノを生娘に。血が……」

「ママ」

母が上を見る。母と娘の視線が絡み合った。彩奈の瞳から、大粒の涙がこぼれそうになった時、突然淫具のバイブレーションが始まった。
「あんッ」
「ひッ」
母と娘、同時にスイッチを入れたのだろう、彩奈の腸管に埋め込まれたロータ
ーが振動するのに合わせて、横たわる母も白い尻をくねらせて悶えた。細いコー
ドが尻たぶの間から伸びていた。それがゆらゆらと盛り上がった尻肌の上をのた
うつ。
(ママと一緒にお尻責められてる)
「お兄ちゃん、許して。お尻の……止めて」
少女は震え声で兄に懇願する。母と共に責められる倒錯感が胸を灼いた。括約
筋は刺激に反応して緊縮し、膣粘膜が填り込んだ強張りと擦れ合った。ヒリヒリ
とした疼痛が全身に染みる。
「すごい締め付けだね。彩奈に僕のチ×ポ食い千切られそうだ」
兄が腰をゆすり立てながら、彩奈のうなじにうっとりとした息を吐きかける。
右手が脇から回されて、少女の股間に触れた。クリトリスをやさしく撫で回して
くる。

「あ、あんッ」

彩奈は切なく息を吐いた。兄が耳の縁を舐め、甘噛みする。媚肉では、突き刺さった肉柱を小刻みに出入りさせてきた。

（ああ、身体が変になる……）

クリトリスを揉みほぐされる快感、敏感な耳や首筋の上を這い回らせ、舐め吸ってくる兄の口、そして肛門の内側で音を立てて蠢くローター、不快感と苦痛、愉悦とくすぐったさ、無数の刺激が少女の裸身の中で渦巻いていた。

「ママが見てるんだ。もっといやらしい彩奈を見て貰おうね」

兄が耳元で囁き、耳穴にまで舌を差し込んできた。次の刹那、肉塊がズンと突き上がった。

「ひッ」

彩奈は背筋をピンと突っ張らせた。開いた脚が衝撃で強張り、足指が折り曲がる。息詰まる充塞の後から、経験したことのない痺れがじわっとこみ上げた。

（痛いのに……ひどいことされてるのに、あたし少しずつ気持ちよくなってる）

「慎一さん、乱暴なことなさらないでッ」

母が咎めるように叫ぶ。だがその声がやけに遠かった。擦過の痛みは薄れ、周囲の状況が、希薄になっていく。

（うう、お兄ちゃんのオチン×ン、どんどん硬くなってくる）

代わりに肌の感覚が、鋭敏さを増していた。挿入時よりも勃起の硬度が高まっているのが、はっきりとわかった。耳に吹き掛かる兄の呼気も荒くなり、抽送も大きな動きになる。兄も、母の前で自分を抱くことに興奮していた。ペニスからあたたかな液が垂れ、膣内に漏出するのを感じた。少女は髪をざわめかせて、嘆息した。

「いっぱい漏れてる……」

「カウパー氏腺液だよ。トロッとした彩奈のオマ×コが、僕のチ×ポにぎゅっとしがみついてくるから我慢出来なくて」

兄がふっくらとした恥丘を撫で、肉芽の包皮を剝き出して弾く。直に陰核に当たる刺激に、少女は喉を絞る。強く擦られると失禁してしまいそうだった。兄が左手で乳房をぎゅっと摑み、引きつけるようにしてズンと突き上げた。

「んああ、深いよ」

身体をバラバラにされるようだった。彩奈は哀切な、しかし歓喜を滲ませた泣き声を漏らす。

「でも、それがいいだろ？」

兄の言う通りだった。深刺しを受けると、切ない上昇感が下腹から生じた。息苦しさは消えないものの、もやもやとした愉悦の波は、少女の内で形を露わにしていく。

（あたし、セックスで感じてる）

結合部から垂れる発情の女蜜が、兄の抜き差しの音を大きくする。肌からは汗が滴り、双乳はオイルを塗ったようにかがやいていた。頬や目元は昂揚の桜色に染まっているに違いない。

「あ、彩奈……」

色責めに順応していく娘の変化を、一番わかっているのは母かも知れなかった。相姦を止める積極的な理由を失ったように、母は言葉を無くし、呆然とした目で見ていた。

（ママ、ごめんなさい）

母の戸惑いの表情が、己が崩れた痴態を晒してしまっていることを何よりも雄弁に物語る。少女は眉間に皺を寄せ、甘ったるい嗚咽を必死にせき止めた。目の前の母から顔を背ける。浅ましい声をこれ以上漏らす訳にはいかなかった。

「彩奈、声を我慢しちゃダメだよ」

兄が囁き、右手でルビー色にかがやくクリトリスを摘んで扱き、左手は硬く尖った乳首を引っ張って捏ねくる。

「あ、あぁッ、いいッ」

直截的な快感と、男性器で膣洞を穿たれる昂揚が身体の中で重なり合う。

「どこが一番いいのかな。おっぱい？　この膨らんだクリトリス、きゅっきゅって締め付けてくるオマ×コ、それともやっぱり彩奈はお尻かな」

淫らなよがり泣きを引き出そうと、兄は性感帯を責めてくる。彩奈は下唇に歯をあてがい、恥ずかしい声を出さぬよう耐えるが、どうしても息遣いに混じって情欲の喘ぎがこぼれた。

「ふふ、かわいいな。必死に我慢して。ローターもっと強くしてあげようね」

「んッ、いらない。お兄ちゃん、これ以上しないで」

懇願はあっさりと無視された。ぶるぶるという振動が跳ね上がり、ローターが直腸の内部を押し広げる。彩奈は拘束された腕をゆすり、肩を震わせた。

「ああ、お兄ちゃんのいじわるッ。ううッ」

尻穴をゆさぶられ、妖しい性感がこみあげる。残った痛苦は掻き消され、情欲のうねりに女体全体は巻き込まれていった。兄が下からペニスをズッズッと打ち込んでくる。リズミカルな抜き差しに合わせて、熱い快楽の波が甘やかに広がった。若々しい肌は兄の膝の上でのたうち、鼻声を発した。

「お尻をいじめられるの、たまらないだろ。前の方も気持ちよくなってきたね」

少女は従順にうなずく。偽る余裕さえなかった。膣肉が収縮し、兄の雄々しい勃起に絡みつく。前を見れば、兄妹の交わりを涙目で見る母がいる。

「彩奈、いけないわ。しっかりして兄妹なのよ」

母が叫ぶ。彩奈は相貌を歪めた。快楽に身を委ねてはならない交合だと、彩奈もよくわかっていた。しかし兄への愛欲の思いは隠せず、性愛に開花した肉体は昂揚を押し留められない。

「彩奈、ちゃんとママの方を見るんだよ」

兄が彩奈の膝裏に、手を差し入れた。幼子に小尿をさせるときのように、脚を拡げると、そのまま両腕で抱えて貫く。

「いやっ、恥ずかしいようッ」

ピンク色の唇は悲鳴を放つ。交わる部位が丸見えの体位だった。淫らに開いた花びらの内側、蜜口を目がけてペニスが突き上がり、音を立てて抜き出され、またぶっすりと埋め込まれる。腕を手錠で括られているため、彩奈には母の視線を避ける術はない。羞恥の中で、快楽と情欲がドロドロと混じり合い、全身の血がたぎり立った。

「締まってる。ママと同じだね。こうしてぶっすり貫かれるところを見られて、彩奈も燃えちゃってる」

「だって……ああ、お兄ちゃん、こんなのふつうじゃいられないよう」

罪深さは拭えない。少女は黒髪を振り乱し、泣き啜った。母の突き刺さるような眼差しをひしひしと感じながら、少女は火の塊のような昂ぶりを感じる。雪よりも白い肌は今や真っ赤に染まり、その上を滝のような汗粒が流れた。

「お兄ちゃんのおへそまで届いてるよう。子宮まで犯されてる……」

ゼイゼイと息を喘がせて、少女は尻をゆすった。差し入れられた男性器が、信じられない位置まで衝き上がる。ローターと太い肉棒で、腹の中を乱暴に引っかき回されているようだった。

「ローターが当たって、ああ、出そうだよ。彩奈、このまま中に欲しいだろ?」

兄が熱っぽい声で問いかけた。返事が喉を通らなかった。はい、ともいいえ、ともとれる感じに彩奈は汗ばんだ相を小刻みにゆらした。少女を貫く縦の動きは、勢いを増した。

（すごい、お兄ちゃんまた太くなって）

兄の雄々しい肉柱が女肉を押し広げ、深く塡り込む。壊れてしまいそうなはかなさを漂わせて、少女は啜り泣いた。

「だめよ、それだけはダメッ。慎一さん、そんなことをしたら——」

「ママが彩奈のこと、大事に思ってくれてることがわかって嬉しいよ。でも」

母の焦燥の叫びも、愛欲に呑まれた兄妹を止めることは叶わない。両手で抱えた妹の裸身を大きくゆすり立て、兄は女壺を抉り立てた。

「彩奈は、僕の精液、浴びたいだろ？」

「く、下さい。彩奈の中にお兄ちゃんの……せいし……ああんッ」

兄を慕う心が、悲壮美を生む。喉を絞って、少女は吐精を懇願した。

「彩奈、あなたは慎一さんに誑し込まれて……」

「ごめんなさい、ごめんなさいママッ、あああんッ」

残った理性が、母への謝罪を口にさせた。その声も直に喘ぎ声の中に掻き消える。

（だめ、もう何も考えられないッ）

性の悦楽が、悲しみ、混乱、惑い、諸々の感情を押し流す。頭の中の余白がどんどん少なくなっていくようだった。

「いい声で啼くんだよ。初めてのときは、ちゃんとママに見届けてもらわないとね。ああ、イクぞ彩奈ッ」

ローターが腸管と一緒に膣道をぶるぶると震わせ、硬い亀頭がその粘膜を削る。痺れが全身を巡り、身体がふわりと浮きあがった。透明感のある肌に恍惚の朱が差し、若い蕾は可憐に、そして華やかに咲き散る。

「お兄ちゃん、イクッ、彩奈、イクのッ」

熱い塊のような性感の波が、喉元から溢れる。少女は絶頂の牝泣きを歌い上げ、純白の裸身を真っ赤に染めて、悶えた。

「彩奈、出るッ」

ベッドのスプリングの音を軋ませ、兄が叩き込むように肉塊を突き上げる。叫びと共に、熱湯のような液が噴き上がった。

「出てる……いっぱい、ああッ、溢れてるぅ」

樹液が体内でまき散らされる心地に、少女は声を上ずらせた。律動に合わせて次々と大量の生殖液が放出され、膣奥に跳ね当たる。びりびりと背筋が震えた。

（お兄ちゃん、あたしの中で、イッてる）

初めて膣で味わう兄の精液だった。彩奈は内ももを突っ張らせて、涎を滲ませた唇を戦慄かせた。

「まだまだ出るよ。彩奈にもたっぷり呑ませてあげようと思って、溜めてあるから」

兄が吐精のタイミングに合わせて、蜜肉を捏ねくるように小突いてきた。みずみずしい少女の肉体に潜む性の悦び、女の至福を、兄の粘っこい腰遣いとローターの強いバイブレーションが引き出す。

「ああ、うう……もっとイッちゃう、イクッ」

少女の意識と身体は、さらに高く舞い上がった。時間の感覚が消失し、何もかもがさあっと流れて白くなっていく。瞼を落として、少女は肢体を痙攣させた。

「彩奈の身体は、男の悦ばせ方を知っているね」

兄が心地よさそうに耳元で囁いた。

思考は停止し、身体は麻痺したように自由に動かなかった。膣粘膜だけが勝手に収縮し、精を搾り取るようなうねりをみせる。子宮いっぱいに精液を満たそうと、貪欲に絡みついて蠢いていた。

（オチン×ンの震えが、弱くなっている）

いつの間にか、精液の射出は勢いを失っていた。腸孔のローターのスイッチを兄が切ってくれたらしく、官能を追い込むような振動も収まっていた。

「彩奈のオマ×コ、名器だよ」

（めいき……）

意味が理解できなかった。頭の中で何度か単語を繰り返し、ようやく女性器の淫らさを褒める形容と気づく。上気した相貌は、たちこめる赤色を濃くした。

「ほら、彩奈のオマ×コが絡みついてくるから、なかなか萎えていかない」

「あ、そんな埋めたまま動かないで……」

閉じていた目を開いて少女はか細く喘いだ。兄が細腰に手を回し、硬さを損なわない勃起をゆるゆると上下させる。中出し液の攪拌される淫猥な音が鳴り響いた。

（あたしのお腹に、お兄ちゃんのせいえきが入ってる）

充足感と共に、生殖液のずっしりとした重みを下腹に感じた。絶頂を極めた後、しっかりと抱き締めてもらう至福が、少女の胸をあたたかくする。しつこい後戯の抽送も快かった。

「このヌルヌルが、気持ちいいだろ」

兄の問いに、首を前に倒して彩奈はうなずく。細いひと筋の光が瞳に映った。やがて口元からだらしなく垂れていく己の唾液と気づく。透明な糸は、乳房の谷間に滴となって落ち、汗と混じり合っていた。

（バージンなのに、こんなに感じちゃうなんて）

長い黒髪が肩や首筋に貼り付いていた。スポーツをした後よりも肌は汗に濡れている。初めて経験するセックス、そして膣内射精のオルガスムスだった。涎を垂らしたことにも気づかぬほど、性の快美は身体の隅々に染み渡り、意識までもとろけさす。淫具を呑んだ恥ずかしい窄まりも、兄の勃起を咥え込んだ秘肉も、熱が引いてくれない。

「ママ、無事に彩奈は、大人の女になったよ」

いきなりだった。兄が少女の内ももに手をあてがい、股を広げきった。

「いや、いやあ」

少女は意識の内から消えていた母の存在を思い出す。悲鳴をこぼし、背後の兄に許しを請うように首を左右に振った。

「ほら、ママにも見えるよね」

兄の指が陰唇を全開に剝いて、秘められた箇所を母に見せつける。愛液と新鮮な精液の香が脚の間から立ち昇り、彩奈の鼻腔にも届く。ほのかに血の匂いも感じ、破瓜の赤色を滲ませた処女肉が、野太い男根を咥え込んだ情景が、彩奈の脳裡にも浮かんだ。

「兄に純潔を奪われるなんて……。わたしを恨むのなら、わたしだけを責めれば良いでしょう。娘は無関係よ。あなたを慕っていた子を、慰み者にするなんて」

母がかすれ声で叫ぶ。

「ママは勘違いしてる。僕は彩奈を弄ぶ気はまったくないよ」

兄が脇から回した手で、彩奈の乳房を揉み込み、秘裂をまさぐる。

「んッ……あんッ」

少女は目を伏せ、喉で喘ぎを発する。母の顔をまともに見られなかった。

「もうよして。彩奈はまだ子供なのよ。欲望を満たしたいのなら、憎いわたしの身体で発散すればよいでしょう」

「違う。愛しているんだよ。彩奈も、ママも」

きっぱりと言い切り、兄が彩奈の細顎を摑んだ。首を伸ばし、唇を被せてくる。

(愛してるって……。お兄ちゃん、嬉しい)

愛の言葉は戻りかけていた理性を、少女の頭から奪う。彩奈は歓喜の嗚咽を漏らし、口を開いた。母の前だということも一瞬忘れて、自ら舌を伸ばして兄と舌を絡め合う。

（もう硬くなってる。お兄ちゃん、すごい）

兄が下から勃起を打ち込んでくる。一突きごとに、長棹が充血を取り戻してくるのがわかった。少女は尻をゆすり立て、兄の口を吸った。

「ああ、精液が……彩奈が妊娠したらどうするの。もう、やめなさい、やめるのッ」

母の叱責が寝室に響く。逆流した生殖液が蜜肉の隙間から漏れこぼれ、会陰から尻穴の方に垂れ落ちていくのを彩奈も感じた。

（ごめんなさい、ママ）

自分を心配してくれる母への申し訳なさを胸に秘めたまま、少女の肉体は再度燃え立っていく。肩越しのキスを行いながら、兄を見つめた。妹の視線に気づくと、兄は瞳をやわらげた。妹の乳房をすくい上げ、尖った乳首を指先で躙る。股間の手はクリトリスを強く捏ね回してきた。

（ああ、またおかしくなっちゃう）

恋い慕う想いと痺れる愉悦が溶け合って、小さな裸身をゆさぶる。兄が肉芽をぎゅっと摘み、腰を跳ね上げた。視界が朱に染まった。

「んむッ」

口中に溜まっていた唾液を呑み下し、彩奈は手錠の鎖を突っ張らせて、身を大きく仰け反らせた。

（イクッ――）

鮮やかな紅い波が、大きなうねりを起こして少女の肉体を再び揉み洗う。汗ばんだ胸に背中を預けて、オルガスムスの震えを数秒起こした後、性の悦びに呑まれた妹は兄の腕のなかで失神した。

第五章 肛悦覚醒 淫具で結ばれた家族

やさしく包みこむような笑みを男が浮かべていた。冴子は男に向かって手を伸ばした。男が冴子の手を摑んで、身体を抱き締める。安心出来る逞しい腕だった。冴子は満たされる思いと共に、目を閉じた。

「いつの間にか、素直に男性に甘えることもできなくなって……。でもやっと寄りかかれる相手をわたしも、見つけられたのかしらね」

冴子は男の胸の中で呟いた。男は冴子の言葉を静かに聞きながら、労るように背を撫でてくる。

「そうだね。そう信じてもらえると嬉しいな」

穏やかな声だった。冴子は己の頬に笑みが自然と作られるのを感じながら、目蓋を開いた。懐かしい男の顔はそこにはなかった。薄暗い室内が瞳に映った。自分の居る場所が、ベッドルームだと気づく。

（あの人のことを思い出すなんて、何で今更……）

亡くなったばかりの頃は、夢の中に現れたこともあったような気がするが、記憶は定かではない。所詮その程度に流れていく存在だと、思っていた。

（たった半年前だというのに……）

情の薄いことだと冴子は自嘲気味に思う。じっとりと湿った空気が肌を撫でた。裸のままだった。太ももまでの黒のストッキングを脚に穿いているが、それを吊っていたガーターベルトはいつの間にか外れてしまっていた。

（ひどい匂い）

すえた臭気がベッドの上に漂っていた。汗と体臭、体液の匂いが濃密に入り混じり、息をするだけで、頭がぼうっとする。髪は乱れ、乾ききっていない汗が肌を濡らしていた。不快な目覚めだった。

（まだ何か挿入されているみたい）

野太い男性器のインサートを受けているような、異物感が膣にあった。肛門の粘膜も、弄られ過ぎてヒリヒリとする。

（何回射精を受けて、何回気を遣ったのか）

縛られたまま、慎一に長時間繰り返しの凌辱を受けた。十代の旺盛な性欲は、母と妹の身体にぶつけられた。股間の粘つく精液の感触が、その事実を冷酷に裏付ける。冴子は太ももを擦り合わせた。体液が横にドロリと垂れて、シーツを濡らす。

（彩奈……慎一さんは……）

冴子は首を動かした。隣に少女の白い肌があった。娘は小さく寝息を立てていた。手首に手錠が掛かったままになっているのを見て、冴子自身も革の手錠で後ろ手に拘束されていることを思い出す。眠りに落ちる前、彩奈が慎一に必死に懇願をしてくれ、ザラザラと肌を擦る麻縄は解いてもらえた。代わりに娘と同じ革手錠で、動きの制限を受けている。

（何とかして逃げないと……）

見回してみても慎一の姿はなかった。冴子はよどんだ空気の中で身を起こす。腕や足の関節に鈍い痛みがあった。重い疲労感が身体にこびりついている。

（いったい今は何時なの）

時間の感覚がなかった。時計は慎一がどこかに隠してしまったらしく、見当たらない。冴子はカーテンの掛かった窓の方へと顔を向けた。布地から透けて見える日の光が、今が夜ではないことをかろうじて教えるが、日付の判断まではつかない。

「彩奈、起きて」

娘の耳元で声を掛ける。目蓋が薄く開いた。

「ママ……」

「あの子は？」

「お兄ちゃんなら、さっき部屋を出て行ったよ」

娘が答える。

「に、逃げるのよ」

絶好の機会だった。冴子はベッドの下に足を下ろした。ドアの方に駆け寄るが、娘の起き上がってくる気配がない。冴子は振り返った。娘は横たわったまま首だけを持ちあげ、不思議そうな目つきで冴子を見ていた。

「どこへ行くのママ」

「だから逃げるのよ。母親と妹を監禁するなんて、普通じゃないわ。慎一さんは、おかしくなってしまったのよ」

「お兄ちゃんは、おかしくなんか……勝手にどこかへ行ったら、お兄ちゃんに叱られるよママ」

娘は感情の希薄な相のまま、ぼんやりとした声で告げた。

「しっかりして彩奈。あなたは騙されているのよ。兄妹で関係を持ったり母親をレイプするなんて、異常なことなのよ」

娘の虚ろな反応は変わらなかった。困ったように小首を傾げて母を見る。冴子はかぶりを振り、娘から視線を外してドアへと近づいた。後ろを向き、ドアノブに指を引っ掛けた。部屋から出られぬよう、外側から施錠してあるかも知れないと恐れていたが、ノブを回すとカチャリと音が鳴ってドアが開いた。冴子は廊下に飛び出た。日の光が眩しかった。

(どこへ？　玄関……いえ電話さえあれば)

外と連絡さえつけば、馬鹿げた息子の企みも終わりを迎える。書斎には予備の携帯電話も固定電話も置いてある。冴子は足音を立てぬよう気をつけながら、早歩きで書斎へと向かった。乳房はゆれ、剝き出しの裸身は、窓からの日射しを浴びてかがやいた。

(足音？)

廊下の向かい側から、人の近づいてくる気配を感じた。冴子は反射的に廊下を右に曲がる。その先は食堂だった。食堂にも電話はある。冴子は飛び込んだ。

「あ、あなたたち、いたの？　今までどこに……」

呆然とした声を漏らした。四、五人の女の使用人が、長テーブルに食事の用意を調えていた。普段と変わらぬ屋敷内の光景だった。裸の女主人の登場に気づくと、使用人たちは皆、食器を並べる手を止めて、驚いたように見た。

（誰もいないと思ってたのに、何事もなかったように……）

「あなたたち、何があったか知らないの」

冴子は声を荒げた。

「奥さま、どうかなさいましたか」

一番近くにいた二十代前半の若い家政婦が、冴子に尋ねてきた。鼻白んだ雰囲気は既に消えていた。命じられた家事をこなすような口調と態度だった。

「慎一さんが、わたしと彩奈を……ああ、そんなことより早く、この手錠を外して」

「奥さま、それは致しかねます。それと勝手に邸内を歩き回られては困ります。わたくしどもが慎一さまに叱られますので」

若い使用人は淡々と告げる。裸で手錠を掛けられた犯罪性を窺わせる状況を、まったく無視していた。他の使用人たちも、冴子を取り囲むように近づいてくるが、誰も慌てた素振りを見せない。

「な、何を言っているの。見てわからないの？　わたしは縛られて、ベッドルームに監禁されていたのよっ」

甲高い声を発した。怒りで全身の血が沸騰する。

「はい。慎一さまが、奥さまの調教中だということは存じております」

年嵩の使用人が横から答えた。

「ちょうきょう？」

耳慣れぬ単語に冴子の思考が一瞬、止まる。言葉の意味を理解すると、わなわなと裸身は震えた。

「使用人風情が何を。分をわきまえなさい。あなたたちを雇っているのは誰だと──」

「もちろん慎一さまですわ、奥さま」

「私どもの主人は慎一さまですので、慎一さまのお世話をするのが務めです」

使用人たちは声を揃えて言葉を返し、慇懃な微笑を浮かべてかつての女当主を見た。

「あなたたち、未成年の子どもの言いなりになるなんて――」

「どうしたのママ、品がないな」

息子の声が背後から聞こえた。今度はサーッと血の気が引く。冴子はゆっくりと振り返った。白のシルクシャツを着た慎一が食堂に入ってきた。

「ママの声が、廊下にまで響いてたよ」

穏やかな眼差しだった。それが逆に恐い。慎一は手を挙げて、使用人たちに合図をした。使用人たちは慎一に向けてのみ恭しく礼をすると、元の仕事へと戻っていった。慎一が冴子の側に寄る。裸身を無造作に抱き寄せ、乳房に手を這わせてきた。

「や、やめて……」

「古くからのお手伝いさんをママが何人もクビにしたから、代わりに僕が再雇用しといてあげたよ。賃金の方も多少はずんでね。古くて広い屋敷は、維持管理に手間がかかるんだから、目先の損得で物事を考えちゃだめだよ」

慎一は、母の胸肉を揉み込む。冴子の顔を覗き込む瞳は、闇のように深い色だった。冴子は慎一から顔を背けた。

「け、警察に捕まってから、わたしに助けを求めても遅いのよ」

冴子は使用人に向けて叫んだ。使用人たちが慎一に丸め込まれたのは、疑いようがない。慎一がいきなり母の尻を叩いた。派手な打擲音が響き、肉づきのよい尻たぶがたぷんと震えた。

「あんッ」

真っ白な尻肌に、掌の形の花びらが赤く散る。

「相変わらず聞き分けのないママだね。居丈高に振る舞っても無駄だよ。僕を告発するとして証人は。妹もメードさんたちも、ママの言うことが本当だって言ってくれると思う？」

再度、ヒップに平手打ちが見舞われた。丸い双丘全体が桃色へと色づいていく。

「た、叩かないで」

「もうママはこの家の主人じゃないんだ。今の自分の姿を見ればわかるだろ？」

「あ、ああ……」

ゆたかな双乳も、股間に生え揃う繊毛も丸見えの裸身だった。麻縄の縄目すらうっすらと残っている。女当主というよりも、性奴隷の形容の方が相応しいあられもない姿だった。慎一が冴子の頬を摑んだ。嗚咽する母の紅唇に、口を重ねてくる。ふっくらとした唇を舐め、甘噛みした。

（使用人たちの前で口を奪われるなんて……）

裸身を抱きかかえられ、相姦のキスを受けていた。革手錠で手首を括られているため、抵抗も出来ない。ストッキングに包まれた脚をバタつかせるのが、精一杯だった。

「舌をしゃぶってあげる。口を開けて」

慎一が口をつけたまま告げた。眉間に皺を寄せて、懸命に口元を噛みしばっていると、慎一が力を抜けと言うように、乳房を強く握り込む。冴子は喉で呻き、唇を開いた。ヌルリと舌が差し込まれる。

「ん、んむ」

慎一の舌が口腔に潜り込み、舌を巻き取って外へと引き出す。唇の外で母と息子の舌は、ヌルヌルと絡み合った。唾液の音を弾けさせて、禁忌の口づけに耽る。

「まあ……」

側を通る使用人の足音と、呆れたように漏らすため息が聞こえた。冴子は含羞の朱色を相貌に滲ませ、目を閉じた。口の端を涎が垂れ、顎の下へと流れていく。

「乳首、尖ってるね。僕の口づけ、上手だった？」

長いキスの後、慎一が口を引いて囁いた。冴子は目蓋を薄く開き、周囲のようすを窺った。テーブルセッティングを行う使用人たちが、冷たい眼差しで自分を見ている気がしてならない。

「は、放して慎一さん」

「ダメだよ。残念だけど、ママにはお仕置きが必要なようだ。勝手に逃げ出すなんて、悪い子だね」

赤く腫れた双丘をやさしい手つきで撫でさすり、慎一が笑みを浮かべた。

「一番いけないのは、彩奈を放って自分だけが助かろうとしたことだよ」

昏い双眸に、ナイフのような光が宿る。冴子の背筋が震えた。

「そ、それは……あ、いやッ」

尻に触れていた手が、深い切れ込みの間に入ってきた。指は排泄に使う小穴の上で止まり、そこを揉みほぐす。

「何がイヤなのかな？　ここを弄られるの、初めてでも無い癖に」

美母の浮かべる嫌悪の相を眺めながら、慎一は指で執拗に円を描き、指先を関門に浅く差し込んでくる。奥にまで一気に埋め込むような乱暴なことはしてこない。それがより、嬲られているという感を冴子に抱かせた。

「顔が赤くなってきた。お尻の良さをママもわかってきたのかな」

「ん、違うわ。そこは嫌よ、し、慎一さん……あんッ」

不快でもどかしい刺激が増幅していく。指の動きに合わせて、むっちりとした腰つきは悶えた。

「お尻をいやらしく振ってるのに、本当に嫌なのかな？」

酷薄な微笑で慎一が指摘する。羞恥を煽られ、女の肌は朱に染まる。

「どうして、あなたはそんな場所を……」

真昼の食堂で、最も不潔な器官を弄くられている。冴子の胸は切なく締め付けられた。慎一がアヌスから指を抜き取った。冴子の肩を下に押す。冴子が絨毯の床にぺたんと膝をつくと、慎一は手近にあった椅子の背を摑み引き寄せ、座った。

「な、なにをするの」

慎一の足元から、冴子は脅えの声を漏らす。慎一が脚を開き、ズボンのファスナーを下げおろし始めた時、これからさせられる行為を冴子は悟った。

「や、やめなさい」

目の前に現れたのは、隆々と反り返る勃起だった。エラの張った凶悪な形に、十代の雄渾さが凝集されていた。冴子は声をかすらせ、慎一を制止する。

「ごめんね。ママに良い母親になってもらうには、荒療治が必要だから」

慎一が冴子の髪に指を絡めた。己が股間に面貌を押しつける。冴子は眉を歪めた。紅唇に棹裏が擦り付き、高い鼻梁に亀頭が当たった。濃い牡の臭気が漂っていた。

「ん、い、いやッ……あん」

突きつけられた勃起から、女は顔を背けようとする。

「嫌そうな顔を隠さないんだね。そういう女の人を相手にして咥えさせる方が、男は燃えるんだよ」

慎一は腰を前にせり出し、美貌を汚すように男性器をなすりつけてくる。冴子はしかめ顔になるのを抑えられなかった。ペニスの先端から透明な液が漏れて、肌を濡らす。手錠の金属音を鳴らして、身をゆすった。

「よ、よしてッ慎一さん。あなたたち見ていないで、慎一さんを止めて」

冴子は使用人たちに呼びかけた。しかしメードたちは、誰も冴子の声に反応を示さない。生花を用意し、ナプキンやカトラリーを並べて、黙々とテーブルセッティングを行っていく。冴子は無力感に呻いた。頬や額に付着した先走り液が、ヌルリと垂れる。不愉快さは甚だしい。

「さあ、食べさせてあげる」

「た、助けてッ、むぐ」

紅唇にペニスが突き立てられる。いつまでも抗しきれるものではない。義母の唇は硬い肉刀に割られ、押し込まれた。

(うう、臭いが)

口の中に入った途端に、ムンとした男っぽい臭気が鼻に抜けた。口腔粘膜と擦れながら、肉柱が差し込まれる。

(唇が裂けそう、こんなに大きいのは初めて……)

肉交を受けた時と同じ感想を、冴子は抱く。十七歳の息子のモノは、経験した中で一番立派だった。口いっぱいに含むと、自分をしっかりと貫いた肉の感触や、精液の香りまでもが甦り、下腹にほのかな熱が灯る。

「ほら、もっと奥まで呑み込んで。口全体で僕のチ×ポを味わってよ」

慎一は摑んだ髪を引きつけ、喉奥まで一気に突き込んでくる。鼻に陰毛がふさりと当たった。

「そうそうその調子。喉の奥まで食べさせてあげるね」

「うぐ……」

（お口全部を犯されてるッ）

付け根まで頬張った状態で、相貌を縦にゆさぶられる。美母のくっきりとした眉は、折れ曲がった。切っ先で咽頭を小突かれ、嘔吐感が押し寄せる。頭を引き上げられた瞬間、冴子は涙の滲む瞳で許しを請うように息子を見上げた。

「どうしたのママ。根元まで咥えたのに、物足りない？」

母の哀願の相を見ても、慎一はお構いなしにグイグイと押し込んできた。

「んぐッ、うぐッ」

喉元で悲鳴を放っても、息を整える間さえ与えてくれない。美貌の上下動は大きくなり、息子は冴子の唇を悪意たっぷりに凌辱する。

（慎一さん、わたしのえずきを愉しんでる）

粘膜が擦れる音と、くぐもった嗚咽が規則正しく刻まれた。肉茎は口の中で充血を強めていく。息苦しさは上昇する一方だった。冴子の瞳からは涙がポロポロとこぼれ、頬を伝う。

「ああ、温かくていい感じだ。でも、村本のモノを書斎で咥えてたときは、もっと大胆で情熱的だったよね」

しばらく抽送を繰り返してから、慎一は母の相貌を引き上げた。唾液に濡れたペニスは、反り返りを強めて吐き出され、粘ついた糸が唇からタラーッと垂れた。

「ゆ、許さないわ……後で、見ておきなさい」

冴子は涙目で息子を睨みつけた。喉元から酸っぱいものがこみあげる。冴子は塩気のある先走り液と一緒に呑み下し、ハアハアと息を吐いた。

「つらかった？　ママはフェラチオはまだしも、イラマチオは好きそうじゃないものね。男に仕えるタイプには見えないし」

慎一が、母の下唇にこびりつく泡立った唾液を指で拭き取り、笑んだ。

「どうするママ。またこのかわいいお口に無理やり突っ込まれる？　それとも自分からおしゃぶりする？」

強制の口腔性交を受けるか、自ら口唇奉仕をするか、選べと息子は迫る。鼻先で濡れ光るペニスがゆれていた。呼吸する度に自身のつばの匂いと、男性器の臭気が混じり合って鼻孔に届く。

「そう、無理やりが好きなんだ」

慎一が髪を摑んだ指に力を込める。冴子は慌てて、相貌を左右に振った。

「ま、待って」

冴子は屈辱に顎を震わせながら、唇を自ら丸く開いた。慎一が髪から手を放す。

冴子は舌を伸ばして、裏筋を下から上に舐めた。ピチャッという音がダイニングルームに大きく響いた。

（ひざまずいて、息子のモノを舐めるなんて）

明るい日射しの差し込む広い食堂の中で、性奉仕を行わねばならない。しかも一人だけ着衣のない裸だった。心細く、身を切るような羞恥に冴子は襲われる。母親の威厳も女主人の立場もなかった。冴子は覚悟を決めるように大きく息をついてから、亀頭を紅唇に含んだ。

（自分から、息子のモノをしゃぶってる）

冴子は口内で舌を巻き付け、ねっとりくるみ込んだ。そっと上を見る。余裕たっぷりの息子の表情がそこにあった。慎一は母の視線に気づくと、舌遣いを褒めるように頭を撫でてきた。

「さすがママは社長だけあって、おしゃぶりも上品だね。でももっと音を立てて、下品にしゃぶり抜く方が僕の好みだな」

冴子は仕方なく唾液を口中に溜めて、汁気を溢れさせた。唇をすべらせる度に、恥ずかしい濁音が冴子の口元から漏れる。

（三十六歳の女が、十七歳の子どもの言いなりになって……使用人だって聞いているのに……）

いい様に扱われていた。冴子の目元は熱くなる。イラマチオの息苦しさとは異なる種類の涙が、目尻に浮かんだ。乱れる感情をぶつけるように、冴子は相貌を大胆にゆすってペニスを吸い立てた。

「奥さまはああいったこと、ずいぶん慣れていらっしゃるようね」

「ほんとう、慎一さまのモノをおいしそうに咥えて。はしたない」

「相手が誰だろうと関係ないのかしら」

「未亡人ですもの。飢えていらっしゃるのよ」

ひそひそとしたメードたちの囁きが聞こえた。冴子は相貌を赤らめ、声のした方に視線をやる。使用人たちは静かに自分の仕事をこなしていた。

（わたし、おかしくなってるの？）

恥辱の思いが生んだ幻聴なのかもしれないと冴子は思う。しかし、自分が錯乱したなどとは認め難かった。余計な考えを追い払うように、冴子は相貌を大きく振り立てて口腔性交に没頭した。

（ああ、何でこんなに雄々しいの）

自身の唇と慎一の茎胴では、硬さがまったく違った。亀頭の括れは深く、引き抜く時に、唇の裏側がぷるんと心地よく引っかかる。冴子の豊腰は自然にゆらめいた。男の逞しさに、女の本能が反応してしまう。

「おいしい、ママ？」

慎一が問いかける。カウパー氏腺液は潤沢にこぼれ、冴子は何度も嚥下をした。喉を鳴らす度に敗北感がこみあげ、それとは反対に下腹の疼きは酷くなっていった。

（息子の我慢汁を呑むなんて。ああ、お腹が熱くなる）

子宮が火照り、秘唇が潤む。横柄だった女主人が、フェラチオ奉仕をしながら発情していると知ったら、今度は本物の嘲笑が起こるに違いない。

（使用人に侮蔑されるなんて、耐えられない）

しかし感じてはならないと強く思う程、股間には欲情の汁が溢れた。内ももにまで垂れて、滴がツーッと流れる。

「ママ、おしゃぶりしているの？」

娘の声がした。冴子は瞳を横に向ける。ノースリーブのワンピースを着た娘が、メードに付き添われて立っていた。手錠は外してもらったようで、手で口元を押さえて、母の口唇奉仕を驚きの目で見ていた。

「おはようございます、お嬢さま」

使用人たちが仕事の手を休め、深く腰を折って彩奈に挨拶をする。冴子が現れた時とはまったく態度が違った。冴子の胸は恥辱でカッと煮えた。

「ママはちょっとお仕置き中なんだ。彩奈を置いて一人だけ逃げようとするなんて、ね……。シャワーを浴びたら、さっぱりした彩奈？」

兄が問いかける。彩奈はうなずいた。黒髪は半乾きで、頬の辺りがピンク色に染まっていた。ミニ丈の裾から、白い脚がきれいに伸び出ていた。

「出ていこうとした時、あたし、止めたんだけど」

「彩奈のせいじゃないよ。やっぱりママには、アレが必要かな」

「ママに、アレをするの？……」

娘は不安そうな表情を作った。

（アレ？）

冴子は勃起を頬張ったまま、上目遣いで慎一を見た。慎一は使用人の一人を呼び、何やら指示をする。使用人は食堂から姿を消したかと思うと、すぐに金属製のバットを持って戻ってきた。バットの上にのせられた薬瓶が冴子の目に入る。

（な、何？）

「彩奈、ママにやってあげて」

　慎一が娘に言う。

「え?」

「彩奈がするんだ。彩奈のお母さんなんだから」

　戸惑いを浮かべる妹に向かって、慎一は重々しい口調で命じた。娘は俯いて「で、でも」と躊躇う感じに呟いていたが、使用人から金属製のバットを手渡されると、諦めたように肩を落とした。冴子の背後へと歩み寄る。冴子は勃起を吐き出し、首を回して娘の姿を追った。ひざまずいた彩奈が、バットの中から透明な円筒状の物を手に取っていた。細い嘴管が付いており、注射器のような外見だった。

「な、なにを、彩奈?」

「ごめんなさいママ、でもお兄ちゃんの言うことには、あたし……」

　彩奈は語尾を震わせて、母の視線を外す。薬瓶に注射器を差し込んだ。薬液を吸い上げる。

「ママはこっちだよ。ほらしゃぶって」

　慎一が母の顎を摑んで前を向かせた。冴子は舌を伸ばして、肉棹を舐め上げた。

これから何をされるのかと思うと、気が気ではない。舌を這わせながらも、意識は娘の立てる物音に集中する。

「ママ、恐いの？　大丈夫だよ。彩奈がママを傷つけるようなことする訳ないだろ」

慎一が屈み込み、冴子の頬を両手で挟み込んだ。その時後ろに突き出す格好の冴子の双臀に、娘の指が触れた。尻肉を搔き分け、排泄口にヌルッとした粘液を塗り込んでくる。冴子は拘束された腕をゆすって悶える。

「あッ……彩奈よして、な、何を」

「潤滑剤を塗ってるだけだから。余り動いちゃだめだよ。彩奈が困るからね。力を抜いて」

慎一が、冴子の唇にキスをしてきた。口を吸われる。

「それだけ？　あの注射器みたいな道具は？」

キスしたまま、冴子は上ずった声で慎一に尋ねた。

「あの道具でママに浣腸するんだ」

慎一が口を離すと、甘い笑顔で告げた。冴子の美貌は恐怖で戦慄く。

「かんちょう？　いやッ、そんなことしないで。彩奈にやめるよう言って、あんッ」

硬く尖ったモノが肛門に当たった。注射器の注入口とわかった。細管部にも潤滑ゼリーが塗ってあるらしく、するっと関門をくぐってくる。

「彩奈、や、やめなさいッ。ああ、入って……くる……ううッ」

嘴管から、ちゅるちゅると溶液が流れ込み始めた。冷たい薬液が腸内に注がれるおぞましい感覚に、美母は身を震わせた。

「暴れちゃだめだよ。ママが怪我する」

慎一が冴子の肩を抱いた。万力のような力で裸身を挟み込み、身動きを取れなくした。その間も娘は、ゆっくりとシリンダーを押し込んでくる。液体は着実に腸内に流れ込んできた。

「アアッ、慎一さん、よして、彩奈……お願い」

冴子は懸命に首を振って懇願した。実の娘から浣腸液を注入されるという悲しさ、使用人たちにそのようすを余さず見聞きされる屈辱、冴子は嗚咽する。

「あ、彩奈ッ、どうして……ううッ」

「だいじょうぶ。あたしでも入った量だから。ね、我慢してママ」

振り返った冴子の目に、娘の青白い顔が映る。

「あ、あなたもこんな酷いことをされたの？」

娘は小さくうなずいた。

「これ位の量なら平気だから。あたし学校でママの実験台にされたの。もっと耐えられるってわかっているから」

娘は注射筒を押し切り、母の腸内に残りの薬液を注ぎ入れた。冴子は髪をざわめかす。

「あ、ああッ……」

不快な膨張感に啜り泣きが漏れた。

「抜くから、こぼさないでね」

彩奈が声を掛け、嘴管を引き抜く。冴子は双臀に意識を集中させ、肛穴を窄めた。

「どう、つらいかな。ママはプライド高い女だから、キクでしょ」

「あなたは高校で、妹にこんな……酷いことを」

怨嗟の声を漏らし、冴子は唇を嚙んだ。下腹でグルグルと異音が鳴る。汗が滲み、肌は紅潮した。慎一は、冴子の胸元に手を伸ばして乳房を揉みあやす。ふっと酷薄な笑みが浮かんだ。

「もう一回注いであげて。彩奈」

「え、そんな……」

「し、慎一さんッ」

娘の困惑の声と、母の驚愕の叫びが重なった。

「ふふ、大きな声を出しちゃって。彩奈と同じような量じゃ、ママには足りないでしょ。さ、彩奈」

兄は妹に促す。

「妹をこんなことに利用して……なんて卑劣な。最低よッ」

慎一を罵ってから、冴子は脅えの滲んだ美貌を、後ろに向けた。娘は引き抜いた注射器を、再び薬瓶の中に差し入れていた。ピストンを引っ張り液体を充填する。

「毒づく余裕があるんだ。たっぷり入れてあげるといい」

娘は慎一の言葉に従う。なみなみと吸い上げられた透明液が、シリンダー内できらめいた。器具を捧げ持った娘と、母の脅えの視線が交錯する。

「彩奈、よして……あなたは騙されているの。この人は悪魔よ」

「ごめんなさい、ママ」

娘が再び母の排泄の窄まりに嘴管を刺した。注入が始まり、溶液が腹の中を駆け上ってくる。彩奈は母のようすを窺いながら、じわじわとピストンを押してきた。

「んんッ……んぐッ」

冴子は白い乳房をぶるんとゆらして呻いた。口元に肉刀が突きつけられた。慎一は上唇に亀頭を擦り付け、尿道口から垂れる先走り液を塗りつけてくる。

「しゃぶって。それともトロトロ垂れるガマン汁を、ママの顔になすりつけて愉しんだ方がいい？」

冴子は恨みっぽい眼差しを慎一に向け、仕方なく紅唇を開いた。口の中に勃起が差し込まれる。

「まだ大丈夫よね。ごめんなさいママ」

娘が冴子の腹部を撫で、充満具合を確かめるとまた薬液の流し込みを再開する。

「むッ、んううッ……」

薬液が下腹を冷やす。声にならない悲鳴を喉でひっきりなしに奏で、冴子は全身の肌を粟立たせた。

「ああ、く、苦しいッ……彩奈、もう入らないわ」

冴子はペニスから口を放して、喘いだ。腹部の緊張と息苦しさが、溶液の追加に比例して増していく。長い時間、流し込まれている気がした。やがてピストンが底まで押し切られた。

「入ったわ。ママ」

むっちりとした白い双臀は大量の薬液を呑み干し、苦しそうに震える。嘴管が抜かれた。粗相するわけにはいかない。冴子は括約筋に力を込めた。

「慎一さん、ト、トイレに……」

息を喘がせて冴子は願った。首筋や額からも汗がたらたらと流れる。

「僕がイッたらママをトイレに連れていってあげる」

息子は予想外の交換条件を突きつける。冴子の相貌は青ざめた。

(射精するまで、排泄を許さないなんて)

「やっぱりあなたは、人でなしだわ」

冴子は険相を作り、睨みつけた。しかし駆け巡る浣腸液によって、表情はすぐさま苦しげに歪む。排泄を引き出すための薬剤は腸内粘膜を刺激し、排泄欲を掻き立てた。肛門の窄まりも、息づくように痙攣する。

「む、無理よ。お腹が裂けそうなの……お願い、ああッ」

「でもこれくらいしないと、ママには効果ないでしょ。さ、続きをして。歯を立てたりしたら、もっとお尻に呑ませるからね」

言い返すことを止め、唇を力無く開く。急がねばならない理由を持っているのは冴子の方だった。浣腸液を洩らさぬよう懸命に肛口を締めながら、舌を遣い、頬を窄めて慎一を吸い立てる。静かな室内に、冴子の漏らす鼻息と、チュプチュプという淫らな汁音が木霊した。

「お兄ちゃん、あたしもママを手伝っていい？」

娘が兄の横に立ち、願い出る。冴子は肉茎から口を離し、呆然と娘を見た。

「いいよ、彩奈」

妹の申し出を兄はやさしい笑みで受け入れた。彩奈は「ありがとうお兄ちゃん」と慎一の頬にキスをしてから、冴子の隣に膝をついた。母と娘は、兄の足の間に並んで潜り込む形になった。

「あ、彩奈」

「急がないとママ、大変なことになるもの。あたしも一緒にご奉仕するから、ママ頑張ってね」

椅子に座っていては、女二人が口を遣う充分なスペースがない。慎一が立ち上がって、冴子と彩奈の顔の間に肉棒を突き出す。彩奈は腰を浮かせて、躊躇いもなく桜色の舌を伸ばした。兄の肉棹に妹の舌が巻きつく。母と娘の唾液が、兄のペニスの表面で混ざり合って、淫靡なかがやきを放った。

「彩奈の舌遣い、やさしくて好きだな」

兄の言に、娘は目を細めて応える。繰り返し棹裏を舐め上げながら、腰のベルトを外し始める。慎一のズボンと下着はストンと下に落ちた。

(娘に、助けてもらわねばならないなんて……)

兄に仕える娘の姿を見ながら、冴子の心は切なくねじれる。そんな必要はないと、断りたかった。だが娘の助けを借りれば、この窮境から早く脱することが出来るかも知れない。

「ごめんなさい、彩奈」

冴子は娘に謝意を告げ、剝き出しになった息子の下半身ににじり寄った。母は左から舌を這わせ、娘は右から舐める。女二人に両方から舐め奉仕を受け、ペニスが心地よさそうにピクピクと動いた。

(娘と共に、フェラチオする羽目になるなんて)

相手の息遣いが届くほど、互いの距離が近い。舌をすべらせていると、時折娘と目が合うのが居た堪らない気持ちにさせた。

「ママ、あたしが先にいただくね」

恥ずかしいのは娘も同様なのだろう。切っ先を摘んで自分の口に向けた。母の視線を避けるように目蓋を落として、グロテスクに肥大した男根に可憐な唇を被せていく。

「ん、んむ……」

（あんなに大きく口を開けて……慎一さんの太いモノを呑んでる）

娘はそのままスーッと唇を根元の方まで沈めて、深咥えした。赤黒い肉柱はほとんど口内に収まってしまう。小さな口には到底可能なこととは思えず、冴子は目の前の情景を信じられない思いで見つめた。

「ふふ、彩奈の舌、にゅるにゅるだ」

口内で舌を蠢かしているのが、顎のゆれとへこんだ頬の動きでわかった。娘は前後に相貌を動かして、口腔性交を始めた。指を根元に添え、甘くシコシコと擦ることも忘れない。年齢にそぐわないテクニックだった。

（まだ子供なのに……慎一さんに仕込まれたの？）

「んッ……」

口中に溢れるつばを、冴子は音を立てて嚥下した。見ていると惹きつけられる。熱心に唇をすべらせる娘を見ているだけで喉元が火照った。冴子は視線を外して、身を低くした。傍観者でいるわけにはいかない。慎一の陰嚢に舌を這わせて、愛撫に参加する。

「ああ、いいよ、彩奈、ママ……」

慎一が彩奈と冴子の頭を撫でる。冴子は陰嚢にキスしながら、上を見た。慎一は仕える女たちを傲然と見下ろしていた。

「ママも欲しいの？　じゃあ、ママもどうぞ」

彩奈の口から肉棒が引き抜かれた。髪を摑まれ、冴子の美貌は一物に向かって押しつけられる。娘から母へ、口唇奉仕の交替だった。

（立派に反り返って……）

女たちの口で濡らされた肉茎は、先程よりも雄々しくそそり立っていた。甘い唾液とペニスの臭気に導かれ、紅唇は近寄っていく。

「慎一さん、我慢しないで……さっさと射精してね、んむん」

腸の中で、薬液がぐるぐると音を立てて蠢いていた。時間は余り残されていないとわかる。冴子は張りつめた亀頭を、まずは伸ばした舌でひと舐めし、次いで唇でやわらかにくるみこんだ。

（娘の、つばの味がする……）

手錠で拘束を受けているため、指での愛撫は行えない。舌遣いと粘膜摩擦、みっちりと唇を被せた吸い込みのみで、慎一を追い込まなければならなかった。冴子は頬をへこませて吸引を強め、裏筋に舌を押し当てながら口内粘膜と擦り合わせる口愛撫の技を披露する。

「ああ、ママの舌と粘膜の感触……。あたたかくて唾液がたっぷり溢れてて、いい感じだ」

息子はゆったりとした眼差しで、母のフェラチオ顔を眺めていた。娘の咥え顔と比べているのだろうと思うと、恥じらいの朱色が冴子の相貌に滲む。下からはピチャピチャという音が漏れ聞こえた。娘が陰嚢を舐めしゃぶっていた。その時、大きな痙攣が腹部を襲った。冴子は勃起から口を外して呻いた。

「ううッ……」

浣腸液が腸壁を掻きむしり、逼迫する便意が冴子を追いつめる。人としての尊厳を失うわけにはいかないと、冴子は奥歯を噛んでこみあげる排泄欲求を耐えた。

「ママ、だいじょうぶ？」

口を離した冴子に代わって、彩奈がペニスを舐め上げながら問いかける。

「だ、だめなの……お、お願い。おトイレに」

踵の上で豊臀をもじもじとゆらして訴えた。汗にまみれた蒼白の美貌は、鈍痛で歪む。

「射精まではお預けだよ。最初に言ったよね。じゃあ早く射精出来るよう、イラマチオに変えようか。ママはお気に召さないかもしれないけど」

（あの苦しい行為を、また……）

乱暴に喉を突かれたばかりとあって冴子は、躊躇する。涙のこぼれる息苦しさを身体は良く覚えていた。

「どうする。情けなく、この場で垂れ流す？」

自尊心を逆撫でするように慎一が言う。息子を吐精に導かない限り、この苦しみからは解放されない。冴子が同意しようとした刹那、娘が兄を仰ぎ見て、か細い声を発した。

「あ、あたしがします」

慎一はうなずきを返すと、チラと義理の母に冷たい一瞥をくれた。彩奈は相貌を勃起に近づけ、兄の腰に左手を回す。慎一が妹の髪を握った。少女の口が丸く開かれる。

「ま、待って彩奈。わたしがッ」

冴子の声が響いた時には、娘の口腔に腫れ上がった肉茎が填っていた。ピンク色の唇にずっぽりと根元まで埋め込まれ、娘の眉間がつらそうに寄る。

「行くよ、彩奈」

「んッ、んむ……」

慎一の腰が動き始めた。妹の口を女性器に見立てて、ペニスが抜き差しされる。娘の喉元から漏れる呻きと、粘膜同士の擦れ合う湿った音が、重なり合って食堂内に流れる。

(あんなに奥で出し入れを受けて……自分の妹を玩具のように扱うなんて、むごい)

母親の前で、義理の兄が男性器を妹の口に突っ込み、快感を貪る——。目を背けたくなる光景だった。冴子の心は悲嘆に暮れる。

「裏筋を責めるの上手いね、彩奈」

慎一が恍惚の息を吐く。娘はフェラチオの時と同じく、口を突かれながら舌を内部で積極的に蠢かしていた。下唇から泡立った涎が垂れ、少女の太ももを濡らす。可愛らしい鼻梁からは、くふんくふんと切なげな息を漏らし、彩奈は兄の勃起を献身的に受け止めていた。

（そんな……もしかして）

冴子は徐々に己の勘違いに気づき始めた。細い眉は悩ましくくねり、伏せられた目蓋からは涙が滲んで、睫毛を濡らす。一見、つらそうで惨い情景だった。しかし頬を紅潮させた娘は、自ら相貌を前に突き出して、勃起との密着を深める。

（彩奈は、コレを嫌っていない……）

左手は兄の腰にしっとりと巻きついて、尻肌をやさしく撫でていた。兄に悦んでもらおうという気配が、娘の仕種にはひしひしと滲んでいた。

（ペニスを喉で扱いてる。あんなテクニックまで）

喉が嚥下の時のように波打っていた。娘は差し込まれた先端を咽頭で圧迫し、刺激していた。愛らしい外見には似合わない口技だった。自分のあずかり知らぬ場所で、彩奈は慎一に淫らな技術を教え込まれたに違いない。浅ましく口腔奉仕する娘を、冴子は腹部の鈍痛に苛まれながら驚きの心地で見入った。

「んむ……んうん」

慎一は妹の面貌に向けて容赦なく腰を打ちつけ、娘はうっとりと鼻を鳴らして強制の口唇性交を受ける。ワンピースに包まれた肢体は丸いヒップをなよやかにゆらし、男に媚びて仕える牝の色情を、急速に深く濃くしていく。

(彩奈、美味しそうに食べて……ああ、どうしてこんなことに)

冴子は触れ合う娘の肩がゆれているのに気づいた。小刻みな肩の動きに合わせて、クチュクチュというかすかな汁音も漏れ聞こえる。娘の右手が太ももの間に差し込まれていた。

「あ、彩奈……自分で慰めてるの？」

冴子は娘の耳元で問いかけた。ワンピースの裾から内に潜り込み、手首を蠢かしている。彩奈は目蓋を開いて流し目で母を見ると、はにかんで目を伏せる。

(うぶで可憐だった娘がこんな……)

冴子は言葉を失う。男性器を咥えながら、己の股間を指で弄り快感を味わうなど、純真な少女にはそぐわない。浅ましすぎる痴態だった。

「ふふ、彩奈はフェラチオオナニーが好きだものね」

母と妹のやり取りが聞こえていたらしい。慎一が一旦腰を引いた。ピンク色の唇から、肉刀が引き抜かれる。

「んぷ、お兄ちゃんのオチン×ン……」

娘はペニスの先端を追いかけるように唇を前に出してから、ハッとした顔を作った。

「ああ、あたし……ご、ごめんなさい」

恥ずかしさのこもった声ではしたなさを謝り、耳たぶまで真っ赤に染めた。

「いいんだよ。オナニーを続けて」

妹の細顎に垂れ落ちる涎を、指で拭ってやりながら兄が命じる。「でも」と娘は冴子の方をチラチラと見ていたが、口元に充血した勃起を再び差し出されると、キャンディーを舐めるように舌を伸ばしてしゃぶり、右手も股間へと戻した。蜜の漏れる音をこぼして、秘めやかに手を動かす。

「お兄ちゃんのを咥えると、火照ってたまらなくなって……勝手に指が伸びちゃうの」

少女は言い訳をするように喋りつつ、兄のペニスにキスをし、垂れ漏れるカウパー氏腺液をチュッと音を立てて吸い取る。

「僕はエッチな彩奈が好きだよ」

兄の言葉に娘は瞳をやわらげ、濡れた勃起に頬ずりをした。

「前は、怖くて奥の方まで入れる勇気がなかったけど」

兄に純潔を捧げた今なら内奥にも差し入れることができると、太ももの付け根で手首を回し込み、クチュクチュと淫らな自慰の音を奏でて見せた。兄を潤んだ瞳で見上げ、舌を押しつけてペニスを舐め上げる。愛しそうにキスをし、軽く歯を立てて甘噛みをした。血の繋がっていない兄への恋慕の情が、娘の態度には滲んでいた。

「彩奈……よして、今のあなたの姿は、見られたものじゃないわ」

冴子は声を上ずらせて、娘の浅ましく情けない姿を非難した。娘がとろんとした眼差しを母に向けた。

「でも、ママだって濡れてたよね」

予期していない指摘だった。冴子の相貌が強張る。

「さっき浣腸液を入れていた時、見えたの。ママのアソコ、キラキラして太ももの方にまでおつゆが垂れてた」

「そ、そんなことないわ。何かの間違いよ」

冴子は強い口調ですぐさま言い返した。慎一が長テーブルに片手をつき、スッと左足を前に出した。冴子の膝の間に、爪先が入ってくる。

「ああ。なにするのッ」

「ほんとうだ。ママ、ヌレヌレだね」

足指を上に向け、女の亀裂を弄くってくる。

「あんッ、だめ……」

冴子は腰をくなくなとゆらし、悶えた。排泄を耐える地獄の苦しみの中に、甘やかな快楽が萌芽する。手指と違い、過敏な部分を的確に捉えてはこない。そのもどかしい動きが、女の情欲をゆらめかす。

(足でいたずらされて、感じるなんて……)

それ以上の玩弄を受けぬよう、冴子はストッキングに包まれた太ももで息子の足を挟み込んだ。だが爪先は秘唇の表面でクニクニと動き続けた。

「まだ僕の中出しザーメンも残ってるみたいだけど、この温かなヌルヌルはちょっと違う感じだね。もっと脚を開いてママ」

陰唇を割り開き、女の秘穴に足の親指が塡ってきた。冴子は背筋をピクンとさせ、白い尻を震わせた。

「あ、あんッ……」

「ママ、気持ちいいの?」

娘が耳に吐息を吹きかけ、問いかける。冴子は口唇から甘い啜り泣きをこぼしながらも、懸命にかぶりを振った。

「彩奈もママのアソコを触ってご覧よ」

そう言って慎一が足指を秘穴から抜き取る。足はさらに前へと進み、緊張でヒクつく尻穴にまで届いてきた。

「ううっ、だめ、そこは触らないで。お願い、漏れちゃうわ」

親指の爪が、窄まりの皺を擦った。冴子は首をすくめた。直接刺激を受けて、弾けてしまいそうだった。冴子は唸りをこぼして必死に耐える。

「お兄ちゃんが好きでこんなことする性格じゃないって、ママだってわかってるよね。ママがやさしくなったら、お兄ちゃんだってやさしくしてくれるよ」

娘の手が股間に差し込まれた。脚の付け根に潜り込み、繊毛を掻き分けてクリトリスに触れた。

「ああ、彩奈、よしてッ」

「ママの、おっきく膨らんでる。大嫌いな人を相手にしたのだったら、こんな風にはならないよね」

充血した肉芽を指腹でコロコロと転がして硬さを確かめると、彩奈の細指はさらに奥へと差し込まれた。秘裂を指先で擦って濡れ具合を探る。

「ママ、こんなに……たっぷり垂れてる」

彩奈は感嘆の声を漏らし、母の横顔を観察しながら指で媚肉をまさぐる。

「う、うう……よして」

首筋まで恥じらいの赤に染めて、冴子は訴えた。

「おしゃぶりしてこれだけ濡れるんだもの。お兄ちゃんのこと本心じゃ嫌ってないよね。ね、ママ」

肉厚の花びらをやわらかに広げ、指が蜜壺に挿入された。膣洞の潤沢な溢れ具合を娘に知られる。慎一も足でのいたずらを止めようとしない。冴子のアヌスを足指がツンツンと突いてくる。

「このまま最後の瞬間まで、いじくり続けてあげようか」

「ああ、慎一さんも、彩奈も許さないわ……んぐッ、も、漏れちゃうッ……ううッ」

もはや凄みを演出する余裕もなかった。冴子は弱々しく呻く。埋め込まれた娘の細指を悦んで、膣粘膜がうねる。それに呼応して腸の蠕動も活発になり、きりきりと刺すような痛みが下腹部に走った。

（お尻の穴が熱い）

ヒクヒクと肛門が蠢く。浣腸液が出口を探し求めて、腸内を駆け巡っていた。

「な、生意気言って、ごめんなさい。しゃぶるわ」

冴子の心は折れる。無様に垂れ流す事態だけは、何としてでも避けたかった。

「だから二人とも、やめて。これ以上いじわるしないで。はやくわたしの唇に、あなたのミルクを呑ませて……あ、ああ」

冴子は襲い来る便意を、息を止めて堪えた。もはやまともな息遣いさえできない状態だった。

「ここをいじられるとママでも、従順で素直になるんだね。これからは毎日、こっちをかわいがってあげるね」

「お兄ちゃん、その辺にしてあげて。ベトベトになったお指、あたしがきれいにするから」

彩奈が取りなすように口を挟み、母の股間から指を引くと、兄の足を掴んで、後ろへ引き戻した。指先のヌラついた素足が現れる。彩奈はそのまま身を低くして、慎一の足指にキスをし、舌を伸ばして清めるように舐めた。

「ふふ、くすぐったいな」

慎一が冴子の髪を摑んでグッと上向きにした。

「ママは、彩奈に感謝しないとね」

母の額に浮かんだ汗を指で拭って、告げる。冴子は血の気を失った顔を息子に向け、喘ぐように口を開いた。

「あ、彩奈には、感謝しています」

「ほんとかな。それにしてもママの苦しそうな表情はそそられるね」

慎一は硬直したペニスで、冴子の左右の頬を順に撫でた。言葉を裏付けるように、肉茎がビクビクと鎌首をゆらす。

「早くお口にちょうだい。助けて、お願い」

冴子は大きく口を開けて挿入を請う。惨めだった。

（使用人がいるのに、こんな無様な姿を晒して……）

視線を感じた。尊大だった牧原家の女当主が、屋敷から追い出したはずの義理の息子に向かって、口腔性交を必死に懇願している。堕ちた自分の有り様を、メイドたちも心の中で嘲笑っているだろうと思うと、プライドはずたずたに崩れた。

（わたしのせいで、彩奈までこんな目に……）

足元では、娘が慎一の足指を舐めしゃぶる、ピチャピチャという音が聞こえた。母も娘も、慎一に飼い慣らされた牝だった。被虐の陶酔が沸き立つ。気高かったかつての己と、今の情けない性奴隷のような姿の落差に、マゾヒズムを掻き立てられてならない。

（ああ、どうにかなってしまう……）

秘肉はジュクジュクと火照り、果蜜が滴って絨毯の上に垂れた。そこにお腹のねじれるような鈍痛が起こった。意識が薄れ、冴子は開いた口からハッ、ハッ、と短く苦悶の呼気を吐いた。

「し、慎一さん」

冴子は早くしゃぶらせて欲しいと、舌を伸ばした。

「食べさせてあげるよ、ママ」

髪を握り込んで、引き寄せる。冴子も膝立ちになって、舌を棹裏に擦りつけ、雄々しい勃起を口内に迎え入れた。慎一はいきなり喉奥まで差し込んでくる。

（おくち、いっぱい……）

口奥に当たっていた。生臭い独特の臭気が漂い、先走り液の粘ついたしょっぱい味が舌に広がる。排泄に使う器官を口いっぱいにねじ込まれる悔しさは拭えない。他人から強いられるのが我慢ならない惨めな性奉仕だった。だからこそマゾヒスティックな悦楽も、鋭く湧き上がる。冴子はむっちりとした太ももを、焦れったそうに擦り合わせた。

「気合いを入れてしゃぶりなよ」

慎一が煽るように言い、顔面めがけて腰を勢いよくぶつけてくる。喉を圧迫され、嘔吐感がこみあげ、酸欠に陥った。それでも冴子は夢中になって、吸いつきを強め、舌を絡ませた。

「ママ、うっとりとした顔してるよ」

娘が隣から告げる。冴子はチラと流し目を向けた。足指の舐め清めが終わったらしく、ピンク色の唇が唾液で濡れていた。娘の手が母の股間に再び差し入れられる。

「あたしだってお兄ちゃんにずいぶん恥ずかしいことされたの。ママも我慢してね」

(彩奈、だめッ)

娘の細指が、膣壺に入ってくる。冴子は背筋を震わせた。注がれた中出しの白濁液を掻き出すように、娘の指がしなやかに粘膜を混ぜ込む。

(ああ、母親を相手に、そんな真似ッ……)

「ママの唇にはチ×ポが似合うね。ママのフェラ顔、大好きだよ」

慎一が母への褒め言葉としては不似合いなセリフを口にして、一層腰の動きを強めていく。喉から発せられる冴子の悲鳴が、高音を帯びて狂奔する。

「ママ、こんなにミルクが溜まってて……お兄ちゃんの精子で妊娠しちゃう」

しっとりとした声で彩奈が囁く。濡れた瞳、虚ろな表情、少女は正常な判断力を逸していた。

「いい子だね彩奈。もっとママのつらさが薄れるように弄ってあげな」

「はい……。あたしママのことも好きでいたいし、お兄ちゃんと離れるのもイヤなの。お願いママ。お兄ちゃんと仲良くして」

(彩奈、間違ってるわッ)

娘の指が、腫れぼったくなった膣ヒダの中で円を描いた。あくまでやさしい指遣いで、母の感じる場所を探ってくる。蜜肉は娘の指を締め上げ、むちっとした双臀は卑猥にゆれ動いた。

(娘にまで、責められてる)

悲愁が心を染め、被虐の悦楽は甘やかに広がる。

「ママ、お兄ちゃんのコレ、おいしいよね」

「おいしいのかな?　あまり奥には入れないようにするね」

やさしい声音とは裏腹に、慎一の行為は残酷なものだった。グッと突き刺し、喉の深い位置で留める。トロトロと食道に興奮汁が直接流れ込んできた。

「うぐッ、んむッ」

冴子は呻いた。肉茎がゆっくりと引き抜かれる。紅い唇は吐息を吐き、半透明の涎が糸を引いて垂れた。

「彩奈まで、一緒になっていたぶらないで。もう許して……おトイレに。ダメなの。今にも……ああッ」

母の哀願が、食堂に嫋々と響く。短い間隔で発作が起こっていた。重い鉛玉が腹の中で暴れ回っているようだった。なめらかな背肌や丸い尻たぶに、ギラギラとした脂汗が滲む。

「ほんとうに限界なのかな。やさしい顔で僕を受け入れてくれたのも、演技だったから。ママの言葉が真実か、どこまで信じていいのか」

息子は冷酷な眼差しで、便意に苦しむ母を見つめていた。

「ほんとよ、信じて。嘘じゃないわ……うむんッ」

便意に襲われる。冴子はきゅっと唇を引き結び、耐える風を作る。

「じゃあ早く僕からザーメン絞り取らなきゃね。ほらもっとねちっこく舌を押しつけて吸うんだよ、ママ」

肉柱はまた口唇に叩き込まれた。扱いの酷さに胸がカアッと灼けた。冴子は目尻に涙の浮かんだ瞳で、慎一を睨みつけた。

「ああ、生意気なママのその目を見ていると、勃起が収まらないんだ。可哀想って思いながらも興奮して……ごめんねママ」

プライドを逆撫でするセリフを吐き、母の口を責め立てる。手の使えない冴子は、奥まで入ってくる肉棒をせき止める術がない。ズブズブと喉を犯され、口内を蹂躙される。

「んぐ……ぐうッ」

悲鳴もかき消され、囚われの美母は涎をだらだらと垂らして、息子のイラマチオを受け続けた。

「ママ、かわいそう」

悶え苦しむ母を癒すように、やさしく乳房が揉み込まれ、股間ではしなやかに指が媚肉を抉る。快楽と苦痛の区別が、冴子は一瞬つかなくなる。身体全体が熱く煮えたぎっていた。

(頭がぼうっとする。口の中が熱い)

喉元で咽せても慎一は容赦なく突き込んでくる。その手加減の無さに、冴子の中の牝性が反応してしまう。

（口奥に当たると、ゾクゾクする……）

継続する息苦しさは変わらないが、圧迫の心地に肉体が慣れていく。冴子の眉間に刻まれていた皺がとけていった。口腔を弛緩させ、より咽頭を突きやすいよう便宜さえ図った。みっちり埋め込まれると、とけ落ちるような恍惚が身体の奥底の方から湧き出でる。冴子は括れた腰をうねうねとくねらせた。

「だらしない顔して。喉を犯されるのが気持ちいいんでしょ」

限界の狭間で、被虐の快感を味わい始めていることを、息子は見抜いていた。

「ママのヌルヌル、激しくなってるよ」

娘も驚いたように声を漏らす。母の興奮が本物か、確かめるようにクリトリスにも指を這わせてきた。

「やっぱり……。こんなに膨らんで、ママも同じ……」

娘はどこか安心したように、冴子の首筋に垂れる汗を舐めた。冴子は肉塊を咥えたまま「ヒッ」と呻きを放つ。娘は膣肉に填った指を出し入れし、冴子の性感を煽ってきた。

(なんで……)

口を犯されながら女肉を嬲られる。ジリジリと肉悦が盛り上がってくる。紅い昂揚の色が、冴子の視界に差し込んだ。

「ママ、喉奥まで使えるんだ。ああ、すごいね」

髪を両手で掴まれ、容赦なくゆさぶられる。唇の粘膜と、雄々しい肉茎が一体になったかのような錯覚さえ抱いた。

(わたし、どんどん、おかしくなってしまう。ああ、慎一さん、早くイッて……)

マゾ悦の妖しい快楽を知り始めた女は、苦しげに唸りながらも、我が子のペニスを口全体で吸い立てた。舌を強めに押し当て、歯を立てぬよう注意を払いながら、唇をきつく締め付けて勃起を扱いた。

「ふむん……んぶ」

苦悶が快さと混じり合い、狂おしい被虐悦へと変転する。口腔を貫かれる重厚な圧迫、呼吸さえも奪われ、朦朧とした女体をそれを上回る陶酔感が包み込んだ。

(ああ、そんな、わたし、イッちゃうッ――)

瞳の中で紅い色が、鮮やかさを増した。

「うむん……うぐッ」

縛られた女体は、息子のペニスを吸ったまま、恥辱のエクスタシーへと達した。唇は男根をギリギリまで呑み、膣肉は娘の指に絡みつく。全身がぶるぶると戦慄いた。

「ママ……感じてる」

膣ヒダの緊縮で、娘も母が気を遣ったことに気づいたらしく、指遣いをゆるやかに変えた。

「うん、ママのこんないやらしい表情初めてだ。僕のチ×ポを頬張ったまま、とろけた顔して」

母の見せる浅ましいアクメ痴態に、少年も力強い腰遣いで応じる。カポカポと抜き差しの淫音が木霊した。硬い肉柱に喉奥をしつこく犯され、冴子はくぐもった呻きを途切れなく発して、倒錯のオルガスムスを漂う。

（だめ、しないでッ）

娘の指も、巻きつきを強める蜜壺を掻き混ぜる。白い太ももで少女の手首を挟み込み、冴子は唸った。愉悦の波が、引く気配がない。うねりは高くなり、女体は繰り返し絶頂の至福へと押し上げられた。

「慎一さま、配膳の準備が整いましたが、お食事をお運びしてもよろしいでしょうか」

「まだいいよ。みんなも、ママのこの恥ずかしい姿を見てあげて」

「かしこまりました」

被虐の陶酔に浸る冴子の耳に、慎一と使用人の会話が聞こえる。衣擦れの音やひそやかな足音に混じって、くすくすという忍び笑いが聞こえた。

「奥さまったら……」

「ねえ……いやだわ。こんな方でしたのね」

冴子は霞んだ瞳を左右に向ける。メードたちが遠巻きに見ていた。はしたなく頬張る横顔、淫らな口の動きが丸見えだろう。実の娘には女性器を指でまさぐられている。女主人の威厳は失墜し、今や侮蔑の対象だった。身を裂くような恥辱が、冴子のマゾヒスティックな快楽を上昇させた。

（ああ、またイッちゃう――）

逼迫した排泄欲と心身を責め苛まれるつらさが絡み合い、そのまま女体の震える情欲となる。肉体は汗を飛び散らせ、甘酸っぱい牝の匂いを放ってゆれ動いた。

「うぐッ、うむッ……」

美母の呻き声は艶めいた。肉塊を咥えた紅唇から、透明な唾液をだらだら垂らし落とす。

（イキ果てている姿を、みんなに見られてる）

「ママ、平気だからね」

自尊心を打ち砕かれてアクメし続ける冴子の耳に、娘が囁きかける。やさしい手つきで乳房を揉み上げ、乳首を摘む。

「あたしも、浣腸されて……おしゃぶりしながらアクメ、何度もしたの」

冴子は右隣に視線を向けた。潤み切った瞳の奥に宿る欲情の色を見て、冴子は理解した。苦悶と愉悦がせめぎ合うこの感覚を、娘も知っているのだ。

（ああ、この先、いったいどうなってしまうの……）

冴子は啜り泣いた。出口のない迷路に塡り込んだようだった。排泄を耐える痛苦も、極限にまで達する。グルルッと異音が腹部から鳴り響き、冴子は喉から悲鳴をこぼした。必死になって唇から肉塊を吐き出す。

「お、お願いです。おトイレに。もうダメなの、ああッ……」

目眩のように視界がぼやける。総身が粟立ち、呼吸することさえつらかった。直腸の蠕動が激しくなる。引き千切られるような痛みだった。一刻の猶予もないほど、追い詰められていた。

「許してッ、お願い」

「まだ射精してないよ、ママ」

息子の冷たい声が響いた。冴子は仰ぎ見る。慎一が手を小さく挙げ、何かを指示する。使用人の一人が近寄り、金属製のバットを冴子の尻の下に差し入れた。

「ど、どうして慎一さん？」

唇がわなわなと震えた。息子は悪辣に、冷酷に、限界を迎えるタイミングを見極めていたのだと、冴子にもようやくわかった。

「結局あなたは……わたしに恥をかかせるつもりで……ううッ」

「ここが今のママには相応しいよ」

息子が言い放つ。救いは絶たれた。哀訴の眼差しは怨嗟の色へと変わり、そして絶望へと暗転する。

「ひ、ひどいわ……」

「ほらしゃぶって」

母の口は再び、雄々しい肉茎を迎え入れた。涙が溢れて止まらなかった。ジュボジュボという濁音が、静かな邸内に木霊する。だらしなく開いた口元から唾液が溢れ、下唇から透明な糸となって垂れ落ちた。滴った粘液はきらめく膜を乳房の上に残し、胸の谷間へと吸い込まれていく。

今すぐ射精まで導けば、この場で恥を晒さずに済む——。その一縷の望みを抱く以外、何をすればいいのかもわからない。

「ママ、お兄ちゃんを恨まないでね。もしお兄ちゃんが変わったとしたら、それはママが……」

兄を変えたのは冴子だった。だからその責め苦を負わねばならない、と娘の震え声が耳元で語る。

(息子を闇に引きずり込んだのはわたし……)

きりきりと下腹部に刺すような痛みが走る。直腸のねじれるような鈍痛、腹部の緊迫感が高まり、脂汗にまみれた柔肌が陽光に照らされる。

(で、出るッ)

冴子は相貌を振り立てた。慎一が腰を引くと同時に、冴子の切羽詰まった嗚咽が紅唇からこぼれた。

「はぐ……うぅッ、出るの……出ちゃうのッ」

全身が痙攣する。意思では抑えられない震えだった。冴子は大粒の涙をこぼし、重苦しく息を吐いた。腰は硬直し、太ももが引きつる。

「し、慎一さんッ、お願い」

排泄感を全身で訴えても、救いの手はどこからも差し伸べられない。絶望の闇色が、歪んだ視界を黒に染めていく。肉体の限界点をついに突破した。

「いやあッ、漏れる……あ、あああんッ」

終末の悲鳴とともに、水の音が控え目に鳴り始めた。次の刹那、それは激しい濁流の響きとなり、広いダイニングルームの中を埋め尽くす。制御が効かず、止めたくとも止まらない。

「イヤ、見ないでッ、ああッ」

権威の失墜する派手な音だった。あまりのみじめさで、泣き叫ぶ。その悲鳴もすぐに掻き消された。慎一が冴子の口に、昂りきった肉棒を挿入してきた。先走りの濃い粘液が舌の上にだらだらと垂れる。冴子は泣き啜りながらそれを呑み下した。

「ツンツンしたママでも、こんな生々しい匂いがするんだね」

髪を掴んで、奥まで差し入れてくる。排泄を行いながらのイラマチオだった。泣き声さえも封じられて、冴子の人間性はずたずたに踏みにじられる。

（ここまで、するの……）

心の崩壊してしまいそうなショックを受けているにも関わらず、マゾヒズムの昂ぶりが湧き上がる。金属製のバットの内からは、飛沫の弾ける盛大な音が鳴り続けていた。待ちに待った弛緩の時だった。せき止めていたモノを一気に放出させる法悦に、鳥肌を全身に立たせ、女は恥辱のアクメへと駆け上がった。

（ああ、狂ってしまうッ……うう、イク、イッちゃうッ）

口内粘膜を埋め尽くされながら、冴子は喉元でむせび泣き、よがり泣いた。本能と直結した排泄の快楽は凄まじい。意識は真っ赤に燃え盛り、背筋を仰け反らせて豊腰を淫らにうねらせた。

「ママ、またイッてるみたい……ああ、ママのこんな姿」

媚肉を擦る娘の手つきが、早くなる。熟れた女体は、後から後から押し寄せる快感の波濤に呑み込まれ、なぎ払われる。

「そう、彩奈よく見てあげて。ママだってこんな派手な音を立てて、気を遣るんだ」

ぎらついた慎一の目、彩奈の驚きの瞳、使用人たちの吸い込まれるような眼差し、どれもが耐えられなかった。冴子の涙でかすんだ双眸は、周囲の光景を映すことを放棄し、固く閉じられる。涎をだらだら垂らしながら、この地獄が早く終わることのみを願った。

「出しちゃうところを見られるの、恥ずかしいよね。でも我慢していればすぐに終わるから……だいじょうぶだよ、ママ」

娘が母の裸身を抱き締めて、告げる。その瞬間、肉柱が口内でビクンと震えた。

「ママ、こっちも……イクよ」

慎一が吐精を宣言した。冴子は上目遣いで、息子を見た。勃起の膨張がぐっと増し、慎一は腰を叩きつけてくる。

「ああッ、冴子、呑めッ」

握った母の髪を絞って、義理の息子が吼えた。尿道口から灼けついた樹液が勢いよく吐き出された。

(慎一さんのミルク……)

猛った肉柱が口の中で暴れ、精液が舌に広がる。口内に満ちる牡の臭気に、冴子の牝性が狂喜する。身も心も征服されるのを感じながら、喉を鳴らして嚥下した。食道にへばりつく喉ごしも、冴子の倒錯感を刺激した。

(すごい……なんて濃いの)

美母は射出に合わせて吸引した。肉茎が嬉しそうに跳ねる。

「冴子、そう……あぁッ、もっと吸って」

「ママ、お兄ちゃんのミルクおいしい？」

娘の指が、煽るように蜜肉の中を抉ってきた。別の指でクリトリスを捏ねられる。女の弱点を責められ、肉体は新たな火に包まれた。

（またイクッ……）

口内に溜まったゼリーのような精液を一気に啜り呑むと同時に、またもや女は昇り詰めた。お腹に溜め込まれた内容物を垂れ流しながら、近親者の精を呑み下す背徳、性奴に堕とされた口惜しさ、冴子はぬかるむような絶頂感の中を彷徨う。精の放出は続き、冴子の嚥下の音が何度も鳴る。

「ああ……よかったよ、ママ」

慎一が幾分痙攣の弱まったペニスを、朱唇から引き出した。唾液と白濁液の混じった糸が架け橋を作り、陽光の中できらめいた。

「は、はあ、はあ……あぁッ、ああうッ」

冴子は口を大きく開いて、息を喘がせた。濁った涎が乳房を濡らし、ストッキングを穿いた太ももへと垂れ落ちた。

「ママの下品な匂いだ。きれいなママでも、鼻にツンとくる臭気をこんなに濃く放つんだね」

息子の静かな指摘が、母の心をなおも責め嬲る。

「嗅がないでッ、お願い……」

無様な泣き声を漏らした。未だに噴出は完全に止まってはいない。凄惨なアクメの余韻からも抜け出せず、金属製のバットの上で裸身はビクビクと震え、冴子はしゃくり続けた。

「ママの泣き顔、かわいいよ。澄ました美人顔には、悔し涙とドロドロのザーメンがよく似合うね」

慎一が勃起を泣き濡れる母の顔に押しつけ、擦り付ける。残りの精液が噴き出て、美貌の上にまき散らされた。

「ああ、まだまだ出るよ」

張り付けられた肉塊が痙攣する度、匂いのきつい白濁液がドクンと溢れて、なめらかな肌を汚した。べっとりなすりつけられた濃厚な精汁は、ヌルヌルとした不快な触感を顔面に残して、流れ落ちていく。

「ママ、ザーメンパックがよく似合ってるよ」

尊大で高飛車だった母を己が体液で汚した満足感が、見下ろす息子の顔つきには表れていた。雪に似た色の肌が、樹液のシャワーを浴びて底光りするように映える。

「ああ、いや、いや、よして……」

冴子の発する啜り泣きの哀訴が、陰惨な相姦の画をドス黒く彩った。

「でもママのアソコ、とっても悦んでるみたい」

娘が熱っぽく息を吐き、冴子の肉層を掻き分けて、奥の方をまさぐってきた。ずっと母の蜜壺に触れている娘には、興奮が丸わかりに違いない。

「いじめないで」

冴子は羞恥の嗚咽を吐き、イヤイヤと首を振って革手錠を嵌められた腕をゆすった。汗でヌラつく双臀は、娘の細指が塡り込む程ビクビクと震えた。絶え間なく押し寄せる快楽と排泄の恍惚、それを上回る恥辱感が冴子の身体の中で渦を巻く。

「ママ、泣かないで」

桜色の舌が横から伸びた。額、目蓋、鼻梁、頬と顎、母の相貌の上を温かな舌が這い、兄の樹液を舐め取り、清めていく。

「あ、彩奈……」

やがて娘の舌は母の唇へと至る。娘は母を慰めるように口を吸ってきた。周囲の気配も音も、消え失せる。冴子はむせび泣きながら、娘と相姦のキスを交わした。舌を絡め合い、濃厚な精液の味がする唾液を行き来させて、それを冴子が呑み下す。

（ようやく……）

腸の中のものを絞り出し、強制排泄が収まった。膣に差し入れた娘の指も抜き取られ、キスの唇も離れる。ホッと冴子が息をつくと同時に、母と娘の唇の狭間に、白濁液と唾液で濡れかがやくペニスが突き出された。

「きれいにして」

兄に命じられると、娘は躊躇いもなく舌を這わせていった。

「ん、あむ、お兄ちゃんのオチン×ン……」

ピチャピチャと音を立てて、兄の勃起をおいしそうに舐め清める。冴子もおずおずと舌を伸ばした。栗の花の香を嗅ぎながら、左右から母と娘が兄の逸物を挟み込むようにして舐めしゃぶる。

（まだ、こんなに硬い……）

大量に精を吐き出したばかりだというのに、依然慎一は漲っていた。冴子は息子の逞しさを実感しながら、舌を巻き付けた。時折、娘の舌と舌が触れ合う。冴子のぽってりした唇も、彩奈の薄い唇も、白い液でヌラヌラと照り光った。

「彩奈、吸い出して」

娘がうなずき、小さな口を大きく開いて、亀頭を含んだ。「ん、ん」と声を漏らして、尿道に溜まった精を一生懸命に吸い取る。冴子はそれを横目に見ながら、棹腹にキスをし、屈んで陰嚢にも唇と舌で愛撫を施した。慎一がよく躾されたペットを褒めるように、母と妹の頭を撫でる。

「ママも」

娘は口を外して、肉刀を冴子の唇に向けた。母の口は勃起を呑んだ。

(萎えるどころか、太くなってる)

開いた唇が突っ張る。下腹に火がぽっと灯るのを感じながら、母は涎にまみれた紅唇で棹部分をやわらかに締め付け、残った精液を扱き出した。

「お兄ちゃんのオチン×ン、ママも好きだよね」

娘が可憐な声音で囁き、母の尻を手で撫でる。娘の指は尻の狭間に滑り込み、汚液の滴る窄まりに辿り着いた。ヒクヒクと痙攣の止まらない尻穴を指先で撫でる。

「んッ……んうッ」

冴子は喉を引きつらせた。身体は疲れ切っていた。排泄器官を責められる汚辱感や、近親相姦への嫌悪も消えていない。それでも三十六歳の肉体は、ジクジクとする肛門を実の娘に刺激されて、昂ってしまう。

(彩奈にまで嬲られて……ああ、どうしてなの)

自分にこれほどの被虐の性質が隠されていたことに、驚きを感じた。とはいえ正気に返るだけの理性も残されていない。美母は娘に肛穴をまさぐられつつ、男性器の後始末にのめり込んだ。

「いいよ。そのまま……ああ」

丹念に舌を這わせて、亀頭の括れに溜まった精液も舐め取り、尿道からは最後の一滴まで丁寧に吸い出す。淫靡な奉仕を熱心に続けるだけで、アクメに達したような快感が生じた。

「もういいよ。ありがとう」

慎一が母の口から抜き取った。勃起は息子の腰でピンと反り返っていた。慎一が指をスッと持ちあげた。一人のメードが近寄り、冴子の尻の下の金属製のバットに手を伸ばす。

「ほらママ、後始末のお礼は？」

冴子は情動を失った表情で、虚ろな視線を汚物を片付けるメードへと向けた。相手は食堂に入って最初に罵倒した若いメードだった。

「あ、ありがとうございます」

感謝の言葉を口にした時、二度と自分に権勢が戻らぬことを冴子は悟った。

「とんでもございませんわ、奥さま」

年若いメードは、かつての女主人ににっこりと笑いかけ、バットの中身を始末するために運んで行く。恥辱の思いが胸を埋め尽くし、冴子は唇を噛む。

（とことん、貶められた）

疲労の極致にある冴子の精神と肉体は、限界に達する。張り詰めていた緊張の糸がプツンと切れるのを感じた。意識が急速に遠のき、身体がゆれた。床に倒れ込む寸前、誰かの腕に冴子は抱き締められる。

「ママ、好きだよ……」

男の声が聞こえた気がした。その声と逞しい腕に懐かしさを感じながら、冴子は空白の世界へと沈みこんだ。

浴室の中、洗い場に敷いたエアマットの上に慎一が胡座をかいて座っていた。

その膝の上に、冴子は背を預ける格好でのせられていた。向かいには安全剃刀を手にした彩奈がいた。

「親子水入らずだね」

慎一が脇から回した手で、母の頬を撫でて微笑んだ。目を覆いたくなるような醜態を晒した強制排泄の後、風呂場まで運ばれ、丁寧に身体を洗われた。

冴子の脚はM字の形に開かれ、女の秘処は余すところなくさらけ出されていた。彩奈は、ぱっくり開いた母の生々しい部位の様相を正視できず、恥ずかしそうに目を逸らす。

「さあ、彩奈」

兄が妹に声を掛けた。娘がビクッと肩を震わせた。慎一は娘同様に、冴子の陰毛を剃ろうとしていた。しかもそれを、血を分けた娘にやらせようとしている。

(娘にこんな真似を……)

「ママ、動かないでね。あたしこういうの慣れてないから」

彩奈が剃刀を持った手を、冴子の股間に近づける。指が震えていた。

(わたしも娘と同じ無毛に……)

シェービングフォームの塗布された漆黒の草むらを見つめて、冴子は吐息をついた。

「抵抗しないんだね」

慎一が告げる。冴子は返事の代わりに、相貌を左右に小さくゆらした。手錠は外してもらえたが、抗う気力が冴子の内には残っていない。恥丘にひんやりとした感触が当たった。

「あ……」

思わず声が漏れ、脚を閉じそうになるが、慎一が手で膝を押さえつけてそれを許さない。安全剃刀が、ゆっくりと女の丘の上をすべっていった。クリームにまみれた黒い恥毛が剃り落とされて、ツルンとした肌が現れる。

(摘み取られてる……ああ、慎一さん、硬くなってるわ)

腰の裏に差し入れられた冴子の右手は、息子の勃起に巻きついていた。息子に摑んでいるように言われ、握り締めたままでいた。母の翳りが無くなる場面を見て、慎一は興奮をしていた。

「気の強い生意気顔もいいけど、気抜けしたママの顔もステキだよ」

慎一が肩越しに冴子の唇を吸ってきた。浣腸液で爛れた尻穴が、今もヒリヒリと疼いた。所詮、慎一には逆らえない囚われの身だった。冴子は素直に舌を差し出して、慎一がしゃぶるに任せた。

「全部、いいの？」

彩奈が剃刀を当てる手を止め、不安そうに訊く。慎一が口を離し、冴子の口を自由にした。

「……どうぞ。好きになさって」

慎一の目を見つめて冴子は答えた。恭順を示す母のセリフを聞き、手の中の勃起がギンと充血を増すのを感じた。

（どうしてこんなに逞しいの）

冴子の中の女がときめいた。握りを強める。指を押し返す鋼の硬さが、この後の凌辱を予期させた。剃毛を済ませた後、息子はまた自分を貫くだろう。あるいは兄を慕う妹を、抱くのかも知れない。

（それとも——）

母と娘を並べて責めるつもりなのかもしれないと、娘と共に犯される禁断の画を冴子は思い浮かべた。子宮がジンと疼くのを感じた。

（疲れ果てているというのに……）

困憊していても愛撫を受ければ反応し、雄々しい男根で責められれば声を枯らしてよがり泣いてしまう。女の業の深さを冴子は感じた。
恥丘の茂みがきれいに無くなり、娘は媚肉の横に生えている繊毛を処理してい
た。指で陰唇を摘んで剃り残しを作らぬよう、慎重に手を動かしていた。
(もぞもぞとした感触が……)
冴子はため息をついた。剃刀の刃でさえ昂ってしまう己に、情けなさを感じる。
肌もじっとりと汗で濡れ、内ももの辺りには丸い汗粒が浮かんでいた。娘の指が
花びらをクンと引き伸ばした。冴子は細首を切なげにゆすった。
(あっ、垂れる)
寝室で中出しされた慎一の精が、膣洞を逆流するのがわかった。ちょうど娘が
剃り終えて剃刀を引き戻した時、秘穴からドロンとした液が溢れ出て、会陰を流
れた。
「ママ?……」
娘のかすれ声が、冴子には大きく聞こえた。
「し、仕方ないのよ。時間が経つと、奥から自然に落ちてくるから……」
「さっき洗ってあげたばかりなのに、仕方ないな。彩奈きれいにしてあげて」
母の乳房を脇から摑んで、慎一が妹に言う。兄の短い言葉で、母も娘もすべて

を察した。

「あたしが?……」

「よして慎一さん、彩奈、そんなことしなくていいのよ」

冴子はかぶりを振って娘を見た。無言の時間が過ぎる。慎一の手だけが、熟れた乳房をゆっくりと揉みしだく。やがて娘は剃刀を横に置くと、身を屈めた。艶やかな黒髪が肩から垂れ落ち、染み一つ無い瑞々しい背肌が、冴子の目に映った。

「ああ、やめてッ」

娘の舌が這った。ビリッと電気が走る。冴子は身震いした。

「彩奈の舌遣いがよく見えるでしょ。ママ、ツルツルマ×コ気に入ってくれた?」

慎一が耳元で囁く。屹立した乳首を指で摘み、量感ある胸肉を絞り上げた。冴子は腰をよじった。恥丘を覆い隠す翳りは取り除かれた。娘のピンク色の舌が、亀裂の表面を這うようすが、冴子の瞳にも映り込む。

(大人の女がこんな幼子のように……)

慎一のねじれた愛憎が、無毛の秘部に象徴されていた。

「あ、だめッ、吸っちゃダメよ彩奈、ああんッ」

冴子は悲鳴を放った。濡れ光る牝口に唇をあてがい、彩奈は慎一の中出し液を吸い取っていた。母の顔は真っ赤に染まり、紅唇はあえかな呻きを放つ。

「ふふ、ママは実の娘のクンニで、よがり泣いちゃうんだ」

「酷い人よ……あなたは」

細顎を戦慄かせて、冴子は慎一を恨むように見た。慎一が唇を寄せてくる。乳房をがっちり握って乱暴に揉み込み、冴子の口を吸った。じゅるじゅると音を立てて、唾液を吸い取られ、慎一が呑み下した。

「んッ……むんッ」

娘のやわらかな舌が膣口に入ってくる。冴子は腰全体をきゅっと緊縮させ、仰け反った。陰唇を指で広げられ、舌は奥まで潜り込んできた。

（中まで掃除されてるッ）

温かでヌルヌルとした触感が、冴子の内に溜まった精液を舐め清めていた。冴子の媚肉は絞りを強め、娘の舌を締め付けた。

（イク……イッてしまう。娘の舌愛撫で……なんて女なのッ）

甘い牝の香をプンと漂わせ、大輪のバラはハラハラと花弁を散らしていく。尖った舌先が膣の前庭をクッと擦り上げると同時に、冴子は慎一の口に熱っぽく息を吐いた。慎一が頬をゆるめて、冴子の唇から口を引いた。途端に冴子の喘ぎが浴室内に広がる。

「ああッ、そこッ……だめ、ひ、ひん、イクわッ」

頭の中に鮮やかな赤が広がっていた。冴子は丸い腰をゆすって、息子の膝の上でよがり泣いた。左手で慎一の太ももを掴み、右手は握った勃起をグイグイと扱き立てた。首を回して、戦慄きの止まらない口元を慎一に突き出した。慎一が「冴子」と名を呼び、今度は自らの唾液を垂らし込んで、母の口に与える。冴子は喉を鳴らして温かな体液を啜り呑んだ。

「ママのアソコ、かがやいてる。きれい……」

娘が舌を引き抜き、嘆声をこぼしていた。ぽってりと充血し、生々しく粘膜を晒した女性器を実の娘に観察される羞恥に、女体は朱色を散らして悶えた。娘がまた脚の付け根に顔を近づける。吐息が、排泄の窄まりに当たるのを感じた。

「そ、そっちはだめ、彩奈ッ」

冴子はキスを止めて叫んだ。しかし娘の唇は母の隠逸の花に触れ、ねっとりと舐め清め始める。豊腰が感電したようにジンと痺れた。慎一が左の胸から手を外し、冴子の左腕を掴んだ。そのまま高く真上に掲げると、首を横から回し込み、露わになった母の窪んだ腋窩を舐め上げる。

「い、いやッ」

冴子は声を上ずらせて、息子の膝の上で腰をよじった。

（匂ってる。入浴したばかりなのに……）

全身にびっしょりと汗を掻いている。腋の下も例外ではなかった。独特な腋臭の匂いを、冴子の鼻も嗅ぎ取った。

「おいしいよ、アクメしたばかりのママの腋の汗」

ペロリペロリと舌腹が這う。恥ずかしさは尋常ではない。冴子は鼻を鳴らして、相貌を上気させた。

「なんであなたは、こんな辱めばかり……ああ、わたし、もう――」

冴子は艶めいた喘ぎを吐き、左手を振りほどいて息子の頬に指を添えた。首を倒し込んで、腋窩を舐めていた口にむしゃぶりついた。腋臭の匂いの残る息子の唇を舐め、舌を差し込んで吸い立てた。慎一の手が再び、熟れた乳房に食い込んだ。痛いほどの刺激も、今の冴子には悦楽となる。

（ああ、また恥をかいてしまう）

娘の舌がジクジクとする肛門を舐め回し、舌先をくぐらせて内にまで入り込んできた。昂揚でゆらぐ意識は、一気に煮え立った。

「ひッ……んう」

冴子は達する。息子と口を重ねたまま、喉で絶頂の声を奏でた。赤いバラは残りの花びらも一気に散らして、華やかに舞い上がる。冴子の脚は、あられもない角度で開いたまま引きつった。罪深く、狂おしい恍惚だった。

「すっかりイキ癖がついたね」

慎一が口を引いて囁いた。右手を胸から離して、冴子の脚の間に差し込んでくる。深みのある紅色の花芯、濡れ光る牝の花を、慎一の人差し指が弄くる。

「このヌルヌルとした愛液。毛がないと発情のようすも丸わかりだね。彩奈、ママとお揃いになって嬉しい?」

ようやく母の尻穴から口を離して、娘が身を起こす。濡れた口元を指で拭ってから、恥じらうように目を伏せ、「うれしい……」と聞き取れないほどの小声で呟いた。

「お、愚かしいわ、親子でこんなこと」

冴子は慎一を振り返り、吐き捨てるように言った。エクスタシーの余韻から醒めきってはいない。声がかすれていた。口中の唾液をゴクッと呑んでから、言葉を続けた。

「何の意味もないでしょ。あなたの望んだやさしい母親像だって、幻想だったのよ。あなたはわたしのことが憎いだけで、好きではないのでしょう?」

冴子は息子の勃起から指を放した。母と妹の恥毛を処理して、その肉体の所有を宣言しても、心まで自由になるとは限らない。意に沿わぬ関係ならなおさらだった。

「なんで好きじゃないなんて思うのかな」

起き上がった彩奈の方に向けて、慎一は冴子の背中を突いた。冴子の身体にぶつかり、娘の肢体はやわらかなエアマットに仰向けに倒れる。冴子もその上に覆い被さるように倒れ込んだ。下になった娘を潰さぬよう、咄嗟に頭の左右に両手をつき、腰を跨いで膝を立て、身体を支えた。

「彩奈なんともない?」

娘の上に四つん這いの姿勢になった冴子は、娘の無事を確かめると、首を捩じって息子を振り返った。

「慎一さん、いきなり何をするの」

冴子の括れた腰を慎一が両手で摑んだ。媚肉に何かが当たったと感じた次の瞬間には、ペニスがズンと突き入れられた。

「あ、あぁんッ……奥までいっぱいに入ってる、あうん」

甘い響きの喘ぎがバスルームに木霊した。みっちりとした肉刺しが堪えた。

(娘の目の前だというのに……)

髪をばさりと落として、冴子は口元を戦慄かせた。つぶらな瞳が母を見上げていた。娘の眼前で尻を抱えられ、ぶっすりと突き刺されて、悶え泣いている。含羞の思いが、熟れた女体を炙った。

「五年も一緒に暮らしたんだよ。そこに真実の姿がまったくなかったなんて、有り得ない」

慎一が冴子の腰から手を放した。尻たぶへと指は移動し、むっちりとした臀裂を開いて、ヌルッとした粘液を窄まりに塗り込んでくる。

「なに？　あん……よして、そこはイヤ」

「ローションだよ。真っ赤になって膨れあがって、可哀想に」

放射状の皺を伸ばして、粘ついた液がたっぷりと擦り込まれる。強制排泄の後とあって、粘膜はささくれだったように敏感になっていた。染み入る刺激に、冴子の声は引きつった。

「ママ、だいじょうぶ？　お尻をいたずらされてるの？」

母を気遣うように娘が問いかける。心配そうな表情に向け、冴子はコクンとうなずいた。

「だ、だいじょうぶよ……あ、あぁッ」

肛門の内に指が差し込まれた。息子の指を避けようと、冴子は反射的に身をよじった。すかさず慎一が母の尻肌にパンと腰を打ちつけ、肉の快美を浴びせる。

「あぁんッ」

「暴れちゃダメだよ。お尻の粘膜を傷つけたら大変だ」

慎一は喋りながら、腰を大きく回し込んで、硬い勃起で冴子の媚肉を抉った。白い裸身はブルッと震えて、垂れ下がる乳房を跳ねゆらす。

（ああ、抵抗出来ない……）

過去の男性とは桁違いの重厚な存在感は、女を惹きつける。冴子はマットについた両手の指を握り込み、切なく息を吐いた。

「ふっくらほぐれて、いい感じに咥え込んでいくね」

窄まりの入り口で、指がゆっくりと出し入れされる。ヌルついた粘液を潤沢にまぶされた状態のため、引っかかりもなく指が前後する。おぞましさを感じるが、膣肉に勃起を深々と打ち込まれているため、四つん這いの姿勢のまま、逃れることが出来なかった。

「うう……よして」

懇願しても、慎一は執拗に指の抜き差しを続ける。異物が関門をぐる感覚を、教え込むようだった。怖気の走る感触と共に、冴子の下半身は徐々に疼きを帯びる。丸い双丘が勝手にヒクついた。

（いやだ、感じてしまう）

「ふふ、僕の指をうれしそうに締め上げて」

慎一は指を回転させ、直腸粘膜にもローション液を丹念にすり込んできた。奥まった位置での指刺激に反応して、冴子は「うむ……んむ」と息んだ。括約筋が緊縮して排泄孔の指を食い締め、膣肉に埴ったペニスを絞り上げる。

（また二つの穴を同時に……）

身も心も堕落するような、二カ所責めの愉悦を冴子は既に知っている。さらなる責めを期待するように、子宮がトロリと熱を宿す。

「前を見なよ。お尻を弄られてる時の自分の顔がこんなにだらしないなんて、ママは自分でも知らなかったでしょ」

冴子は前に視線をやった。正面の洗い場の鏡に、四つん這いの自分が映っていた。汗を浮かべた相は目元を桜色に染め、鼻孔が膨らんで紅唇は半開きになっていた。悦楽に酔い痴れる浅ましい己の姿を見てはいられず、冴子は目を閉じた。

(いやらしい顔してる。ああ、両方を責められて悦ぶ女になるなんて……。知らなかった。後ろの穴がこんなにも感じる場所だなんて)

指が排泄孔を広げるように円を描く。ヌチャリヌチャリと淫らな汁音が響き、妖しい官能が尻穴から生じた。冴子は目を開け、鏡越しに魔悦の味を教え込んだ十七歳の息子を、恨むように見た。慎一も鏡を通して、母の顔を見つめる。

「ずいぶん、具合良くなったね。絞りはきついのに、力を加えれば伸び広がって」

慎一は冴子の腸管に差し込んだ指を、ペニスと擦り合わせるように出し入れしていた。媚肉と肛門、隣り合った狭穴が燃え立っていく。冴子は喘ぎながら、眉間に皺を寄せた。

(なんで？　焦らしているの？)

息子は指で後穴をいたぶるばかりで、ペニスの抜き差しを行って来ない。膣ヒダが物欲しそうに息子のペニスに絡みつく。熱くとろけた媚肉は、逞しい肉塊で削られることを待っていた。冴子はさりげなく腰を小刻みにゆすって、我が子の勃起を刺激し、抽送を誘い出そうとした。その動きに気づいたらしく、慎一がクスッと含み笑いを漏らした。冴子の相貌に混乱と羞恥の赤が散る。

（慎一さんに知られた……。当たり前じゃない、物欲しそうにお尻を振り立てたりして……。何をしているのわたしは）

慎一が左手で母の尻肌を愛しげに撫でてきた。

「確かに僕はママの本心がわからなかったけど、こうして繋がっていれば感じ取れることだっていっぱいある」

広げた左手の指で尻肉を摑むと、排泄の窄まりに填っていた右手の指を、根元の方までズッポリと埋め込んできた。

「あうッ……そんなに深くッ」

冴子は喉を開いて喘いだ。肘が折れて、身体が沈む。娘の形よく盛り上がった乳房と、冴子の重く垂れた乳房がやわらかに触れ合った。尖った乳頭同士がツンツンと擦れ合う。

「ごめんなさい彩奈、腕に力が入らないの……んう」

冴子が謝罪の言葉を口にしている途中、潤みから慎一の勃起が抜き出された。

脱落の心地に冴子は、悔しく相を歪めた。

（結局、突き犯すことなく抜き取ってしまうなんて……ひどいわ）

「ママ、あたしなら平気……あ、あんッ、お兄ちゃんッ」

娘の容貌が艶っぽく歪み、かわいらしい啼き声を放った。娘の開いた脚がゆれ動き、冴子の太ももに当たっていた。何が起こったかを冴子は把握した。

（母親を犯した後は、妹を……）

冴子の尻穴に刺を指したまま、慎一は下にいる娘を貫き、責め立てていた。

「彩奈のオマ×コはまだキッキッだね」

「お兄ちゃん、そんなに激しくしないで」

娘は縋り付くように、母の裸身に下から抱きついてきた。

「ママ、お兄ちゃん、太くなってる……すごいの」

娘の身体は肉刺しに合わせて前後に大きくゆれ、その衝撃が冴子にも伝わってくる。冴子は色っぽく喘ぎを吐く娘を、羨ましく見つめた。

「ふふ、彩奈を妬ましそうに見て」

慎一の声に冴子はハッとする。鏡の中で慎一が嗤っていた。冴子は相貌がカーッと紅潮していくのを感じた。

「そ、そんなことないわ」

ローション液が、冴子の双臀の切れ込みに垂らし落とされる。指は窄まりを押し広げるように動き、わずかな隙間から粘液が腸内に流れ込んでくる。

(ああッ、入ってきてる)

浣腸液の注入と似た妖しい感覚に、冴子は白いヒップを震わせた。

「ふふ、お尻の穴がおいしそうにローションを吸ってるね」

娘の身体に腰を打ちつけながら、慎一は冴子の尻穴をしつこく指で嬲ってくる。

娘のよがり声と、冴子の啜り泣きが入り混じって浴室内に反響した。

「ママ……ダメなの、イッちゃう、イッちゃうよう」

「あ、彩奈」

潤んだ双眸が、助けを求めるように母を見つめていた。冴子は細い肢体に腕を回してぎゅっと抱き締めた。快感に歪んだ娘の相に、何とも言えない笑みが浮かんだ。

「ママとお兄ちゃんと、こうして触れ合っていられるのが、うれしいの……。いけない子でごめんね、ママ」

唇を近づけてくる。避ける間もなかった。母の唇に娘の薄い唇が重なり合う。

(また娘と……)

二度目の相姦のキスだった。背徳の思いが胸をチクリと刺す。だが熱情は押し留められなかった。互いの乳房を捏ねくるように触れ合わせ、口を吸い合った。母は慎一に指で尻穴を抉られ、娘は猛った勃起を叩き込まれる。

「んッ、む」

彩奈が細顎を震わせ、冴子の口の中に苦しそうに吐息を吹き込んできた。冴子は娘の呼吸を妨げぬよう、口を離した。

「ママ、あたしッ……」

娘は下唇を噛んだ切羽詰まった相で、母に訴えかけてくる。冴子は黒髪を撫でつけて、うなずいた。

「彩奈、いいのよ」

娘は細首をゆらして応えると同時に、ぶるっと裸身を痙攣させた。

「ああッ、彩奈、イクうッ」

母の裸身にしがみつき、娘は絶頂の声を奏でた。冴子は戦慄く娘の口元に、何度もやさしくキスをした。アクメの痙攣はしばらく続いた。やがて腕の中の娘の肢体は力を失い、くたっとなる。冴子はやわらかな頬のラインをそっと撫でた。反応はない。目蓋はほとんど落ち、瞳は焦点を失っていた。

（すっかり女の悦びを覚えて……）

「ママも欲しい？」

冴子の尻肌に、肉塊が擦れた。冴子は鏡の向こうの息子を見る。娘の淫蜜を吸ったばかりの勃起が、女心をくすぐるように尻の狭間で前後していた。

（慎一さん、彩奈の中に射精していない）

張り詰めた硬さに、冴子の意識は奪われる。気持ちよさそうな娘の痴態を見たばかりとあって、自分が咥え込む場面をつい想像してしまう。

（慎一さんの逞しいコレで、火照ったアソコを掻き回してもらったら……）

たまらない気持ちになり、冴子は腸孔に嵌った慎一の指をきゅっきゅっと締めた。

（ああ、なんで我慢できないの。今日、散々責められたのに……）

何度気を遣ったかもわからない。疲労が溜まって全身がだるかった。関節は痛み、手足は鉛のように重い。それでも昂揚した女体は雄々しい男根を求めてしまう。

「ママ、要らないのかな？　しょうがない、また彩奈に——」

「ま、待って」

咄嗟に声を上げた。しかしその先が続かない。母から息子に肉交を請うなど、冴子の口からは絶対に無理だった。慎一が指を腸管から抜き取った。長く続いた異物感がようやくなくなり、冴子はハアッと吐息を漏らした。

「僕だって、ママの気持ちがわからない訳じゃない。僕のチ×ポが、欲しいんでしょ。でもママは素直になれないみたいだから」

慎一は冴子のむっちりとした尻肉を、両手を使って大きく割り広げた。ローションにまみれてヌラつく後穴に、切っ先をあてがった。

「待って、そこはッ」

冴子は灼けつく肉刀の感触にビクッと震えた。望む場所はそこではない。双臀を打ち振って、挿入を避けようとした。

「どうして？　意地悪しないで」

本音を口にできない母は、か細く呻いた。肌の上を汗がじっとりと流れていく。

(欲しい……欲しいわ。でもそっちじゃなくて)

「このぷりぷりしたお尻にぶち込んであげるよ」

冴子の言葉を一切無視し、慎一が切っ先を窄まりに突き刺してくる。

「そんな、無茶よッ、ああ……押し込まないで」

括約筋が驚くほどほぐれているのがわかった。亀頭が沈むのに合わせて、排泄の窄まりが柔軟に広がる。冴子は信じられない思いで叫びを漏らした。

「ああッ、なんで？　入ってくる……んう」

「浣腸をして、時間を掛けて指でマッサージしてあげたでしょ。ふふ、ほらイヤらしく広がっていくよ」

真っ白な尻肉を摑んで、慎一がジリジリと肉茎をねじ込んでくる。ローション液をたっぷり吸い、やわらかに弛んでいるとはいえ、慎一の野太いモノはやはり容易には入らなかった。

「ああッ、苦しい。よして、無理よ、指とは違うのよ。裂けちゃう、お尻の穴が裂けちゃうわッ」

冴子は上半身を反らせて、悲鳴を絞る。拡張の痛苦は凄まじかった。冴子は彩奈の身体から手を放し、エアマットを爪で引っ掻いた。

「だいじょうぶ。力を抜いて。すぐに付け根まで食べさせてあげるから」

罠にかかった獣のように身をゆすって冴子は暴れるが、慎一は握り締めた双臀を放さない。着実に押し進めてきた。

「あ、ああッ、うぐ……んむッ」

冴子の呻きが浴室に響く。幾百の刃に身体を切り裂かれているようだった。その時、千切れてしまいそうな拡張感がふっと弛んだ。

「先っぽが入ったよ」

切っ先が潜ったことを慎一が告げる。そのまま腰を押し込み、一気に沈めてきた。根元部分まで差し入れ、冴子の尻と腰をぴったり密着させる。呼吸の止まるような圧迫感が、腹から口に向かって駆け昇った。

「は、はあ……あぁッ、ひぃ、お腹いっぱいに入って、ううッ」

冴子は喉を引きつらせ、声にならない悲鳴を絞り出した。むちっとした太ももが震え、白い背肌に玉の汗が浮かぶ。

「これがママのお尻の味……。ずっぽり埋まってるよ。僕がママのこっちの穴の処女を、奪ったんだね」

母の肛穴にぶっすりと差し入れて、慎一は満足げなため息をついた。丸い尻肌をゆるゆると撫でる。

「うう、いや、抜いて……」

冴子は肩を落として痛みに耐える。身体全体が強張り、息をすることも困難だった。

（ついにお尻の穴まで犯されてしまった）

恥辱に満ちた肛門性交、しかも相手は十七歳の息子だった。背徳と倒錯の思いが、冴子の胸で渦を巻く。

「ちゃんと射精するまではこのままだよ。ああ、最高だよママのお尻」

征服感に酔い痴れた声だった。普通では交わりに使わない不浄の器官を貫く愉悦、肛門括約筋の凄まじい締まり、母の心身を屈服させた優越、慎一の達成感が肉塊の雄々しさに表れていた。慎一が腰を引く。肉塊がわずかに動くだけで、菊蕾が張り裂けそうな痛苦に襲われた。

「いやッ……ああ、動かないでッ、わたしのお尻、壊れてしまう」

深々と埋めこまれていた肉刀が肛門の内粘膜を擦り立てながら引き出されていった。短く息を吐きながら、ペニスが抜けていく感覚に冴子は裸身を戦慄かせた。

「引きずり出される感じがいいんだ。じゃあもう一回」

入り口までペニスが抜き出されたと思うと、慎一がグッと突き直す。ローション粘液ですべって、男根が元の深い位置へと戻った。冴子の腰から背筋に、鈍い衝撃が突き抜けた。

「あああんッ」

肢体を身悶えさせ、汗を飛び散らせた。内臓が押されて胃液が喉元までせり上がる。

(また、みっちり埋め込まれた)

「まだまだ。これからだよママ」

息子が尻肉を摑んで告げる。肉柱がまた動き始めた。窮屈な腸粘膜の中をゆっくりと時間を掛けて前後する。

(お尻の穴でセックスしてる……)

アナル性交の汚辱感と、身をすり潰すような摩擦の辛苦が、心身を苛む。

「ゆ、ゆるして……」

冴子は啜り泣いて訴えた。

「どうしたの？　お尻の方はずいぶん嬉しそうに、僕のチ×ポを食い締めているのに」

慎一はまたもや肛門の入り口まで亀頭を抜き取って、肉柱をズンと舞い戻らせた。腸奥まで突き刺されて、冴子の目に火花が散った。

「いやあッ、うう……壊れるッ、あうう」

「ならもっと僕を悦ばせてよ。ほら、締めろッ」

冴子のヒップに平手打ちが見舞われた。刺激に反応して、筋肉が収縮する。ヒリつく括約筋も、太く硬い肉茎を意思に反してきつく絞った。

「あッ、んむッ、ひ、ひいッ」

その重苦しい感覚に、冴子は苦悶の悲鳴を噴きこぼした。慎一はなおも鞭打つようにバシバシと母の尻たぶを叩いて、圧搾を要求してきた。

「うう、慎一さん、しないで……」

冴子は涙をこぼして哀願し、つらさを少しでもやわらげようと、背筋を大きく反らせてペニスと腸管の侵入角度を合わせた。

「簡単なことだよ。早く楽になりたいなら、僕を満足させればいい」

抜き差しは容赦なく繰り返される。この苦しみに満ちた肛門姦から一刻も早く抜け出すには、慎一の要求に従うより他なかった。冴子は腰に力を込め、硬い肉茎を絞り込んだ。

「あうう、すごいッ……」

尻穴は灼けつくように熱くなり、意識は紅い色にくるめいた。冴子は悩ましく息を吐き、這った肢体を引きつらせた。自ら余裕のない狭穴を窄めるという行為に、被虐悦が湧き上がる。股間からトロッと垂れ落ちる感覚があった。

(わたしは結局、こんなおぞましい性交でも悦んでしまう)

秘唇が蜜を滲ませて、内ももまで濡らしていた。そういう性質の女に変えられた悲しみが胸を塞ぐ。冴子は瞳を閉じた。

「ママ……」

か細い声がした。目を開く。意識を取り戻した彩奈が、冴子を見ていた。

「彩奈、見ないで」

冴子は相貌を力無く振り立て、再度慎一を食い締めた。ジンと下半身が痺れる。

（ああ、おかしくなるッ）

穢れのない娘の視線が羞恥を煽り、罪深い昂揚を後押しした。

「いい感じに締め付けてくるね。このママのむちむちのお尻は、責め甲斐があるよ。ああ、そろそろ僕もイキそうだ」

勃起が充血を増して冴子の腸管を貫く。拡張感が増し、腸奥への圧迫感も上昇した。

「いやッ、そんなに太くしないで……お願い早くイッて、慎一さん」

張り裂けそうな充塞に冴子は呻き、おどろに髪を振りたくって、細首をのたうたせた。股間にスッと触れてくる気配を感じた。娘の指だった。絹草を失った恥丘を撫で、そのまま女の秘処へと移動した。

（アナルセックスをしていると娘に知られた……）

咥え込むべき媚肉は、蜜をたらたらとだらしなく垂らすだけだった。娘の指が戸惑ったように膣の周囲を這っていた。マゾヒスティックな昂ぶりが加速する。淫らに尻をゆらし、冴子は歯を嚙みしばって息子の男根を締め上げた。

「すごい……千切れそうだよ。いくよママ、流し込んであげるからね」

「は、はい。早く慎一さんのザーメンミルク、冴子のお尻に呑ませて」

慎一の抜き差しが速くなった。粘膜を削られ、腸管を捏ねくられると、煌々とした性悦の塊が、底の方から立ち昇ってくる。丸い尻もヌラヌラと油を塗ったように光って、我が子の男性器を淫らに呑み込み、食い絞った。

「ママ、お尻の穴でしているの？」

おずおずと娘が問いかける。遠慮がちに伸ばした指の先で、母と兄の接合を確認していた。

「そ、そうよ……ママはお尻の穴で、慎一さんのペニスをいただいているの……ああッ、彩奈、こんなママを軽蔑する？」

少女が首を左右に振った。慎一が腰を打ちつけてくる。吐精寸前の硬く張り詰めた勃起がたまらなかった。

「冴子、出るよッ、あぁッ」

とどめを刺すように慎一が勃起を叩き込む。ビクビクと尻穴の中で痙攣するのを冴子は感じた。

「はい。慎一さん、冴子のお尻でイッって……あぁッ、溢れてるッ」

冴子の声が跳ね上がった。腸奥に樹液が勢いよく噴き当たっていた。律動と共に精は広がり、満ちる。初めて味わう腸内射精に、冴子は啜り泣いた。

「ああ、すごいッ、お腹の中に、ミルクがいっぱい……」

むちっと張った双丘は歓喜するようにヒクつき、律動する勃起を食い締めた。

「ママ、僕のチ×ポをぎゅっとしてる」

精を絞り取るような淫靡な緊縮を見せる母の排泄器官に、慎一は心地よさそうな声を漏らした。

「あたし、ママを軽蔑なんかしない。ママのこと好きだよ」

娘が懸命な相で訴え、指で冴子のクリトリスを摘んだ。包皮を剥いて、敏感さを増した陰核を指先で弾く。冴子の背筋にビリッと電気が走り、それが発火点となって、身の押し潰されるようなアナルアクメの愉悦が噴き上がった。

「うう、イクッ、冴子、お尻でイキます……あうッ、ああ」

冴子は牝泣きを晒し、双臀を高く突き上げ、ゆたかな腰つきを引きつらせた。白い喉首を大粒の汗が伝い、娘の首筋へと滴り落ちる。

「ママ……」

娘が顎を突き出し、母の口を塞ぐ。近親の嫌悪はもう感じなかった。舌をヌラヌラと巻き付け合って女同士のキスに耽った。娘の指がクリトリスを揉み、亀裂をすべって膣穴へと辿り着く。指を差し込み、内部をゆったりと掻き混ぜた。

「うう、彩奈待って……そこはだめ」

冴子は口を離して、泣き啜るように懇願した。粘った音を立てて、慎一の肉塊が残液を扱き出すように、排泄の穴を前後していた。両穴責めを受けて、冴子の身体の中でアクメの波がうねりを強める。意識は乱れ、性悦が間断なく湧き上がった。肉体は弛緩を許されず、繰り返し快感の淵へと叩き込まれる。冴子はつらそうに息を吐いた。後ろから腕を掴まれた。身体をグイと引き上げられ、娘の身体から引き剝がされる。

「良かったよ、ママ」

慎一が母の裸身を背中から抱き締めた。エアマットの上に胡座をかき、その上に冴子が尻を落として座る形になった。剃毛された時と同じだが、肛門に肉棒が突き刺さっている点が大きく異なる。

「慎一さん、つらいの」

冴子は眉間を歪めて訴えた。身体の重みで、付け根までぶっすりとペニスを呑んでいた。射精後にも関わらず、慎一はほとんど萎えていない。動かずにいても肛門は疼痛でジンジンとした。

「こんなに溢れさせてるのに？　ママの汁が僕の脚に垂れてるよ」

前に回し込んだ手で冴子の脚を開き、露わになった肉ヒダを指で擦られる。大ぶりの陰唇は赤く充血し、クリトリスは痛いほど勃起している。敏感になったそこを弄られれば、また情けなく燃え立ってしまうとわかっている。冴子は慎一の手を摑んで愛撫を遮った。

「待って。イッたばかりなの、休ませて」

「ママみたいな気の強い美人を泣かせてみたいって、男ならみんな思う。もっと可愛がってあげる。し足りないんだ。ママだってわかってるよね」

勃起の硬さを、冴子は肌で感じている。苦しみの喘ぎとも、諦めの吐息ともとれる声を冴子は漏らし、長い睫毛を震わせた。

「彩奈、あの道具を。一緒にママを悦ばせてあげよう」

慎一が何やら妹に指示をした。「な、なに？」と冴子は不安げに彩奈の方を見ようとするが、その前に慎一が顎を摑んで横を向かせる。義母の口元に向かって、背後から唇を被せてきた。首を抱かれて紅唇を塞がれる。水気を吸って濡れた髪はざわめき、慎一の頰を打った。

「ん、んぶ……うむ」

胸元では慎一の手が、汗ばんだ乳房を揉み上げていた。強く指を食い込ませ、絞ってくる。冴子の喉からは苦悦の呻きが流れ、女体は濃密な牝臭をまき散らして、慎一の膝の上で腰をくねらせた。

「書斎のパソコン、中を覗かせてもらったよ」

口を離して慎一が囁いた。「パ、パソコン？」と冴子は聞き返す。

「村本への脅しのネタが保存してあったから、ありがたく使わせてもらったよ」

息子の言葉で、冴子の記憶が甦った。深い仲になってから、海外の子会社を使った脱税法を村本が自慢げに語ったことがあった。何かの交渉材料に使えるかも知れないと思い、さりげなく細かな数字まで聞き出し、その一切をパソコンのなかに残しておいた。

「匿名で告発させてもらったよ。捜査が入るのはいつだろうね。どっちにしろあの男は、当分ママの側をうろつけなくなる」

「何故、そこまでわたしにこだわるの……」

「好きだから。ママの笑顔も泣き顔も、全部抱き締めたいんだ」

慎一がグッグッと下から腰を衝き上げ、母の尻穴を犯す。冴子は身をよじって喘いだ。精液の溜まった腸管の中で勃起がみるみる硬さを取り戻していく。

「ああッ、もうこんなに……太いわ」

「まだ財産が欲しいって言うなら、僕の分をあげる。その代わりどこまでも……命が果てるまで一緒だよ」

慎一のセリフが胸に染みる。気づかない内に涙滴が溢れ、眦から流れ落ちていった。心を覆っていた固い氷が溶け落ちていくのを感じた。

「僕も彩奈もママのことを愛してるんだよ。だから……彩奈、さあおいで」

慎一が冴子の向こう側を見て、促した。冴子は前を向いた。娘が腰にベルトのようなものを巻いて立っていた。股間を通るベルトには、男性器そっくりのディルドウが生えていた。レズビアン用のペニスバンドだった。

「あ、彩奈、そんなもの」

冴子の声が震えた。

「お兄ちゃんがプレゼントしてくれたの。ママと仲良くなるための道具だよ」

娘はにこっと可憐に笑んだ。膝をついて冴子の方に近づく。冴子が脚を閉じようとすると、慎一が身動きを封じるように深々と後穴を抉り立てた。

「あぁッ……」

「彩奈、ママのここにおいで」

慎一が媚肉を指で開く。ディルドウの先端が秘穴に当たった。慎一の逸物よりやや小さなサイズとはいえ、充分巨大だった。脅えで冴子の身体が強張る。彩奈が腰を進め、ディルドウを膣口に押し当てた。冴子が先端の嵌入を感じた瞬間、彩奈も色っぽい喘ぎをこぼした。

「ベルトの内側にも、似た形のモノがついているの。だからママのアソコとあたしのアソコ、同時に気持ちよくなれるんだよ」

彩奈は言い終えると、女壺に淫具を潜り込ませた。脚を開いた冴子の身体は、対面座位と背面座位で前後に挟み込まれた。

「よして、彩奈ッ……あ、ううッ」

腸管に野太い慎一の勃起を呑んでいる。膣穴は狭まり、粘膜とディルドウはきつく擦れて塡り込む。鼻の奥にきな臭い匂いを感じた。

「ああ、あぐッ、ううぅッ」

冴子は呻いた。言葉を発しようとしても、声にならなかった。

(気がふれてしまうッ)

涙の滲んだ瞳に映るのは、燃え盛る一面の炎だった。冴子の白い肌、首筋や腕、乳房、足、すべてが紅潮し切って血の色に染まる。

「全部入ったよ。また一つの家族になれたね」

彩奈が嬉しそうに言い、重くやわらかな母の乳房に手を這わせてきた。

「どう? マゾのママには、二穴挿入がたまらないでしょ。ほら、同時に奥まで入れてあげるね」

慎一が耳の裏で囁いた。次の瞬間、兄妹はタイミングを合わせて同時に衝き上げた。

「いや、あああッ」

冴子は絶叫した。腸孔からの雄渾な圧迫を受けつつ、蜜壺のディルドウも子宮に向けてグッグッと押し込んでくる。局部全体が熱を帯び、沸騰したようにたぎっていた。裸身は汗を噴き出してのたうった。

「当たってるね。ママの子宮を突いてるよ。ほら、彩奈わかる?」

「うん、あたしのお腹にも響いてくる」

「もう、許して……ひぃッ」

二本の杭を打ち込まれる度、くたくたに疲れているはずの身体はピンと突っ張る。脚の付け根の灼けつく感覚は、肥大する一方だった。

「あ、ああ……だめ、おしっこが」

冴子は狼狽の声を放った。トイレに行かせてもらえるよう願う間もなく、突然の失禁が始まった。温かな尿が漏れて彩奈の股間とペニスバンドを濡らし、隙間を伝って慎一の脚に滴った。

「ママ、お漏らししてるの？」

「帰ってきてからずっとトイレに行く暇もなかったからね。スポーツドリンクも飲んだし。気にしなくていいよママ。さ、彩奈もっとママを愉しませてあげよう」

兄妹は擦り合わせる腰遣いへと変えて、母を責め立てる。肉柱とディルドウが、膣と腸孔を隔てる薄い膜を交替で小突いてきた。

（ひどい、まだ排泄の途中なのに……）

密着した摩擦は女体を狂奔させる。焼け爛れるような粘膜のこすれ具合に、ひいひいと喉を絞りながら、冴子は膀胱に溜まった小尿を垂れ流した。尿の匂いが辺りに漂う。冴子の相貌は恥じらいで真っ赤に染まった。

（ああ、ダメになっちゃう）

被虐の悦楽を耐えるには、その身を切り裂くような恍惚の渦の中に、己を投げ出すしかなかった。冴子はため息をついて、身体の力を抜く。耐えることを放棄した裸身に、うねりを伴った重厚な愉悦が一気に襲い来る。

「イクッ、ああ、イクわッ……」

女体の中を紅蓮が奔り、頭の後ろで火の粉がパチパチと音を立てて舞った。オルガスムスの声を響かせている間も、二本の長棒が腹の中でぶつかり合い、膣と腸を隔てる薄皮が押し潰される。

「すごいね。奥までビクビク締まってる」

「ママのアソコ、きゅうって締まって、絡みついてる……ママ、気持ちよさそう」

「ああッ、こんな……狂ってる。ふたりとも狂ってるわ」

おぞましくも鮮烈なアクメだった。絶頂に達したというのに、底の方から交互に硬いモノが子宮目がけてぶつかってくる。涎まみれの朱唇から漏れるのは、荒い息遣いとはしたない喘ぎだけだった。

「ダメ、イキッ放しにッ……ひぃ、ううッ、あああッ」

赤々と燃え盛る。快感の波が大きく上下に振れる度、ゆたかな肉体はおこりのように痙攣した。延々と続くエクスタシーの負荷が、紅色の苦悶となって冴子を苦しめる。

「や、休ませて、お願い、お願いようッ、あぁッ」

生き地獄のような連続絶頂の中で、汗まみれの女体は哀れっぽく悲鳴を絞り出した。

「中でこすれ合って……ひいッ、たまらないッ」

「いい声だね。もっと聞かせてママ」

慎一の腰遣いが速度を増す。娘には乳首を摘んで躙られ、首筋や耳に口での愛撫をされる。飽くなきいたぶりが続いた。

「やめて……ゆるしてッ。も、もうしないでッ」

息も絶え絶えに啜り泣く。気を遣っても弛緩は許されず、戦慄く下肢を押さえ込んで肛門を衝き上げてくる。娘の方も媚肉への打ち込みをやめようとはしない。全身がビクビクと跳ね、痙攣が止まらない。底なし沼のように冴子の理性はドロドロと沈む。

「ママの焦れったそうな表情、いやらしい顔、乱れた顔、全部見たいんだ」

慎一が母の身体をきつく抱き締め、告げた。

「さあ、ママのお尻にまた呑ませてあげるよ」

「ママ、お兄ちゃん、あたしも……」

二本の剛棒がまた母を追い立てる。わずかな摩擦でも、絶頂したばかりの女体には、強い電気を流されたような刺激となった。冴子は髪を振り乱して悲鳴を放った。

「ひぐッ、う、うう、あああッ」

体中の肉を震わせ、紅い唇の端から涎を垂らし、歓喜の牝泣きを吐きこぼす。

「出るよッ、冴子」

「ああ、出てるッ、いっぱい溢れてるッ……あぁん、イクうッ」

灼けついた生殖液を感じ、絶頂の波がふわっと色めく。

(またザーメンミルクをドクドクと流し込まれてる……)

息子に精を浴びせられる背徳は、何度経験しても慣れることができない。それが痺れるような深いうねりを生む。

「あんッ、身体が……アア、狂っちゃう」

「あたしもイクの、ママッ」

娘がディルドウを打ち込み、冴子の唇を吸ってくる。唾液を滴らせて、舌を巻き付け合った。娘が喉元で唸って、腰をビクビクと痙攣させていた。

(三人一緒に……)

情熱的なキスを交わしながら、冴子は自ら腰をゆすった。括約筋は伸びきって、感覚が麻痺していた。重い鉛が腰に停滞しているようだった。それでも冴子はもっと濃い精を息子に注いでもらおうと、尻穴を食い締める。

(慎一さんのチ×ポ、なんでこんなにステキなの)

苦悶と悦楽の汗をほとばしらせて、冴子は昇り詰める。

「冴子」

顎を摑まれ、後ろを向かされた。今度は慎一との口づけだった。許されない相姦の交わりに全身が覆われ、呑み込まれていく。後に残るのは、愛欲にまみれた肉の塊だけだった。

「ああ、好きにして……慎一さん……あなた」

口を吸いながら、冴子は縋り付くように哀願した。浴室内に、女の嗚咽と荒い息遣いが響き渡る。それがかき消えた後は、じっとりとした空気が重く静かにたゆたった。

エピローグ

放課後の校舎。セーラー服の少女と紺スーツ姿の女が窓際に並んで立っていた。

「生徒会室からの眺め、なかなかいいでしょ。あっちに少しだけ見えるのが海だよ」

冴子と彩奈はうなずいて、視線を遠くの方に向けた。窓の外を眺めている振りをしながら、二人とも背後に立つ慎一の動きに意識を集中していた。慎一が両手を差し伸ばし、女たちの双臀に触れる。母と娘は同時に肩をビクッとさせた。

「三者面談の間も、ノーパンだったの?」

スカート越しに尻を撫で回して、慎一が尋ねた。二人は恥ずかしそうにうなずき、頬を赤くする。

「慎一さんが、そうしろって言うから」

冴子が小声で呟く。それなりのスカート丈のあるセーラー服姿の娘はまだしも、脚が剝き出しのタイトミニを穿いた冴子は、椅子に座っているだけで股間が覗き見えてしまいそうだった。彩奈の担任教師が、むちっとした太ももをチラチラと盗み見していたことを思い出す。

「僕が言えば、なんでもするんだ」

慎一が笑った。母と妹のスカートを捲って、直接剝き身のヒップを触ってきた。指を食い込ませて揉み込む。

「あ……だって、あなたの妻ですから」

「あたしも、お兄ちゃんの恋人だもん」

二人の返事を聞き、慎一が褒めるように尻肌をパンと叩く。女たちは「きゃん」と羞恥と媚びを滲ませた悲鳴をこぼした。

「じゃあ、スカートを捲って、こっちを向いて」

二人はタイトスカートとプリーツスカートをそろそろと持ちあげ、クルリと回って丁寧に処理された女の園を慎一に披露した。あるべき翳りのない恥丘は、慎一に愛を捧げた証であり、慎一専用の牝奴隷のしるしだった。慎一がしゃがみ込んで股間に顔を近づけ、冴子、彩奈と順に恥丘にキスをする。途中で女たちの内ももに垂れる蜜液に気づき、慎一は頬をゆるめた。

「後ろを向いて。欲しがっているモノをあげるよ」

冴子と彩奈は窓の方を向いて身を屈めた。スカートを腰までたくし、むっちりとしたヒップと、桃のようなヒップが、慎一に向かって突き出された。大きな花弁の優美な花と、秘やかで可憐な花が並んで咲く。

「今日は彩奈からお願いします。できれば、後ろの方で……」

冴子が振り返って言う。彩奈が自ら丸いお尻を左右に割り開いた。そこで慎一は、牝の花の上で恥ずかしそうに咲く隠逸花が、卑猥にヌメ光っていることに気づいた。

「ローション、あらかじめ塗っておいたの？」

「うん。さっきトイレに行ってママと塗りっこしたの。あたしもママと同じに、して欲しいの。毎晩お風呂の中でほぐして、お兄ちゃんの太いのでも入るように訓練してきたから」

白い双丘は緊張で震えながら、愛する兄の言葉を待つ。未熟な肉体に配慮しているのだろう、兄は処女を奪っても、後穴を穿つことはしてこなかった。やがて制服ズボンのファスナーを下ろす音が聞こえた。彩奈の胸に悦びが広がる。

「彩奈、進路は何て希望したの？」

窄まりに亀頭が当たった。彩奈は窓に手をつき、身体の力を抜いて弛緩に努める。

「んッ、お兄ちゃんと一緒の大学に……」

「じゃあ頑張って勉強しないとね。将来は父さんの遺した会社で一緒に働こう。彩奈は僕の専用秘書になればいい」

ローション液はたっぷりと塗ってある。それでも抵抗感は強い。彩奈は口を開いてハアハアと息を吐いた。

「は、はいッ……お兄ちゃん、あんッ」

強い突き入れと共に、亀頭が潜り、引っかかるような圧力が消える。後はスムーズに奥へと入った。勃起が腹の中におさまり、ドクドクと息づいていた。

(お兄ちゃんに、お尻のバージン、捧げられた。うれしい……)

「ああッ、すごい食い締めだ。こんな華奢でかわいい女の子が、お尻の穴で勃起チ×ポを咥え込めるなんて、クラスメイトが知ったら驚くだろうね」

「いや、そんな風に言わないで……あ、あんッ」

兄が尻たぶを摑んで抜き差しする。セーラー服の少女は悶え泣いた。何度も指や道具のイタズラは受けている。アナル性感は肉棒摩擦を快感と捉えるほど発達していた。

「あぁッ、お兄ちゃん、お尻気持ちいいよう。お腹の中が引きずり出されていくッ」

内臓を引きずり出されるような漏出に似た心地が、まだ幼い少女さえも狂わせる。身体の奥でバチバチと電気が弾けるのを感じた。遠くの方で聞こえていた生徒たちの声は聞こえなくなり、窓から見える青い空や海の情景も薄らいでいく。

「彩奈、すごい、食い千切られそうだッ」

兄が快感の声をこぼし、抽送を速めた。彩奈の視界が朱色へと染まっていく。たおやかなうなじをさらして少女は喘いだ。兄の腰がパンパンと当たり、胸元では蒼さの残る乳房が、セーラー服の中でかわいらしくぷるんぷるんとゆれた。

「壊れちゃう。お兄ちゃんッ、彩奈壊れちゃうようッ」

悲鳴には、牝の悦びが滲んでいた。火花の向こうから大きなうねりが襲ってくる。

「あぁッ、お兄ちゃん、もういい？　あたし、お尻でイッていい？」

「いいぞ、彩奈」

許可をもらって気を遣る至福、兄の言い付けに従えることが出来た達成感、支配してもらっている満足感、少女の肉体は悦楽の淵へと駆け上がる。

「イクッ、彩奈、お尻でイクのッ」

「僕も出る……ああ、彩奈ッ」

ペニスが直腸で爆ぜる。排泄の穴に新鮮な射精液を流し込まれ、彩奈は隠しきれない女の悦びの声を放った。

「ああ、熱いッ、ドロドロ出てる、ああんッ」

(嬉しい。射精してもらってる。ああ、お兄ちゃんのミルクでお尻とかされちゃう)

身が飛び跳ねるほど刺激は強いというのに、完全な安らぎを得たようだった。

彩奈はしあわせな笑みを浮かべて目を閉じた。慎一は彩奈の尻から抜き取って隣に移る。

「お待たせ冴子」

冴子のアヌスにズンと突き込み、吐精の快感を貪るように抜き差しした。

「ああ、まだミルクが出てるのに……」

「言い訳はいいよ。焦れて待ってたの僕わかっているから。さ、いつものように大好きな精液をお尻に浴びせてあげる。安定期までは冴子のオマ×コは使えないしね」

慎一は宣言通り、毎日一回は冴子の身体に精を注ぎ、義理の母を孕み腹にした。

「はい。下さい」

慎一が萎えかけた勃起を出し入れする。冴子は息んで絞った。みるみる硬さが戻るのがわかり、冴子は悩ましくため息をついた。愛する男性に抱かれ、子を宿す悦びを全身から滲ませて、冴子はゆたかなヒップを打ち振った。

（了）

本作は『僕の獲物【継母と義妹】』（フランス書院文庫）を改題の上、刊行した。

フランス書院文庫X

全《ぜん》穴《あな》拷《ごう》問《もん》【継母《ままはは》と義妹《ぎまい》】

著　者　麻実克人（あさみ・かつと）
発行所　株式会社フランス書院
東京都千代田区飯田橋３－３－１　〒102-0072
電話　03-5226-5744（営業）
　　　03-5226-5741（編集）
URL　https://www.france.jp
印刷　誠宏印刷
製本　若林製本工場

ISBN978-4-8296-7693-6 C0193